On pleure, on aime, on marche, on entre.

大
方
sight

Outside

外面的世界 I

[法] 玛格丽特·杜拉斯 著

袁筱一 译

Marguerite Duras

中信出版集团 | 北京

图书在版编目（CIP）数据

外面的世界.I/（法）玛格丽特·杜拉斯著；袁筱一译.—北京：中信出版社，2023.3
ISBN 978-7-5217-5053-9

I.①外… II.①玛…②袁… III.①杂文集—法国—现代 IV.① I565.65

中国版本图书馆 CIP 数据核字（2022）第 237011 号

Outside by Marguerite Duras
Copyright © P. O. L éditeur, 1984
Simplified Chinese edition arranged through Dakai – L'agence
Simplified Chinese translation copyright © 2023 by CITIC Press Corporation
ALL RIGHTS RESERVED
本书仅限中国大陆地区发行销售

外面的世界 I
著者： ［法］玛格丽特·杜拉斯
译者： 袁筱一
出版发行： 中信出版集团股份有限公司
（北京市朝阳区东三环北路 27 号嘉铭中心 邮编 100020）
承印者： 河北鹏润印刷有限公司

开本：720mm×1000mm 1/32　　印张：16.75　　字数：213 千字
版次：2023 年 3 月第 1 版　　印次：2023 年 3 月第 1 次印刷
京权图字：01-2022-6084　　书号：ISBN 978-7-5217-5053-9
定价：69.00 元

版权所有·侵权必究
如有印刷、装订问题，本公司负责调换。
服务热线：400-600-8099
投稿邮箱：author@citicpub.com

译　序

我以为我已经到了远离杜拉斯的年龄，她的激情，她的绝望，她时时刻刻处在死亡阴影之下的歇斯底里。我不再可以用欣赏的眼光看她酗酒、唠叨和写作，我已经不再关注她的生命，不再可以像十八岁的时候那样深深地为她所震撼。

十八岁的时候，我第一次读到杜拉斯作品，是她的《情人》，王道乾先生的译本。后来看到了电影，再后来读到了法文本，再后来一发不可收拾地读下去，《琴声如诉》《广岛之恋》《长别离》《抵御太平洋的堤坝》《副领事》，等等，等等。再后来我做了关于杜拉斯的论文。她的情人，她的湄公河，她的黑暗，她的空茫，她的暴力。

这时节，杜拉斯已经成了世界性的、洛阳纸

贵的畅销书作家。在中国，她也算得上是作品卖得好的少数几位法国女作家之一。"伟大"这样的字眼不合适她，可恐怕谁都无法否认她是法国20世纪后半叶最奇特的女作家。她的传奇是建立在自身基础之上的，一个殖民地孩子的故事，长大了，离经叛道，不可一世。她欣赏这个传奇，等待这个传奇，从孩提时代起。她觉得自己是在承担一种命运，迫不及待地冲进一切机会里争取主角的地位。

1996年，她死了，从此停止了她自己一手炮制的生命传奇。她的年轻同伴，扬·安德烈亚也不见了踪影。1996年的时候，听到她谢世而去，我第一个念头竟是：她的读者是否也会像扬·安德烈亚那样无声无息地走了呢？也是这样猝不及防的，为了中断的中断。

可她毕竟上了百科词典，拉鲁斯，或者阿歇特，有明确的生年和卒月。不管她是否受人爱戴、受人尊敬，她在这个世界始终是留下了点什么。给她的词条不会长，但往往有这样简明扼要、尽量不加主观判断的几行字：法国作家、电影人，作品的主题通常是绝对然而失败的爱情以及死亡，语言极富音乐性[1]。词条的下方，会是她最常见的一张照片，戴着宽边眼镜，围着白色围脖。她自己也说过，不止一遍地说过（甚至在这本随笔里也可以读到），她不像法国人。

她写了很多书，很多文章，也拍了不少电影，虽然观众不多。她的第一本书名为《厚颜无耻的人》，五十五年前写的。从某种意义上来说，《外面的世界》算不上是她最重要的作品，就像她自己在前言里说的那样，她写了很多文章，却忘得也很快。然而她从来不会忘记自己写的书，从来不会。不知道是否因为这个缘故，她同意把三十几年间陆陆续续给报纸杂志写的文章辑成集子，出了第一本，接着又出了第二本，毕竟有了她不会忘却的书的形式。

1　参见《阿歇特百科辞典》，586页。

其实典型的杜拉斯作品是时下流行的"私人语言"的写作。杜拉斯不相信有自身之外的故事，虚构从来不存在，她说。或者可以这样说，她本身就是虚构的，有开头、结尾，有命定的快乐、悲伤和动荡。在文学史上抹去她会像抹去一个故事那么简单而不留痕迹——她知道这一点，如此才有生命与成名的局促感。她害怕"卡车"那样的旅程，永远望不到头似的。

然而《外面的世界》不是这样的作品。所谓的"外"，原来就是与"内"相对而言。热衷于私人写作的杜拉斯对外面的世界一样很感兴趣。她的工作台铺得很开。媒介——尽管她扬言鄙视媒介，政治——尽管她不承认萨特或波伏瓦的那种"介入"文学，以及一切社会的、历史的、政治的、艺术的，一切形式与非形式的，一切道德的与非道德的。

她热衷于破坏一切标准，她对社会和政治的关注莫不以此为出发点。正如她在前言里所交代的那样，她为所有的运动浪潮所席卷，难以抗拒：法国抵抗运动（和很多作家一样，在第二次世界大战期间，她曾加入过法国共产党）、阿尔及利亚民族独立运动、反政府运动、反军国主义运动。她热爱的与其说是某一种主义，毋宁说是运动本身，运动本身所包含的动荡和摧毁的意味。她崇尚"快乐的绝望之路"，她想以自己来证明人类是可以活在绝望里的。绝望—生存，这不是两个互相矛盾的概念。

但是她并不热衷于建立新的标准。有一段时间，巴黎滚动式地上映她的《卡车》，差不多是一成不变的画面：卡车不断地向前开着，开着。她或许只是不喜欢封闭，不喜欢封闭的文本，不喜欢封闭的电影画面，她把解释的权力交给了她的观众和读者。如果她也有理论，一定会像罗兰·巴特那样大叫一声：作者死了！她做得出来。

她没有流派，有人把她归为新小说——据说罗伯-格里耶一年里给她打了二十个电话，要她写点什么，于是才有了《琴声如诉》——因为她淡化主题，淡化情节，淡化时间和地点，淡化古典文学的三一律。《情人》呼唤的不是种族平等，《广岛之恋》也只是一个可以发生在任何时间、任何地点的艳情故事。如果说人类到处都在书写绝望，爱、情爱或性爱都只能使人类愈加绝望。虽然《外面的世界》是新闻性的写作，仍然写满了人类的绝望之情，写满了杜拉斯的绝望之情，它的语言仍然是贴有明显杜拉斯标签的语言：断裂、破碎、局促。

  我一度离这一类的语言也远了。所以在接受它之前——就在不久以前，我也和杜拉斯一样，喜欢承担"臆想"中的命运，可尽管这样，尽管真真实实地喜欢过杜拉斯，我从来没有"命定"自己和杜拉斯发生某种联系——我花了一段时间考虑。最后我想，我愿意用这种特定的方式来了结十八岁的震撼和喜欢。《外面的世界Ⅱ》由黄荭承译。但愿我们可以做不同时期的杜拉斯的代言人，先前的那个更激烈一些，后来的一个要唯美一些。（注意，美也可能是个陷阱！）于是我又堕入了杜拉斯的圈套，在四十天的时间里，一打开电脑，我就会变得非常焦灼，以至于需要用电脑里那个愚蠢而机械的游戏平复内心的惶惑，平复这份断裂、破碎与局促。

　　事有凑巧，就在这本书行将翻译完成之际，法国《读书》杂志花了很大的版面纪念杜拉斯。看来爱也罢，恨也罢，忘却终究是需假以时日的了，虽然一切终将如冰雪消融。

袁筱一

再版序[1]

今年的春节,在北京的冰天雪地里买过一本《电影花粉》。那是一次奇怪的不期而遇,作者在写芭铎的时候,引用了这样的话:

"她美得如同任何一个女人,但却像个孩子一般灵活柔软。她的目光是那么简单、直接,她首先唤醒了男人的自恋情结。"

小小的引号,小得几乎看不见。我终究没有耐心在书店里纠缠下去,看个究竟。以为莫名的熟悉感只是因为杜拉斯。杜拉斯真的是这样读的,不经意间撞到,撞在自己不知哪一根神经上,生生的有些疼。可是年龄越大,越知道这些疼是该忍着的。

---

[1] 2007年作家出版社版。——本版编者注

撇开自己做了这些年法国文学不说,站在一个纯粹的读者立场,她是因为这个才在中国流行的吧。就像《花粉》的作者,是因为撞到了"男人的自恋情结"这几个字。

书买下来,回到家泡上茶,在烟花爆竹声中恍然大悟,原来是自己的文字,是经过自己手的,杜拉斯的文字。是自己在若干年以前译的《外面的世界》里的文字。这份确认让自己觉出一丝的欣喜来。文字照出了自己的影子,自恋,又何止是男人呢。

而在那个时候,我还在译序里写:一切终将冰雪消融。

我希望消融的,是什么呢?或者说,我不希望消融的,却明知道最终一定会消融的,是什么呢?

这次不期而遇,却仅仅是个开始。没想到今年和杜拉斯的纠缠竟然要到令冰雪也无法消融的地步。这才相信,如果相遇是命定的,如果相遇被视为命定,自己是不甘心让一切如冰雪般消融的。

于是创造相遇，先是《杜拉斯传》在台湾付印，然后是在全校的法国当代文学公选课上再度讲到杜拉斯，再然后是没有轰轰烈烈，但多少有些声音的"杜拉斯辞世十周年"的活动，最后，在这年就要过去的时候，我重读了这本《外面的世界》。

几年前的回忆于是一点点地回来，当年读杜拉斯、写杜拉斯、译杜拉斯，当年的喜欢、震惊，还有当年那一点点因为疼痛到麻木的厌烦。

即便是在杜拉斯已经被译滥、写滥的今天，《外面的世界》仍然为我们留下了很多话题。因为它呈现了一个有趣的矛盾：被奉为中国小资必读作家的杜拉斯其实有大量的文字是关于"外面"的世界的。然后，再一点点地深入进去看，看她写的政治事件，看她写的社会问题，看她写的明星，看她写的艺术，会理所当然地发现，她的"外面"并没有那么外。她自始至终没有站在旁观的角度去看外面的世界，当她需要——如果我们相信她在随笔集开始所写的那段序言，当她结束一本书，需要挣脱自己，或者需要钱的时候——走到外面的时候，她仍然毫无保留地任自己冲入这个世界，被这个世界裹挟。她观照这个世界的目光，从来不曾冷静、客观，她仍然是激烈地爱着的，激烈地爱着，所以恨，恨所有的不公平，恨所有的不可沟通；同时，也羡慕所有自己所不具备的品性：宽容和独立。

《外面的世界》因而还给了我们一个连带的命题：她的其他作品——尤其是所谓"自我虚构性"的小说——真的是如此内在吗？

不希望消融的，却明知道一定会消融，因为这个世界里所有的物质最终一定会走向结束。这其中，包括爱，包括文字。绝望来自这里，但是我们无能为力。抵抗这种绝望有两种途径：无知或是超乎寻常的，西西弗斯的勇气——那种走向灭亡，却充满幸福感的勇气。和大多数人一样，杜拉斯没有这份勇气，然而走进文字世界的人又回不到无知里。

在《美丽娜》那篇文章里，提到自己的《夏夜十点半》,杜拉斯说,于是,必须喝酒,对于爱情的结束,可以怀着同样的激情和乐趣去经历。

或者更甚于此,在杜拉斯看来,我们还可以成为爱情的作者,这是抵抗结束的一种绝无仅有的办法。就像《夏夜十点半》里的玛丽亚,她说,你们的爱情会有一个作者,那就是我。

杜拉斯说,所有走向结束,以新的介入开始的爱情会有一个作者,那就是我。这才是写作的缘由。写作所包含的,是失去、绝望、孤独和激情。是面对存在的种种悖论,我们不得不做出的高贵的选择之一。远远超过了"自我虚构"的意义,超过了一个十五岁半的法国小女孩和中国情人的故事背后的"真相"的意义。

不希望消融的,却明知道一定会消融的,是爱,以及因为爱而产生的文字。

当然,不是每个人都会用玩味绝望的方式抵抗绝望,只是,时至今日,杜拉斯的绝望已经成为绝望的酵母,弥漫在太多人的文字里。其中的原因，杜拉斯也在《外面的世界》里做出了回答。她认识的一个小女孩问她，如果没有人感到温暖，那么温暖又是什么呢？

如果没有感到绝望，那么绝望又是什么呢？

绝望是所有的不公平——第二次世界大战，阿尔及利亚独立战争；绝望是所有的美好走向毁灭的必然；绝望是这冬天的雨，而在这冬天的雨中，去年为你撑伞的人已经离去；绝望是眼睁睁地看着自己和虚构世界的人物混作一团，却无能为力的心情——固然有成为一切爱情始作俑者的奋争，可是对于个体来说，绝望在何时、何地成为过一件好事呢？

出乎意料，重新看《外面的世界》是个很慢的过程。有一些文字上的改动，包括错误和我自己以为不再合适的文字。但是一定也留下了另一些错误和别人以为不合适的文字。这是译者的绝望，永远站在第三者的角度，有时有进不了门的尴尬，有对自身身份和存在的怀疑。只是但愿有人知道，没有第三者的存在，作者与读者之间的爱情或许根本不会发生，更不能够继续。

也是因为这个原因吧，在我重新看《外面的世界》时，我得知这本书里的《面黄肌瘦的孩子》被选进了某个版本的《大学语文》里。爱情发生了，这是作为第三者的译者所得到的最好的心理补偿。而作为作者，杜拉斯也该得到安慰，辞世十年之后，对于她在法国现代文坛的地位的肯定也没有更多的争论。是的，作为个人，我们可以爱，也可以不爱，但是，文字早已建立了属于自己的传奇。

袁筱一

2006 年 12 月 11 日于上海

前　言

没有不涉及道德的新闻写作。所有的记者都是伦理学家。这绝对无可避免。记者就是一个观察世界的人,观察这个世界的运转,每天,站在很近的地方注视着它,把它展现出来,让大家得以再度审视——这世界,这世界里的事件。从事这项工作就必须对所看到的东西做出判断。不可能不做。换句话说,所谓客观的信息是个彻头彻尾的骗局,是谎言。从来没有客观的新闻写作,没有客观的记者。我已经摆脱了许多加之于记者的偏见,而这一点,我认为是最严重的:相信可以理清一桩事件的客观联系。

为报纸写作意味着即时写作。不等待。所以,这样的写作应当让人感觉到这份焦灼,这份迫不得己的快捷，以及一点点的不假思索。是的，不假思索，我不讨厌这个词。

您瞧，有时我自己就会给报纸写点儿文章。时不时地，每当外面的世界将我吞没，每当发生了一些让我疯狂，让我必须窜出去、走到大街上去的事儿——或者我没有更重要的事情可做。有时的确会这样。

因此，我为报纸写文章的理由很多。第一点无疑就是让自己走出房间。如果我写书，每天都要写上八个小时。写书的时候，我从来不写其他文章。我蜷缩在窝里，时间对我来说一片空茫。我害怕外界。写书的时候，我想我甚至都不读报纸。我无法在写书的间歇插进这样的事情，我不明白身边都发生了些什么。而写文章对我来说就是走出我的房间，那是我最初的影院。

还有别的理由，比如说我没钱了。所有应景之作都很来钱。要不就是我答应了人家的，例如我答应过《法兰西观察家》为它写定期专栏，于是我就不得不定期交稿，比如说在 1980 年，我为《解放报》写专栏。

我之所以写作，在报纸上写文章，还有别的原因，那就是我为各种运动所席卷，难以抗拒：法国的抵抗运动、阿尔及利亚的独立运动、反政府运动、反军国主义运动以及反选举运动；或者，和你们一样，和所有人一样，想要揭露某一阶层、某一群人或某一个人所忍受的不公正——不论是什么范围内的不公正；而如果一个人疯了，丧失了理智，迷失了自己，我也会因为心生爱怜而写；我还关注犯罪，关注不名誉的事，卑劣的事，特别是司法无能、社会允许之时，我会做出自己的评判——这是一种自然的评判，就像人们评判暴风雨和火灾。这里，我想起了我写的第一篇文章——我很愿意把它放在篇头——《阿尔及利亚人的鲜花》，我也想起了《奥朗什的纳迪娜》，想起了《"垃圾箱"和"木板"要死了》，想起了公共救济事业局的那些孩子，还有在 1958 年，十八岁就掉了脑袋的人；而我与乔治·费贡的所有谈话亦属此列,他是我的朋友,坐了十四年牢才出来;我还想到了施瓦西-勒洛瓦的西蒙娜·德尚。

文章有的是为外界所动,我乐于写的。也有的是为了糊口不得不写的,比如我为《星座》写的那些文章,我都签上了姑妈的名字,苔蕾丝·勒格朗,这些文章早就找不到了。还有的是在战争期间,我们为年轻人写的连载文章,当时只是为了挣钱买黑市上的黄油、香烟和咖啡,而今也不见踪影了。

有不少文章都丢了,其中有一篇是写卡拉斯[1]的,尽管我从来没有去看过她的歌剧,但正是这篇文章养活了我一年的时间,我别无选择。

我忘记了不少自己写的文章。但是我不会忘记自己写的书。书是从来不会忘的。我忘记了我所经历过的许多事,除了我的童年,还有那些我认为

---

[1] Maria Callas(1923—1977),著名美籍希腊女高音歌唱家。(本书脚注如无说明,均为译者注。)

是超越日常生活规则之外的事。对于每日流逝的生活我几乎一无所知。除了我的孩子。

剩下来的,便是与我的生活同时展开的许多事件。写作的动机无非是上述那些,或者还有别的。每每有所不同,就像所有的相遇、友情、爱情或悲情故事的演绎都不尽相同。

当然,不是我自己想起来要出版这些文章的,我从来没有想过要这么做。这要归功于阿尔班·米歇尔出版社"名流丛书"的负责人让-吕克·海尼,是他动了念头要把它们辑在一起。于是我说,为什么不呢?为什么一下子竟有些害羞呢?如果我们只把今天写的东西拿出来,可能这世界上一个作家也没有,而如果我们只喜欢今天写的东西,不喜欢昨天写的,那么现在剩下的可能只是贫瘠,是的,现在,这本身就是一个骗局。

还有一点注意事项。我上过不少回当。我声明这本书的版权归我自己。

对这些文字,我没有做出过评价,我甚至没有再回头去读一遍。扬·安德烈亚替我做了这一切。我全权交给他去处理。这一切与我再无任何关系。

                        玛格丽特·杜拉斯

                        1980 年 11 月 6 日

关于文章排列的顺序

我们一直想把这些文章排出个子丑寅卯来——比如说按照时间先后排列，这种排列的好处在于简单，无须做过多的解释。但是按时间来排列并不能说明什么问题，因为写作总是应需要而产生，不能简单归结为一个日期的问题。再比如说我们还可以按照所写人物及事件的轰动程度来决定文章的顺序。可这种排列依然不妥，因为一旦发表出来，不管文章写的是谁、写的是什么，它们都具有同样光彩，这种光彩是新闻的现时性。也就是说，这样排列的好处在于可以使各主题之间不分轻重，取消它们之间所有的等级，不再对事件内容本身抱有任何偏见。唯有写作能把主题揭示给读者，使之具有意义。还比如说我们可以按照文章的类别来排列：访谈、书评、影评、序言等。这种排列似乎最为常用，其实却不甚合理。特别是在这里，这里的文章虽然都是为传统的报纸专栏所写，然而并没有类别之分，体裁的概念很模糊，不遵从任何体裁的规定——也许是因为它们的作者是一个作家，而不是一个职业记者。比如说，按照这些文章所产生的原因来排列，有一个"表面的""清点性"的顺序也是不太可能的——就像她自己说的那样——有的文章她是为了吃饭而写，有的文章是出自激情，有的文章只是应时的需要，还有她定时给报纸专栏的文章、她和报纸签下的合同，等等。

这种表面的原因确实解释了她为什么决定写以及为什么写这样或那样的一篇文章，并且这些原因全都是真实的，虽然极具偶然性，但是这仍然不说明问题，根本说明不了写作本身，所以这种排列也不正确。同样，如果我们同意写作是超越顺序之外的，我们一定会认为，要想进行排列这个念头本身就是错的，不管按照一个什么样的顺序。最后，既然排列是不可能的,却又是不可避免的,玛格丽特·杜拉斯便顺手排了,原则就是把排列的不正确程度减低到最小。

所以,我们在这里辑录的五组文章,完全不考虑时间的先后,所根据的是文章所涉及的"历史"宽度,这种安排也只是尽我们的可能而已。于是,我们先试着把度夏的文章放在一起,然后是一组有关犯罪的,再接着是一组有关文学的,然后我们就不知道再把哪些文章放在一起好了,我们只好把随便什么都放在一起。也许,这"随便什么"正说明了我们先前所提到的排列的不可能:事实的确如此,当然不可能本身不具有任何意义。

最主要的,是这几十年写就的"杂乱的一堆"——她说的,是玛格丽特·杜拉斯的写作。于是,排列的顺序、文章的主题早已不再重要。在话语的迂回处,事件遭到了放逐。如果说事件还在,那只是作为一种文章的发端,甚或只是作为词语本身。只是贯穿始终的是文体的光华,即时的信息和新闻事实不复存在。阅读之后一切都消失了。只有写作奏出的交响乐。这些文章的现时性便是这种写作本身的现时性。这里,玛格丽特·杜拉斯写的文章分散于历史之绳上,而历史本身也只是为了记忆。玛格丽特·杜拉斯是在写作,一直在写,完全的写作。其他任何的原因都只能是次要的。

扬·安德烈亚

目 录

译序	1
再版序	9
前言	17
关于文章排列的顺序	23
阿尔及利亚人的鲜花	3
小学生杜弗莱斯恩可以做得更好	6
"LILAS" 这个词的高和宽差不多	15
巴塔耶、费多和上帝	21
关于乔治·巴塔耶	33
啊,不再有绞刑了吗?	38
下等人的巴黎	43

巴黎的旅游业	46
维耶特的贵族血统	55
莫尔尼公爵的沼泽地	67
巴黎的拥挤	73
百分之一的小说可见天日	78
人造卫星时代的孩子并不胡思乱想	89
只够两个人的,就没第三个人的份	96
公交公司的这些先生们	102
巴黎的种族主义	108
走开!	112
皮埃尔·A.,七岁零五个月	116
为《七月十四日》辩	124
布达佩斯的杀手们	128
巴黎,8月6日	135
引人发笑的绘画	141
塞纳-瓦兹,我的故土	147
奥朗什的纳迪娜	159
"垃圾箱"和"木板"要死了	173
施瓦西-勒洛瓦的恐慌	181

和一个不思悔改的"小流氓"的谈话	194
两个少数民族聚居区	235
与一个加尔默罗会修女的对话	256
快乐的绝望之路	272
这个黑色的大家伙	289
恐怖的知识	294
被驱逐出威尼斯的人:萨特	302
萨洛尼克的猛兽	307
载着一千具尸体的火车从巴基斯坦开来	317
让-玛丽·斯特罗布的《奥通》	322
塞里格-里斯	328
德菲因·塞里格,不为我们所知的名人	331
让娜·莫罗	342
玛尔戈·冯泰恩	361
蕾奥蒂娜·普里斯	373
玛德莱娜·勒诺是个天才	381
美丽娜	391
西尔维亚和她的灵魂	403
芭铎皇后	414

卡拉斯	421
让娜·索盖	425
大海深处	434
阿基·库罗达的《种种黑暗》	437
卡洛斯·达莱西奥	442
让-皮埃尔·瑟通的《城市喧嚣》	444
弗朗西斯·培根访谈录	448
一部光辉灿烂的著作	458
韭葱汤	465
面黄肌瘦的孩子	468
源于同一份爱的恐惧	474
罪恶的幸福梦想	478
没有死在集中营里	487
泰奥朵拉	496

Outside

外面的世界 I

阿尔及利亚人的鲜花

大概是十多天前吧,一个星期天的早晨,十点钟,雅各布路与波拿巴路的交叉口,圣日尔曼-德普雷一带。一个小伙子正从布西市场往路口走去。他二十来岁的年纪,衣衫褴褛,推着满满一手推车的鲜花;这是一个年轻的阿尔及利亚人,偷偷摸摸地卖花儿,偷偷摸摸地生活。他向雅各布路与波拿巴路的交叉口走去,停了下来,因为这儿没有市场上管得紧,当然,他多少还是有点惶惶不安。

他的不安是有道理的。在那儿还不到十分钟——连一束花也还没来得及卖出去,两位身着"便服"的先生便朝他走来。这两个家伙是从波拿巴路上蹦出来的。他们在捕捉猎物。猎犬一般朝天的鼻子四处嗅着异类,在这个阳光灿烂的星期天里，似乎暗示着有什么不平常的事情要发生了。果然，一只小鹌鹑！他们径直向猎物走去。

证件？

他没有获准卖花的证件。

于是，其中的一位先生走近了手推车，紧握的拳头向车下伸去——啊！他可真够有劲的！——只消一拳便掀翻了车里的所有东西。街口顿时铺满了初春刚刚盛开的（阿尔及利亚）鲜花。

可惜爱森斯坦[1]不在，也没有其他人能够再现这一幅满地落花的街景，只有这个二十岁的阿尔及利亚小伙子呆望着，他被两位法兰西秩序的代言者夹在中间。最早过来的几辆车子开了过去，本能地绕开——这当然没人能管得了——免得压碎了那些个花朵。

街上没有人说话，只有一位夫人，是的，只她一个。

---

1 爱森斯坦（1898—1948），苏联著名导演。

"太好了！先生们，"她嚷道，"瞧啊，如果每次都这么干，用不了多久我们就能把这些渣滓给清除了！干得好！"

然而从市场那头又走来一位夫人，就在她身后。她静静地看着，看着那些花，看着卖花的小犯人，还有那位欣喜若狂的夫人和两位先生。接着，她未置一词，弯下腰去，捡起鲜花，向年轻的阿尔及利亚人走去，付了钱。之后，又是一位夫人，捡起花，付了钱。然后，又有四位夫人过来，弯下腰，拾起花，付了钱。十五位。一共十五位夫人。谁也没有说一句话。两位先生狂怒了。可是他们又能怎么样呢？这些花就是卖的，他们总不能遏止人们买花的欲望。

一切不过十分钟不到。地上再也没有一朵花。

不过无论如何，这两位先生最后总算得了空，把年轻的阿尔及利亚人带到警察署去了。

《法兰西观察家》，1957 年

小学生杜弗莱斯恩可以做得更好

杜弗莱斯恩,七岁,婴儿般的面颊,鬈曲的头发,第三次请求"站到小角落"里去。老师拒绝了。这个小时够沉重的:今天讲解的是"带进位的加法",小学生预备班第三学期的练习。有五十个孩子。老师开始了。

开始的时候老师放了一些小木块,然后又拿开了一些。五十个孩子中,有三十个搞明白了。大家停留在形象理解的阶段,纯粹而简单。

老师继续下去。他搁下了小木块,转身到了黑板前,过渡到了数字。他试着从理解跳跃到运算机制,到抽象思维。开始时的那三十个学生,这会儿只有十个跟得上了。

杜弗莱斯恩没有看黑板。他在玩一支圆珠笔,就一支。

"他们就是能这样,"老师说,"尽管无聊,但他们真的能在整个一小时里就玩一支圆珠笔,就一支。"

塔维尼埃倒是看着黑板,双臂交抱,眼睛一动不动,但是他什么也没有看在眼里。

"你从来都不知道他在想什么,"老师说,"塔维尼埃是最糟糕的。简直不知道他有多懒,那懒是骨子里的,无法控制。"

又瘦又小的富尔尼埃却是智力超前,他也不很乖,不过他什么都懂了,小木块,数字,他于其中感受到无穷的乐趣。

"富尔尼埃,"老师说,"他处在快乐中,他的这种状态比我们想象的要多,有时在整个学习阶段都是如此。他觉得理解是件有趣的事情。这并不代表他比杜弗莱斯恩要聪明,只是他学得很快乐。"

"为什么呢?"

"要说的话,那是一种感觉,好像进了一条

没有尽头的隧道，隧道一直在不断地变宽，变宽……"老师说。可是这样的征途，为什么只有极少的一部分人才能到达终点呢？

我们并不想走入儿童心理学和儿童教育学的迷宫，不过我们还是请老师为我们讲一讲杜弗莱斯恩和富尔尼埃（塔维尼埃的情况比较特殊），而且从班级出发来谈谈。

杜弗莱斯恩的父母是知识分子、艺术家。与工人家庭或公务员家庭出身的孩子相比，知识分子家庭或艺术家家庭出身的孩子往往会出现一种智力发育迟缓的现象[1]。

杜弗莱斯恩基本上没有什么责任感，可以说，对于他责任感的培养，父母表现出的不仅是一种忽视，更甚是放纵。杜弗莱斯恩很有名，他生活在自己的名声中。他吵闹起来简直是惊天动地。尽管得了坏分数，父母仍然不以为然地冲着他笑。到了一

---

[1] 但是在中学，这种现象不再发生。——原注

定的年龄,别的孩子都在数立方体了,他却在卢森堡公园。也许他的脸颊比别的孩子都要大。就是这样,而他自己也想这样,想做一个七岁的婴儿。因为害怕在街区幼儿园染上麻疹,他是跟着私人教师和他母亲学认字的。对于杜弗莱斯恩来说,最坏的事情就是把他送进了学校。杜弗莱斯恩恨透了学校。他觉得根本没有必要。因为学校摧毁了他迄今为止仍然秩序井然的世界。他在家一点也不觉得厌烦——很多人都到他家里去,教他一大堆东西,各个方面的都有。他知道(一直知道)毕加索的名字。他看过他的画儿。也许大家还问他有何感想。他周游列国。听音乐,也许还看电视。他读书,读报纸。换句话说,七岁,杜弗莱斯恩就有了自己的想法,更甚于此,这简直是一种目前他觉得可以为之自满的文化。他的父母什么都不在乎,甚至有点轻率冒失。看上去杜弗莱斯恩的念头非常奇特,其实这并不是他的念头,而是他父母的。他的早熟完全是虚幻的。理所当然地,他便有可能"缺少"一种判断性的思考，就算大家鼓励他发表意见，为他鼓掌，他也总能够说出自己的想法——但是真正属于他的念头却被周围的那些人的念头给淹没了，这不啻一种悲剧。于是，尽管我们相信他懂得很多，其实他懂得很少，比别人少。比在饭桌上总是一言不发的富尔尼埃懂的要少，杜弗莱斯恩会有自己的想法的，当然，但是得假以时日，并且一定得等他碰壁之后。

总之，我们给杜弗莱斯恩的空间太小。迄今为止他所拥有的自由都是动物性的。他的精神自由却被异化了。我们用成人的标准去衡量他的智力。一直到现在，大家教他东西还总是任由着他性子来，而且尽量避免让他自己付出努力。

于是，课堂使他感到灰心，因为课堂是如此严格，并且有一种平均主义的功能，以至于才开始的那段时间，他每天晚上都要哭。多么残酷啊！为了和课堂作斗争，他总是从家里带点什么来，哪怕是一支圆珠笔。这支笔就象征着他家，他的妈妈。

一支护身圆珠笔。有这支笔在,我就不再孤零零的了,不再孤零零地待在这种恐怖之中。

富尔尼埃,他,是公务员的孩子。我们发现较之其他家庭的孩子,公务员和工人家庭出身的孩子智力发育得往往比较正常。

富尔尼埃完全具有一种学习责任心。他根本不会想到自己可以不做作业,哪怕不是规定必须做的作业。家里所有的人都有自己的时刻表。检查他的作业也属于其中的一项内容。如果他生病了,他的母亲就会到学校门口来要作业,就算在患咽喉炎的时候,他也照样念完了课程,做完了作业。富尔尼埃可没什么名气。如果他过于吵闹,他就会受到严厉的惩罚。得了坏分数更是这样。他的父亲不是老鹰,但他知道生活不是那么宽裕,知道要抚养孩子,他没有钱,也没有时间好浪费。三岁的时候富尔尼埃就开始数立方体了。所以上小学前他已经读了三年的幼儿园。他熟悉学校就像熟悉自己家一样,生过麻疹就是证明。学校对他来说,就像吃饭和睡觉,是生存中不可避免的一桩事情。这完全是个七岁的孩子,完全与他的年龄相当。也许,谁也不知道,他在家里有点厌烦——日常生活缺少的正是学校的这份神奇和弹性,真遗憾,杜弗莱斯恩不能够领略。于是,对于富尔尼埃来说,学校不仅是"必须"去的,更重要的是他喜欢学校。如果说他也会产生一些想法,并且有时也会说出来,这些想法可不怎么让人感兴趣,还是他的学习成绩更引人注意。因此富尔尼埃显得比杜弗莱斯恩要孤独。他有自己的空间,他能够听凭自己的意愿去填满自己的空间,但是那是由自己独立填满的。从富尔尼埃嘴里出来的都真正属于富尔尼埃自己。他在学校方面的早熟是真实的。在生活中,他享有恰到好处的孤独,虽然不乏痛苦,然而他正好可以用这份痛苦来发明解药:努力。他已经完全习惯自己努力,努力已经成为他自觉的行动。小木块和运算之类的东西就从他自己的努力中落下来,他自己尚未觉察。理解的过程让他感到有趣,努力也一样。这种和谐使得富尔尼埃成了一个幸福的学生。任何东西都阻挡不了这份幸福，尤其是他从来不想家，在家里也没有任何人会过分关注他的"情况"。也许他没有极其聪明的父母，富尔尼埃，但在智力上他与杜弗莱斯恩是平等的，在学校里甚至发展得更快。

课堂的严格性和平均主义让富尔尼埃得到了满足。这种残酷，他已经有所了解。他不带圆珠笔来。虽然自己未必知道，他在小木块和黑板上的数字里已经得到了无穷乐趣。

"上了预备班以后，只要看他们写的字，"老师对我们说，"你就会知道他们来自什么样的家庭。其他的一切随之而来……"

当然，总是有特例的。但是生活中绝非仅仅有特例存在。相信这种出身决定论已经不太好了，然而要不相信真是困难。

富尔尼埃会跳级的。而老师得再教杜弗莱斯恩，不管这次用不用小木块。他将要求杜弗莱斯恩做出巨大努力：把圆珠笔放在一边，他的那截小木头，让他坚持十分钟。也许他在几个星期里都会看着他，用别的东西引诱他，直至他忘了他的圆珠笔，但是不会像他家里的人那样，恰恰相反，概括地说，学校是要让他体会到已经离开他很远的努力之"魅力"，让这份努力重新回到他的身上。

《法兰西观察家》，1957 年

"LILAS"这个词的高和宽差不多

日尔曼妮·鲁塞尔,52岁,出生于亚眠,在巴黎大区的一家钢铁厂当工人,十一年来一直住在罗曼维尔。她不识字,更不会写字。童年在公共救济事业局度过,成年后被送至索姆农庄,接着成为工人。鲁塞尔现在是两个孩子的母亲,独立承担着抚养他们的义务,因此她从未有过"闲暇"追回失去的时间。我们万分不好意思地提出了我们的请求,让日尔曼妮·鲁塞尔给我们描述一下她的世界——或者,用她自己的话来说,揭一下她的短。

"有没有您认识却读不出来的词?"

"有三个。那是我每天坐地铁都要碰到的站名:里拉斯(LILAS)、夏特莱,还有我做姑娘时候的姓：鲁塞尔。"

"您可以在其他的词中把它们区分出来吗？"

"我想，放在二十个左右的词中，我可以认出来。"

"您是怎样看这些词的，像看画儿一样？"

"用你们的话来说，大概就是像看画儿一样吧。'LILAS'这个词的高和宽差不多，挺漂亮的。但是夏特莱（CHATELET）这个词就长了点儿，我觉得不太好看，它看上去和里拉斯这个词有很大的差别。"

"您是不是觉得学认字很困难？"

"你们简直想象不到。这事对我而言太可怕了。"

"何至如此呢？"

"我也不知道。也许是因为它们……太小了。请原谅，但这也是没办法的事，我也不太会表达自己的想法。"

"那您在巴黎生活一定很困难，是不是？比如说出门的时候？"

"只要有舌头,到罗马也不成问题。"

"您是怎么做的呢?"

"要勤问,还要善于思考。但是你们要知道,我们往往比常人更善于认路。在某种程度上我们就像是盲人,有些角落是我们经常去的。除此之外就得靠问了。"

"问得多吗?"

"如果我要到罗曼维尔之外的地方去买东西,得问上十次左右。地铁站都有名字,搞错了就得坐回去,然后再问,还得问街名、商店名和门牌号码。"

"门牌号码?"

"是的,门牌号码我也不认识。我会数数,默数,买东西付账没有问题,但我读不出来。"

"您从来不告诉别人您不识字?"

"从来不。我总说我忘了戴眼镜。"

"但有时您也不得不承认,是吗?"

"是的,比如说在工厂或市政府,要签字的时候。但是你们瞧，我必须承认这个事实时，脸总是羞得通红。如果你们能设身处地地想一想，也一定会理解我的。"

"那在工作的时候呢？"

"在单位，我从来不说。每次我都在赌运气。一般来说都能骗得过去，除了每天晚上填工作卡的时候。要不是这个，我还真装得挺像的。"

"都能骗得过去吗？"

"是的，工作的地方，还有商店，我总是装作看秤，看价格标签。我害怕别人骗我，坑我的钱，我总是在怀疑。"

"甚至在您工作的时候，这对您的工作有影响吗？"

"不，我工作得很好。我必须比别人加倍小心。我思考，我很注意，于是一切还都说得过去。"

"平常买东西呢？"

"我根据颜色来区分我所用的东西的牌子。如果我要换个牌子，我的一个女友会陪我去的。然后,我又会记住新牌子的颜色。我们这样的人必须记很多东西。"

"您有什么娱乐呢?看电影?"

"不。电影我看不懂。太快了,我根本不懂里面的人在说些什么。而且经常还会出现一闪而过的文字。那里面的人总喜欢读信,然后突然之间就乱了方寸,要不就是欣喜若狂,我可搞不明白。我喜欢看戏剧。"

"为什么?"

"因为可以有充分的时间慢慢听。戏剧里的人总是把他们做的一切都说出来。没有一点与文字有关的。他们说得很慢。我可以懂一点。"

"其他还有吗?"

"我喜欢乡村,喜欢看体育比赛。我并不比别人蠢,但是因为不识字,我就像一个孩子。"

"别人说话,比如说在广播里,您也有听不懂的时候吗?"

"是的,和电影里一样。他们用的都是书里的词。如果是我不熟悉的人和词,就必须用我的词汇再解释一遍,这样我才能懂。"

"有时您会忘记您不识字吗?"

"不,只要一出门,我总会想起。不识字很累人,很浪费时间。我老是在想怎样才能装得让别人看不出来。我总是处在恐惧之中。"

"怎么会?"

"我也不知道怎么跟你们说。反正我觉得随时都会露馅的,真是没办法。"

《法兰西观察家》,1957 年

巴塔耶[1]、费多[2]和上帝

　　1941年出版的那本小册子也许算得上是当代最美的故事,作者署名为皮埃尔·安吉利克,这书到现在也还鲜为人知。当年的发行量仅为50册,1945年再版50册;今天可能稍微多了一点儿。书名为《爱德华达夫人》……

　　莫里斯-布朗肖(《新法兰西杂志》,1956年第7期)

　　"通常都是这样开始的,也许您该先透露一下目前的创作?"

　　"如果您想知道的话,我手头正有两件事情在

1　Georges Bataille(1897—1962),法国作家,批评家。
2　Georges Feydeau(1862—1921),法国作家。

做：一件是《罪恶》再版的序言；还有一件是《尼采与共产主义》的写作计划，《被诅咒的部分》的第三卷。"

"第二卷是不是子夜出版社新近出版的《色情史》？"

"是的。《尼采与共产主义》主要是谈极权问题，我所谓的极权。在我看来，尼采只是表现了一种极易引起误解的法西斯倾向，是可以原谅的。想要为尼采的态度进行辩解，就必须从对极权价值的研究入手。如果我们意识不到这一点，如果我们不把对极权价值的研究与法西斯主义的军国主义价值研究对立开来看，我们根本无法理解尼采。人类的极权与军国主义价值是对立的。例如说，共产主义就是要消灭军国主义观念，强调人的极权，共产主义认为，每个人都具有这种极权，这是不可剥夺的。"

"然而在支持军国主义的人看来，军国主义价值宣扬的也是一种极权。您认为区分这两种极权的标准是什么呢？"

"这就在于，军国主义价值具有一种明确的结果性，而在这种情况下，它所强调的极权并不带有真实的至高无上的色彩。如果您同意的话，极权的态度与极权的运作恰恰是相反的。在运作中，我们行动以获取利益。旅行推销员不停地说是为了推销他的商品。而如果我们具有一种极权态度，我们往往对结果并不感兴趣：我们再也不考虑别的任何问题。但是作为一个军人，部队的首领，他是以寻求政治利益为目标的，他属于旅行推销员那一类。希特勒和路易十四属于旅行推销员一类。尼采则不同，因为他拒绝为计算政治利益而服务。对于他来说，在人类生活中，某样东西具有极权的终极意义，不可能为任何其他目的服务。"

统一与奴性

"但是历史上，君主们不是总会表现出一种军国主义价值观吗？"

"是的。我可能只有一点保留意见。开始的时候，从本质上来说，极权与军权肯定是有所区分的。军权有可能会将极权收归自身，但二者是不同的。军权身上留有许多最初状态的痕迹。但到后来，武力会占据上风，压倒一切，而最终，君主们都穿上了制服，就好像之前他们就决定要表现出一种奴性。"

"您认为极权不会有其表征。但是就不会有一种表征恰好适合解释极权吗？"

"为什么没有呢？牛在草地上的画面在我看来就很适合。"

"在您脑中，尼采对于人类极权的追寻与共产主义对人类极权的追寻是一回事吗？"

"在我看来，共产主义的极权首先必须与人类生活的极权相一致。对于共产主义来说，没有任何原则是可以超越于人类生活之上的。然而我们有必要指出，有可能存在着某种共产主义道路——尽管并非出于踏上这条道路的人的愿望——会使个人服从于某种超越于个人之上,并使人异化的东西。我想,任何一个不抱有偏见的共产党人对于我这种想法都不会感到震惊。"

"您影射的是哪一类的服从呢?"

"我们经常不得不让步于生产,让步于满足物质需要的努力。而在这种情况下,我们就有可能为了某种非个人的东西超越于个人之上,使个体异化,哪怕只是缩减个人在欲求上的满足。可为了缩减个人欲求的满足,我们必须做出相应的努力。我必须明确这一点,但是我首先能够理解到共产党人所遇到的困难,他们不得不采取某种令人震惊的做法。"

"那么对您来说,真正的极权最终会导致什么呢?"

"我想它将导致的是剥夺而不是特权。尼采本人就曾设想过一种社会主义世界,工人比知识分子拥有更多的权利与财产。"

"在通往极权的过渡阶段,是不是知识分子的日子比体力劳动者的日子更为好过呢?"

"是的,甚至最终这种脑力劳动者与体力劳动者之间的差别也不会消失。"

"我们能不能说,对于尼采,或是对于您而言,极权都是一种没有出口的开放道路呢?"

"我们可以说,在极权里唯一可能的,便是可以称之为人的人似乎无所限制。"

"但是何为通往极权的道路呢?"

"在这条道路上立即出现的是上帝的身影。但是如果我们把上帝的存在看成超越于自身存在之上的,我们就不能意识到上帝的存在。而上帝却是一种我们在自己身上所应实现的一切的明确指示。将自己放在上帝的位置真是一件沉重的事情,简直可以说,做上帝等同于承受酷刑。因为站在上帝的位置就意味着和一切妥协,包括和最糟糕的事情妥协。要做上帝就等于接受最糟糕的事情。我们无法想象,如果连上帝都不要这类糟糕的事情,这类最糟糕的事情怎么能得以存在。您瞧,这个想法挺有趣的。很富戏剧性。如果我们的思想不被这样一种深刻的戏剧性所浸淫——我们有可能察觉不到这戏剧性,这也是可以原谅的——我们就不可能对上帝的问题进行严肃的思考。"

"您在笑?"

"是的。如果您同意的话,关于上帝的存在,我不仅仅觉得这是一件很有意思的事,对我来说,这甚至类似于费多的滑稽情景剧。您想想看,费多的戏剧作品中有没有能昭示这个问题的什么东西?"

"我想想看……没有……那您的作品呢?"

"也没有。但是您知道的,一般我尽量避免谈一些具体的问题。再说,我可以面对上帝发笑,并且不要求他和我开同样的玩笑,就像他对费多戏剧作品里那些人物所开的玩笑那样。"

疯狂与极权

"在追寻极权的道路上,最主要的障碍是什么呢?"

"毫无疑问，那便是我们必须完全接受并尊重别人的存在。总的来说，这种需要会带来内心深处的满足感。只是我们很难防范自己的情绪浪潮。当然，情绪化的东西从来不可能上升为理论。总为自己情绪所折磨的人是疯子。总之，我们可以说疯子是极权者最完美的写照。但是一个人若是懂得极权者的极权便是疯狂，他会找到一切避免让自己成为疯子的理由的。"

"但是我们总不能消灭人类灵魂中的情绪吧？"

"当然不能。如果说人应当尽量避免让自己成为一个疯子的话，他却应当参与疯狂。我所谓的疯狂是戏剧与文学一直作用于他的疯狂。但是我得再申明一遍，情绪的东西从来都不应该上升为理论。打个比方，我们的行为从不应该破坏人人平等的原则。"

"我可以继续这样毫无章法地提问题吗？"

"只要您愿意。让我们把九柱游戏继续玩下去，目的就是看着这些小木柱一个个地倒下来，不要所谓的规则。继续吧。"

"那么，当您写作时？……"

"我写作时遇到的最大困难就是不能毫无章法地写。也就是说，顺着一条思路写对我而言困难极了。"

"直到有一天，您发现实际上自己写的东西根本不是毫无章法？"

"不，直到有一天，我发现自己还是只能把这些东西写成一本书。"

"1957年开始，您着手于一本关于色情的杂志[1]，可谓与时代精神完全不符，这是不是源于您对时代的一种失望？"

"完全不是。我之所以要做一本关于色情的杂志，是因为这些年来在性道德的问题上产生了一系列的巨大变化，这本杂志的意义就在于揭示这些变化。"

1　杂志名为《创世记》，预计1958年出版。——原注

"您知道我刚才提那个问题的用意吗？"

"是的。我不是一个在希望中生活的人。我从来搞不明白为什么有人会因为没有希望而自杀。我们可以身处绝望之中却从来不动自杀的念头。并不是只有希望才能给人以满足。"

"还有什么能给我们满足呢，比如说？"

"比如说理解。我从来没有介入过政治生活。对我而言最重要的始终是理解。但是我没有任何个人的欲望。我觉得这个世界令人厌恶，而我却从来没有找到过这个令人厌恶的世界的出路。"

"我想，您加入人民阵线那会儿，该是隐约看见了这世界令人厌恶的某种出路？"

"确实，可那只是很短的一阵，我体验到了一种政治上的强烈震荡。但是我很快就又开始被这些问题所超越。要想成为共产党员，就必须对这个世界有所希冀。听着，我缺少那种自觉必须对这个世界负责的人的使命感。在政治方面，我在某种程度上仍然宣扬的是疯子式的不负责任……我或许不是那么疯狂，但是就任何意义而言，我都不会担负起这个世界的责任。"

"我甚至不是共产主义者"

"但是我能不能这样说，对您来说，共产主义还是反映了某种共同的要求？"

"是的，您可以这样说，在我看来，工人们的要求很合理，资产阶级没什么好向他们指手画脚的。但我必须再次申明，我甚至不是共产主义者。"

"甚至不是？"

"因为我对这个世界无所希冀，而且我活在现在之中，我不关注将来开始的事情。"

"您拒绝占据别人的位置关注这些事情？"

"是这样的。我再说一遍，我没有使命感。"

"请原谅，我坚持要您解释一下，当然愿意怎么说随便您，如果说您没有任何个人欲望，或是像您所说的，缺少使命感，您是不是至少有着某种笼统的愿望呢？"

"我想共产主义是合理的，是可以憧憬的。但是我的这种说法太庸俗了，有点歪曲这份愿望。如果您相信的话，我的想法和别人的差不多。正因为这个'差不多'来自一个努力想明确表达自己思想的人，在某种程度上，它可以被视作关键所在。"

《法兰西观察家》，1957 年

关于乔治·巴塔耶

批评只有在巴塔耶的面前才显得如此羞怯。是的,在他面前,批评不再能借助它以为必要的决疑论下手。面对巴塔耶的晦涩,它只能等待,希望能够等来批评女神的降临。许多年过去了,人们继续幻想着有朝一日能够谈起巴塔耶。而使这些人等了又等的,除了这份幻想,当然还有其作品的重要性。这种克制成了这些人的骄傲。为了自己的名誉,他们永远不敢触及这头斗牛。

一种非常强烈的愿望,那就是让年轻人来为我们做这些事,让他们做我们所不敢做的,不再等待我们当中有人来尝试。

如果说对于巴塔耶而言,重要的不是文章的

清晰性,并且恰恰相反,他认为最重要的,正是要毁灭这种通常而言在文学行为中占据上风的对于清晰性的考虑,可是这样说意义不大。他的作品为错误留下了最大的机会,因为他谈论事情的方式并不让人觉得在理解上受到限制。只要与此相关的神学体系没有完全建立,爱德华达在未来的几个世纪里都将是个难解的谜。乔治·巴塔耶使她从黑暗里凸现出来,但是他不可能揭示得更多,他的语言不合适再说得更清楚。《爱德华达夫人》的主题与语言所习惯的承受力相比,似乎总是有这么一段距离,或是不及,或是超出。可他又如何能够意识到这一点呢?

因此,关于乔治·巴塔耶,我们可以说他并不是在写作,因为他边写边在与语言作对。他创造了一种方式:写即不写。他让我们忘记了文学。没有文体的《天空的蓝色》是那么让人欣喜若狂。就好像在作者身后没有任何文学传统,批评界对此不置一词。可在这点上,我们又怎么能够做到"不写"呢？词语不再对承担相应的使命抱有希望，它丢失了自身的魔力，它只能承载自身可能的意义。我们似乎有一种感觉，觉得我们先是从反面看到了它，接着我们才找到了它，它已经得到了解放，从日后糟糕的运用中解脱出来。

与此同时，也许还要说明一点，那就是"才智"这个通行货币在巴塔耶的书里也毫无用处。它不再达及自身，必须与实体相统一，并且与对这实体，与对它本身一无所知的东西相统一——以此为必要的平台——它才具有价值。

当爱德华达夫人出现在当代文学最伟大的作品之一的舞台上，她在嘲笑，一丝不挂。而当她的姐姐迪尔蒂出现在《天空的蓝色》的背景下，她陶醉了，在肮脏的幕帘后，她抱着迪尔蒂的屁股在啃噬。

爱德华达和迪尔蒂是上帝。巴塔耶对我们如是说。

（再也没有人能像巴塔耶一样，为我们同时演绎着晦涩与清晰，并且如此完美。这里无须任何批评，无须任何意义上的批评。或者批评根本无法进入，在巴塔耶的话题面前，它占不了上风，它只能一头栽进巴塔耶的难解之中。它与自身分了家。）

热内的卑鄙遭到了巴塔耶的严厉批评，但是却呈现出他笔下的人物的奇特性。正是这种奇特性使热内的人物挣脱了自己，也正是这份奇特性赋予这些人物一种最高程度的王者的威严，因为这威严无从替代也无从透辟……爱德华达和迪尔蒂却正相反，她们都是一无所有的拥有者。如果说迪尔蒂还爱着，还选择了这世界上的一个人，爱德华达则根本不爱了，什么也不要了。她是在内心深处卖淫。巴塔耶的卑鄙——与热内的卑鄙恰恰相反——在于他使自己的人物摆脱了奇特的命运，从而赋予他们一种不确定性。他们不再被包裹在个性威严的粗糙外表之中，而是走向一种自身的瓦解与虚无，我们或许会在路上碰到他们。就这样，迪尔蒂和爱德华达就这样，站在那里。巴塔耶在某个夜晚遇见了她们。在这点上她们都不再拥有自身,她们的命运已经不再构成问题。而在热内的笔下,阿尔芒的命运却一直牵动着我们,直至死亡。巴塔耶剥夺了他所创造的人物的命运,使他们处于匿名的状态。热内却给予他的人物以主宰命运的权力,直至人物本身成为一种命定——这就是他们之间的差别。

《毒芹》,1958 年

啊，不再有绞刑了吗？
(从王宫咖啡馆听来的谈话)

"但是你们难道不明白，从此法国取消了绞刑吗？"将军夸张地说道。

这位将军所统治的军队人数已经大大削减了，只剩下可数的几个：一位上尉，一位上尉夫人，还有他自己的夫人，将军夫人。这天晚上，他们围坐在咖啡桌边。

"唉！我的将军，"上尉说道，"您说的在理。每天早上，在报纸里拼命找，仍然是什么也找不到。犯罪，是的，犯罪，可是再没有死刑了。"

"法国，"将军继续着他那夸张的表情，"法国成了一个再没有绞刑的国家。瞧，我的朋友，这就是现在的法国，变成了这样。"

这位将军皮肤黝黑，一副不可一世的模样。当然了，阿布杜勒-克里姆[1]曾是他的敌人。听众很守秩序。

"可耻啊！"将军叹息道。

"怀疑……啊！……这就是怀疑的好处，"将军继续道，"啊！……我简直觉得好笑……一切可以非常简单。怀疑，再加上理性，那么只有一个解决办法，只有一个：绞刑。杀一儆百，完美之极。我可以向你们保证，那些做坏事的人可得好好想想了。"

"每天晚上，这些可怜的出租车司机，"上尉夫人斗胆说道，"就像苍蝇一般完蛋了……"

"你们知道吗，"将军继续下去，"最美妙的事情就在于他们无权携带武器。"

"是真的，我的将军，"上尉说，"不过我听说他们当中有些人在座位底下藏了木棒……不，但是……啊！啊！"

---

[1] Abd el-Krim，反对西班牙和法国在北非殖民统治的抵抗运动领袖。

"勇敢的人啊！"将军夫人沉浸在回忆中。

"真得好好想一想，"上尉夫人沉思着，"这些先生为什么会对杀人感到这么不安呢？为什么呢？"

"现在的法国，人们为了一千法郎就会杀人，真是可耻。"这回轮到将军夫人做那么夸张的表情了。

"可是由谁来付钱呢？"将军突然吼道，"由谁支付这些人被监禁时的费用，谁供他们吃喝？"

将军骤然间为民主的激情所折磨，立即与民族的利益紧紧团结在了一块儿了。

"是我们，"将军说道，"我们，纳税人。"

像过去在军队里一样，将军把握住自己言谈的分寸：

"喏，我就认识一位公民……他就住在我附近，在雷罗[1]省。五年前，这个人把他妻子杀了……为

---

1 这是一个不错的文字游戏。我想我的确听到，将军就住在雷罗地区（Hérault）。——原注
 法语 Hérault 与"英雄"（héro）谐音，作者玩了一个文字游戏。——译注

什么已经不重要了。事情很明了,没有任何疑点。这事儿已经过去五年了。五年,这个人一直在等着被绞死!我得补充说明一下,我说这件事的目的也在这里,这人有一块地,就我所知,按现在法郎的行情,平均下来大约值一百五十万。事情就是这样,我们必须承认,如果卖了他的地,足够支付监禁费的!可根本不是这样!还是得由我们来付,我们,纳税人!"

"想起来简直是不可思议!"上尉叹道,"我们根本不受保护!无论从哪方面来说!"

听众的赞赏大大鼓励了将军。

"还有正当防卫!"他突然吼道,"我们又怎么能正当防卫!"

咖啡馆里充斥着激昂的情绪。将军就要遭到袭击了吗?假警报。将军没有任何危险。

"说说看,还有比这个概念更模糊的吗?我都怀疑是否真的有权利对撬门而入的家伙开枪了!"

"真是的,"上尉进一步肯定道,"开枪有可能要被判刑的,听我说,被判刑,就是因为对一个侵入私宅的人开了枪!他很可能是从窗户里爬进来的!简直是不可思议!不可思议!"

将军眼看着变得年轻起来。可这不会持续多久的。

"我可以告诉你们,我是会正当防卫的,我可以带手枪,这是符合规定的。随他们去说好了……谁敢不敲门就进来……瞄准!开火!砰!乓!砰,砰,砰,砰,砰!"

《法兰西观察家》,1957 年

下等人的巴黎

露西亚·布兰,71岁。

第四十次被带至塞纳河岸法庭。

被控犯偷窃罪(偷货架上的商品)。

这次是偷了卢浮宫商店的两件紧身衣(偷内衣是最简单的)。还了赃物后,只判了她四个月的监禁。

71岁了。做了三十年的寡妇。

十一个孩子,七个活着。

不识字也不会写字。

职业:非法花贩。或许是承袭家庭的命运吧。她的父亲、母亲与她职业相同。但是,不管非不非法,七个孩子是养大了。没有一个被送到公共救济事业局的。而且"教养"很好,以至于没有一个愿意来看她的。"我能理解他们。"她说。

由于屡犯偷窃,她曾被剥夺二十年的居留权,然而她一天也未曾离开过巴黎。到了别处,她会迷路的。

不幸的是,花儿不是一年四季都有的。于是剩下来的时间她只好去偷。"我没有别的办法,"她说,"这对我来说是不可能的。"于是她就偷了。接着她和别人一样,被带到法庭做客。法官要她承认罪行。她毫不辩解地认了,似乎毫无羞耻之感:一份笔录,我偷窃。第二十五次,第三十次,第四十次,她等着一切就这么过去,不多说一句为自己辩解的话,没什么客套,可也没有谩骂,更没有对官方派给她的女律师[1]表示出一点感谢之情。

"随我去吧,我知道这一套。"她不要别人的帮助,也不把任何无辜的人牵连在内,装出一副服法的样子,就像她历来为了生存所做的那样。

1　小说家玛德莱娜·阿兰丝。——原注。

"我还不想死，"她说，"所以我必须偷。"

她再没有时间可以浪费了。71岁，动作必须快了。她在算时间。是的，她知道老一套。巴黎对她来说是一个弱肉强食的世界，她了解这一切，就像一只夜间躲在屋檐上的猫，法律也是一样，她钻进去，打个转儿，再出来，四个月在这里，六个月在那里，她善于处理自己的事儿，顶着风浪前进。她得吃饭，得活下去。

"我已经习惯劳动了。到监狱，或是到别的什么地方都一样，没有什么差别。擦洗监狱的地板，要不就是五点钟起来打扫大厅。"

一切都将重复进行，因为她还不想死。不可能，不可能有别的活法儿。她有的吃了。第四十次，"他们"仍然找不到她的住处。"我总不能把朋友都插在浴缸里，"她说，"这是问题的关键。"

《法兰西观察家》，1957年

巴黎的旅游业

自一月份以来，巴黎，仅这一个城市，就接待了 700 101 名外国游客——其中第一季度为 220 012 人次，第二季度为 480 089 人次，七月还不被包括在内。去年，仅八月份，游客就为 218 603 人！

巴黎人满为患。下午五点钟，埃菲尔铁塔的售票员们就已经累得不行了，老是担心自己出错。这会儿，她们平均每天要售出 9 000 张票！而卢浮宫在同一时期每天要接纳 5 000 人，星期天更达到 10 000 人，格雷芬博物馆每天亦要接待 4 000 人。

每天，21 000 张印有埃菲尔铁塔的明信片飞往世界各地：纽约，赫尔辛基，慕尼黑，佛罗伦萨……紧接其后的便是印有蒙娜丽莎和拿破仑一世加冕礼这两幅名作的明信片。再接下来，要数印着"裸体画"

的——哪一类的裸体画倒是不清楚——裸体画和希腊无头胜利女神雕像以及歌剧院大道一样好销。

对于所有的人来说，旅游的发展无疑可以通过白兰地的销售得到结算。所有一流牌子、二流牌子的白兰地全都涌出了国门——包括法国人自己都叫不上名来的。

"轩尼诗没有了，拿一瓶贝尔特朗吧，您肯定会喜欢的。"

于是贝尔特朗被拿了出来，小心翼翼地，德国的路德维希大叔呢，当然啦，就像法国谚语里说的那样，给蒙在鼓里，一点也不明白……但……

但不是所有的游客都这么好骗。总有例外，这也是在意料之中，当然，例外本身就是有规律的。

"真是妙极了，"25岁的吉丝拉·O.，一个活泼的汉堡姑娘说道，"平生第一次，有那么多男人回过头来看我。"

"但是你又要进商店了，"一个身材不高的罗马女衣商在批驳她往巴黎去的同伴，"你进所有的商店，每样东西都要问个价儿，但是你什么也不买。我们说不定要遭报应的。"

什么报应呢？

我们都知道。在某种程度上，我们都有点罪恶感。在外国人面前，我们是最无动于衷的一群。毫无表情。自旅游业存在以来，巴黎就开始接触千千万万的外国人了。我们随他们自己去看，他们看上去是那么痛苦。因为这里是我们感到最孤独的地方——当然那些年轻的汉堡姑娘除外，然而，这里同时又是人最多的地方，是遭到最多嘲笑的，却任谁也不愿意错过的地方。

"首先得渡过开头这几天的难关，"一个年轻的美国女孩对我们说，"为了穿过大西洋，我花光了所有的积蓄，到这里的头三天，我只能一个人待在房间里哭。"

然后，过了这三天——对有些人来说这三天是非常悲惨的，尤其对某些讨厌乘大客车集体旅行的孤独的知识分子而言——他们很快就会认同巴黎的。总的来说,这种认同才是永恒的。

巴黎独自一人在历史中前进

"我们永远到不了这个份上!"面对协和广场,美国人叹道。

另一点便是众所周知的自由。无论他们来自何方,哪怕是罗马,在巴黎面前也成了乡下,在这一点上,所有人都不会有异议。这里,道德的宽容闪耀着光华。咖啡馆里,随处可见肤色相异的情侣在拥抱。歌剧院大道上,一个塞内加尔小伙子紧紧搂着一个金发姑娘。不会搞错的:这里是巴黎。

而巴黎人呢,和他们谈会儿话,你就会发现,他们那么擅长自治,那么擅长与政府"擦边而过",他们自己做自己的主,谁也别想让他们屈从,他们总是有自己的想法,与官方的政见总是背道而驰。换句话说,巴黎独自在历史中前进,没有一届政府跟得上它。它自身的自由判断才最具说服力,而与之俱来的,便是对政权的憎恶。它在历史的字里行间思索着,它有它自己的鼻子,已经一百五十年了,它再也没有上过当。任谁都会清楚这一点。

这自由的空气浸淫了一切,穿透了所有最意想不到的细节,有时简直接近于厚颜无耻。

"这么有名的镜子展览,"一个意大利人对我们说,"可您真不知道那些镜子有多脏!只是不管脏不脏,反正肯定都要去看的,所以……"

"还有这些猫,"一位荷兰女士说,"到处都是猫,到处都有它们的身影,在家里也就不说了,在香烟店的柜台上,在药店里,没有人会去管它们的,它们可以躺在药品上睡大觉!对于我们其他国家的人来说,这简直不可思议……"

"你们开的是 1930 年的汽车……"

这种认同里还有一点亦是被普遍提到的,这就是与自由并行不悖的同时——当然也不乏矛盾之处——巴黎继续保持着原来的风貌，似乎打骨子里就变不了。大家都说这是变化最小的城市。二十年，三十年过去了，所有的人都还能认得出它。

"所有的游客，"一个西班牙人对我说，"都是从寻找 1900 年的巴黎开始的，世纪初康康舞流行时的林荫大道，咖啡馆音乐会名歌手马约尔的《美丽的海伦》。有时的确代价昂贵，但是我们不能错过。"

他还补充说，到巴黎的第一个晚上，他先是冲到书报亭去买了一份《巴黎好莱坞》，然后他理所当然地去看了比加尔广场的雕塑。而在那里，他很幸运地买到了一打非常美妙的明信片，有米洛的维纳斯、蒙娜丽莎等，只是第一张不是他想要的卢浮宫的圣母，价值 3 000 法郎[1]。小事一桩，只要我们想想，在巴黎的布朗什街上住一晚（而且是与其他人共住一个房间）要 16 000 法郎，而一场一个半

---

1 均为旧法郎。

小时的电影在私人影院要卖到 12 000 法郎一张票!

可是不消两天我们就会忘却这份痛苦,发现巴黎的另一个时空,有时简直难以逆料,比如——

"比如说 11 型轻便雪铁龙汽车,"一个美国人对我们说,"二十一年前,它震惊了整个欧洲,但它居然一直保留着!我们到处开的都是新车,只有在这里,你们还开着 1930 年的车。我十年没来了,而我觉得,你们与十年前的唯一区别就在于,玛德莱纳大教堂的夫人们不再围那种孕育了整个一代年轻人的艳情梦的银狐披肩了。"

有个词是不可避免的,那就是法国人式的"轻佻"。可得当心他们!所有到法国来的外国女人都少不了要提到这一点。

"你们的名声大极了,"一个德国人对我们说,"以至于在我们那里,如果来了个法国人,哪怕他是个残废,哪怕他已经六十岁了,只要他一走进客栈,附近的人家准得把他们十六岁以上的女儿都给圈起来。"

都说意大利女人能抵抗得住，说瑞典女人很少能逃得过的，说德国女人从此不敢独身前来了，说西班牙女人第一次不假思索地任由自己迷失，说英国女人对此不加理睬，说美国女人在法国男人面前走不动路。但是无论如何，必须承认，这种冒险的狂喜也可以被包括在巴黎的魅力之内，这可不是假话。

巴黎的诸多魅力里还有一点：在欧洲，巴黎是最容易认路的一个城市。关于这一点大家也毫无异议。

"无论在巴黎的什么地方都能看到埃菲尔铁塔。更不要说塞纳河了，大部分主干道都是以它为中心四射的。还有地铁，您也许还不知道，地图标得准确极了，除非您存心，否则怎么也迷不了路的。"

代价昂贵，所有人都这么说，实在是贵，但当他们要离开的时候，所有的人都会说有朝一日还是要再来的。我们的缺点在某种程度上正是我们的优点。而习惯上真是这样，如果我们完美无缺，也许倒是他们受不了,是他们要迷失了。

然而有一点是要竭力避免的,那就是不能让他们凑巧看到另一个虚假的巴黎。我所说的是那种可怕的沙文主义式的严阵以待,防范有加,换句话说,就是不能让别人凑巧看到这些愚蠢的布尔乔亚。

我还记得,有一回,有一群与我非常要好的意大利朋友到我家来玩,八天以后,一个同住一楼的退休的上校写信给业主说,这些"外国人"的出现是不合法的,令人难以接受的。

这一类的故事太多了。

"想想看吧,"有个饭店老板娘对我说,"那些个英国人,提前一年定了房间,就是为了保证能看到巴黎。意大利人嘛,好一点,可有时也会提前六个月……"

一定不能让别人看到我们国家的这些蠢货。

《法兰西观察家》,1957 年

维耶特的贵族血统

这是一个理想的领域,到处都是致命的沟管,在这里,"现实超越了虚构"。

宰杀场的大门前,竖着一块通告牌,腔调一下子就出来了:

未来屠宰场

成批宰杀

当地咖啡馆的名字也很有意思,银羊,白羊,奶猪,屠宰场彗星,金牛,牛头,维耶特小洞。

其中的一个咖啡馆里贴着一幅画儿,画着一头母猪,坐在摇篮旁,一边看着它的宝宝,一边编织着一篮子猪肠。

入口处已经听得见猪的低吼,有一间制作屠刀和屠牛斧的作坊宣布:

"本作坊制作锤肉器,使肉变软。"

大家都笑了。农产品管理处的那些人本来弄得大家都昏昏欲睡,这会儿自己也都醒了。人们变得柔软。而第二层意义上的柔软使我们想起文学。

"进入公共屠宰场的动物,凡用于鲜肉店和熟肉店,必须死了出来。"1914 年 6 月 27 日颁布的通法是这样规定的,第一章,第二条。有一种不容置辩的口气,好像斯丹达尔用来定调的民法。而维耶特,自从 1867 年 1 月 1 日存在以来,就产生过无数让·热内这样的人物,觉得屠宰场的屠牛斧管和绞架一样激荡情绪。

一个吸血鬼的时代?众所周知,屠夫是直接就着刚掉脑袋的畜生的颈动脉喝血的,而道热尔伯爵家族的贵夫人呢,一大清早便来到洗毛槽旁,站在刽子手身边拿碗盛了血喝。

一个放纵的时代？阿拉贡笔下的法国女人，为缺少情人所苦恼，就在维耶特附近徘徊，把维耶特变成了有名的走入歧途的迷失地之一。

维耶特随他们做，随他们说。它只是一声不吭地宰杀。一年里的每一天，它要向巴黎和巴黎城郊提供35万公斤的牛排。

屠夫的艰辛

一边，靠近巴黎-维耶特火车站，散发着牛粪味和泥土味，这里有一个牲畜大市场，在这个大市场里，每个星期一要宰杀5 000头牛，每个星期四，则在2 000到3 000头之间。

另一边，靠近巴黎，血腥与食欲同昭，鲜肉零售商的卡车排队等候在外。

在维耶特，一切却都很快。宰杀，去内脏，剥皮，一头牛在三个人手上只需半个小时。

这是规矩。在维耶特和在雷诺一样，节奏就是如此可怕，想要跟得上趟，屠夫根本别想有一点喘息的时间。所以屠宰场附近少有咖啡馆，更不要提妓院和饭店。道热尔伯爵家族的夫人们想要约会，必须得到帕西或圣父街。在维耶特，不管干什么，都不能与酒精沾边，规矩非常明确：这里不接受醉鬼。不论是宰杀、肠衣加工，还是洗清牲畜，八小时的工作日——从早上六点直到下午两点——都在血腥中度过，血流了一地——手里拿着屠刀，面对那些难以应付的家畜。危险是明摆着的。这就是现实。维耶特的白葡萄酒不错，可那是为旅客准备的，为歌颂巴黎准备的，有时或许批发肉店老板也有份，因为他们不需要以这种方式与肉打交道。

清晨的维耶特还是卡尔内[1]的作品，而接下来，当然是弗朗居[2]的纪录片了。从半夜到翌日清晨五

1　卡尔内，法国著名导演，与雅克·普列维尔合作，其导演的作品极富诗情画意。
2　弗朗居，法国著名导演，其纪录短片《牲畜之血》很有名。

点，诺曼底、夏洛莱、利穆赞的运输商们开着重型卡车陆陆续续地来了，就在这一段时间里，要卸下成千上万吨猪和牛。维耶特火车站的街道上，成批的牲畜就这样被倒在地上。从五点到六点，沿着乌克运河，一支来自"凡尔赛"和 D. S. 19 的部队合上了夜的大门。

巴黎大的肉商和鲜肉批发商手把方向盘来了。牲畜市场和协和广场差不多大，与之毗连的就是宰杀场，占地也有 21 公顷，人们叫卖着牲畜：来自旺多姆、利穆赞、夏洛莱的圈牛，从 12 月到 6 月，最好的还有诺曼底的牛，从 6 月到 12 月，这里有贝利高尔的猪和卡索的绵羊。

当然，这里用的词汇都是非常残暴的。洗毛槽，牲畜就在洗毛槽里"冷却"。在冷了的牛身上，我们会为它套上一个柩车。在维耶特，雅克·普列维尔可以找到他的灵感。而在洗毛槽边，还是鲜肉批发商更合适一些。

鲜肉批发商才是这里的主人。洗毛槽的工作

车间是巴黎市政府在拍卖时以抽签的方式特批免费租用的。这种情况极为罕见。那时,鲜肉批发商工会尚年轻,他们花了十五到二十年的时间申请,可一直没有得到满意的答复,1955年以来,始终也没有抽签这一说,因为维耶特有它的贵族血统,有它自己的王朝。只需查一下名单你就相信了:雷必西埃·让,雷必西埃·乔治,雷必西埃·马塞尔,雷必西埃·罗伯特(还有一个姓牛的)。每个批发商都有一个甚至几个洗毛槽,但是也有一些洗毛槽是属于那些零售商的,用了穆斯林的屠夫,或在教会办公室的监督下用的犹太屠夫。

屠夫的队伍中,有个主刀手,接下来是二至六个按资历分级的屠夫。他们分别为:主刀手,宰牛一个星期挣 20 000 法郎,宰小牛一星期挣 17 000 法郎,宰绵羊一星期挣 18 000 法郎(各种奖金不包括在内);二等屠夫,宰牛一星期挣 17 000 法郎,宰小牛和宰绵羊一星期挣 13 000 法郎;三等屠夫,宰牛一星期挣 15 000 法郎,宰小牛一星期挣 10 000 法郎。不管是主刀手，一等、二等还是三等屠夫，他们都会宰杀并知道在什么时机宰杀。只要有确定的住址，有力气，年满十七岁就能操业。规定宰杀时可以选择屠牛斧、棒槌或专用枪，只要"有一个固定住的可以着力的销钉"就行。

规定非常严格，从市场到洗毛槽，牲畜必须"成群地""一步步地走过去"，只能用鞭子赶，不能用"棍子和猎犬"，牛在二十五只以下，羊在三百只以下。谁也不知道为什么，只有小牛可以享受特权，"用车运，站着，且不用拴住"。

只有在一点上，规矩可以不被遵守。规定强调，为安全起见，牲口在被宰杀前必须缚住。但是绑一头牛得花上两到五分钟。然而为了保持节奏——这也是规矩——人们经常省了这道防范措施，于是宰杀的危险性大了四倍。先用皮带绑住，将牲口的脑袋竖起来，然后，当它伸出嘴，便用屠牛斧给它致命的一击，牲口立刻倒地，最后将灯心草（1.5 米）穿过屠牛斧上的一段空心管，用来

"杀死"牲畜的神经。这就是维耶特整个流水线的过程,这就是这些手执屠刀、围裙上沾满了血的夏尔利·夏布兰[1]们的螺丝钉。

因为这一切会产生很多很多的血,非常多,维耶特的街道上每天会有 20 000 升血在流,最后集中到洗毛槽的中央管道里。"鲜血采集者""内脏采集者",这些食品业大屠杀的附属职业在维耶特城区造成了一大批内脏制剂企业:居布勒工厂、勒般工厂、C.P.I.S.P.A,等等。剩下就成了化肥。当然最主要的还是牛排加工。

如今维耶特主要还有两个问题。第一个便是关于牛排的。

在 1945—1946 年间,食品供应券取消了,整个法国都渴望着可以有一种肉,只要一种,能够成为自由供应的肉类的象征。

煨牛肉让人想起德国人,而蔬菜牛肉浓汤让

---

[1] 夏尔利·夏布兰,法国著名导演、演员,擅长饰演饱经风霜的人物。

人想起元帅的座右铭，肋排则让人想起瘦骨嶙峋的奶牛，而牛排则是象征着戴高乐主义的。于是，在短短几个月间，牛排的需求量与战争期间相比就翻了三倍。自此以后，牛排的需求一直有增无减，正是这个让维耶特成为最大的牺牲品，十年来，它一直找寻着把牛百分之百地变成牛排的办法。

牛排的统治

批发商、零售商都到这儿来。幸好切割得巧妙，幸好剩下的部分可以剁绞肉，一头牛约有三分之二可以加工成牛排。然而剩下的三分之一着实成了问题。夏天，蔬菜牛肉浓汤倒是可以运往动物园或者梅德拉诺马戏团。可每个季节都有的剩。又怎么能够要求法国的主妇们每天花上一个小时去烹制碎牛肉汤或其他什么需要慢慢煨的菜呢？想要重新把人们领回蔬菜牛肉浓汤的 20 世纪 30 年代，非得像可口可乐或奥妙洗衣粉一样大展广告攻势，要不然就得靠维耶特的"公共关系"了。

然而维耶特没有。于是另一个问题来了，比前面一个问题还要严重得多，因为如果十年前就已经开始的矛盾再继续激化，那么维耶特有可能消失。

如今我们一年的成交量，只相当于过去一个季度，而且还是淡季，一位牛肉制品管理委员会的官员对我们说。

的确。而巴黎城郊的人口还在不断地增长。每年经过维耶特的牲畜数量却在不断递减。1938年，有 279 392 头牛在这里被宰杀，1955 年却只有 270 016 头，1956 年更只有 260 585 头（在 1942 年，我们宰杀了 236 925 头，其中 156 380 头是运往德国某组织的）。

锐减或递减的原因很多。首先，二战之后，法国的牲畜存栏总数自战争结束以来从未得到真正的恢复。再者，法国的肉价总的来说是应当有个规定的极限的，但是，各省自己规定的肉价往往比巴黎高得多，因而对肉商也更为有利。于是，特别是小牛肉，几乎完全从维耶特和巴黎市场上消失而大量流向马赛、里昂和波尔多。不过，真正威胁维耶特生存的却比上述的原因更为深远。

在一个半世纪的时间里，两种颠覆性的趋势震动着法国的肉市。1789年大革命以前，牲畜宰杀都是分散、自由进行的，而第一帝国的集中制将屠宰场纳入市政管理。拿破仑在巴黎建了五个屠宰场。

在整个19世纪，中央集中的趋势加强。1867年，拿破仑取消了巴黎的五个屠宰场，以维耶特取而代之。

于是，在半个世纪里，巴黎人吃的肉都是从那里出来的。但是从对肉的管理上来说，国家的权力相当有限。第一次世界大战之后，肉业巨头一直在想法逃避国家的控制。

首当其冲的是熟肉批发商。如今，从维耶特洗毛槽出来的猪肉真的已经是微乎其微了。雷奥，该行业的巨头之一就拥有自己的屠宰场。在奥拜维利埃,"民族"公司拥有一条美国进口的生产线,每天可以加工 2 300 头猪,一头猪从电死到去内脏只需要四十秒钟。

二战以后,牛的宰杀也受到冲击。巴黎人越来越多地食用"外来"肉,即在外省宰杀好的冷冻肉。肉业巨头们很快就像在美国那样,将牛排分块,再用玻璃纸保鲜包装,发售到零售商手上。不久以后,垄断者更是有了自己的零售网点,"布萨克"就是其中之一,大肆宣扬自己的"最低价"。

到那时,维耶特将被尘封于记忆之中。我们再也看不见牲畜血流成河的场景了,但是我敢打赌,就在这些一手置维耶特于死地的巨头中,一定有个姓"牛"的,或许还能找出两个、三个乃至四个雷必西埃呢。

《法兰西观察家》,1957 年

莫尔尼公爵的沼泽地

多维尔，8月15日。盛夏。风速达每小时七十公里。温度不超过十四度，据说大家都"躲起来"了，但是多维尔还是满满的。

街道上几乎空无一人。下午可以看到护士和服务小姐，她们出来是有报酬的。她们正推着手推车穿过重重沙帘，从大海酒吧走到太阳酒吧。大海里没有一个人，尽管潮水落了。八天前遮阳伞就全都收了起来。但是多维尔仍然满满的，像只鸡蛋。方圆二十公里内找不到一间空房。那些豪华的大饭店今年开得也比去年要早。从复活节开始已经全被订满了。

但是晚上，仍有三千人顶着狂风骤雨来为合唱团鼓掌，他们才为居瓦什侯爵的芭蕾舞团喝完彩。因为八月是多维尔月，是一年当中多维尔最热闹的一个月。不管什么样的天气。天气，在这里只是一个微不足道的偶然因素。要不然就超越它，要不然就滚开，没有折中的办法。

如果在这个8月15日的夜晚，安德烈先生站在他的内阳台上俯身望着他的赌场，他肯定能够像贡尼雅克先生当年谈论自己的萨玛丽丹商场时一样，说："只要闻一闻这味道，我就知道我的营业额了。"多维尔女人的香气。她们是那么年轻，那么美丽，而她们的身边，无一例外都是五十岁左右的男人，无一例外以秃头为证，保留着一份过时了的白色燕尾服时代的优雅，面容早已因长期陷身于某桩难以理解的商业案例或因烦恼而沟壑纵横。任何一个还算保持本色的商店女营业员都不会要这一类的男人。但是营业员因此也只能指望着等待别的季节和别的娱乐了，等到有朝一日她们也能去度属于自己的假期。

这些多维尔女人，然而，就像每年到一定季

节就会来到多维尔的五万小百万富翁一样，事后在卡西诺俱乐部和它的行政负责人安德烈先生的眼里都算不得什么。

这里缺少的是印度王公，多维尔原本荒无人烟。

非常奇怪，他们都害怕埃及历史重演，他们无法再生活……

三千客人都代替不了一个，只要这个人能够在某个夜晚和其他人一样，眼睛都不眨一下地在"私人厅"的赌桌上耗尽四千五百万赌资。管他是咖啡大王、洗衣业大王，或者其他成千上万的历史上一向落后的产业的大王，管他是谁，只要他能付得起这份漫不经心。打破各阶层界限的解放运动正在进行之中，卡西诺俱乐部的负责人越来越有责任将所有的阶层融为一体，造就出唯一的猎物。要么跟上时代，要么就得落后于时代。温德索尔公爵一个晚上最多只能扔掉一百万法郎，于是下次就请他到铁路上去玩吧，他可是把所有的老本都拿出来了，而沙丁鱼罐头大王呢，仅仅付出了他的收入。

卡西诺有三个厅。多维尔厅穿便装就可以进去了。进联合厅得穿晚礼服。私人厅,而只有私人厅才是多维尔跳动的心脏。这里的先生们都是独自作战。他们身边总有一群人围着,那是为了替他们的身份保密。然而匿名本身就是辩证的,如果他们没什么好隐瞒的,又为什么要隐瞒自己的身份呢?而如果不是大群不知名的支持者作陪衬,他们又会是什么样子呢?

下雨,下雨。在特鲁维尔,人们要不然就是躲在避雨的咖啡馆吃炸薯条和虾,要不然就是在玩纸牌。孩子打着哈欠,无聊透顶。两场暴雨过后大家便都去多维尔看热闹,早了还什么都瞧不见。去年卡西诺俱乐部赢利六亿法郎,大伙儿至少可以在外面瞧瞧。然后,虽然有暴风雨,大家还得到诺曼底饭店、皇家饭店和高尔夫球场去看看,因为这些都是豪华大饭店,很少看到的,而且不用付钱:既然有些人多付,那剩下的人也就不用付了。"一流高手"就是在这里等着马球开赛或赌场开门的,再不然就是等着打鸽子或等着打一场高尔夫（这些也都是卡西诺集团提供的娱乐项目）。由于他们来自世界各地，旅行的观念尤甚。如果我们有一辆汽车，就能看到他们从圣加提安的飞机机舱里拖出他们的劳斯莱斯。而接下来特鲁维尔的夜晚回复到最简单的梦里去，原始的炸弹，迅捷的途径，喧闹之后，当然，是永远的沉静。

不，实际上在这座城市里只有一种安慰，那就是到亲善组织去看一岁的纯种马。由于多维尔的赛马既是卡西诺的竞争对手，但在某种程度上也支持了卡西诺的发展，卡西诺将之归为己有便也在情理之中，以保证俱乐部的管理运营。所以亲善组织也是过去时了。一个月前，它被卡西诺集团收购。城市里因为缺乏别的话题，一个月来一直谈论的就是这桩交易。但是纯种马对此一无所知，它们漠然地停留在训练场上。它们就在那里，有三百匹，等着下个月出发，去世界各地的种马场。不考虑它们的社会命运，这不过是些马。它们那惊恐不安的眼睛不会撒谎。它们径直从母马的身体里出来,还没有得到很好的抚养。它们的鬃毛如同草坪一般闪闪发光,我们可以伸手去摸,真的,真的是马,我们简直不能相信自己的手和眼睛。

《法兰西观察家》,1957 年

巴黎的拥挤

有一天,加尔尼埃夫人,圣伯努瓦街 3 号的旧货商,宣布说她要把财产都卖掉。一个寡妇,为生活所累,要卖掉她的商店,这类事经常发生。一处待售的地方,只不过是在圣伯努瓦街。相信上帝吧。事情就像火药一样,变得困难了。就像火药,四十八小时之内,巴黎鲁埃格餐厅[1]的所有人都知道了。于是开始了,来的人络绎不绝。

人来人往持续了一年。加尔尼埃夫人天天坐在商店的门口等那些埃斯帕利翁[2]人。持续了一年,是的。因为,加尔尼埃夫人说,我的小店要卖七百万法郎。七百万,我说了。算了,五百万,

---

[1] La Rouergue,位于蒙马特高地。
[2] 埃斯帕利翁,阿韦龙省的小城镇,因而也是路埃尔格旧省的城镇。

五百五十万，六百万。七百万，我说了，加尔尼埃夫人固执己见，一个苏也不能少。整个街区的人都斜眼看着她。有些人认为她实在是有点过分了。能成吗？还是成不了？然而埃斯帕利翁人络绎不绝地来到她面前。我不急，加尔尼埃夫人说。她不过是碰巧才到圣日尔曼-德-普雷街区的，但是她的眼力很好。她和大家一样，知道那个把蒙他拿餐厅卖掉的老板只卖了一百万，而不是应该的一千万。于是她坚持着，不肯降价。一年。埃斯帕利翁人放弃了，害怕自己把价格抬上去。但是加尔尼埃夫人还是把店卖掉了，卖了七百万，卖给了别人。事情还是能成功的。

她赢了。街区的人都为她感到高兴。

路埃尔格却不气馁。只要看到有一点点的不得力，它的军队便会赶来支援，迅速投入战斗。他们已经占下了整个香榭丽舍大街（除了戴尔比不是他们的），所有的林荫大道。而这条圣伯努瓦街，这条长达四百米的大街，很自然成了路埃尔格的梦想。在我们这条街,事情是反过来的。卖不会让人觉得惊讶,正相反,不卖往往让人觉得奇怪。但是,即便对一个埃斯帕利翁人来说,事情也没那么简单,加尔尼埃夫人就是一个证明。亚美尼亚的理发师在这里已经待了二十年——最大的眼中钉之一——那可不是闹着玩的!他喜欢理发。还有他的邻居,立陶宛鞋匠,他老得不能再老了,可是他固执地不愿死去。对他的生活来说,最大的温情莫过于给小学生换鞋底了。怎么办?当然,还有这座老人院,占着这么漂亮的一幢楼,却只有二十五个老太太住在里面,都是在七十岁到九十一岁之间,但是她们从春天开始就不太能睡好了(地下室打开了天窗),她们不能适应这恰恰舞的节奏——在今年,而一旦换了个街区,她们又会感到厌烦。

所以路埃尔格等着。我们会坚持的。给我们留着地窖,当然,路埃尔格把一切都开发了,但是在街道下端就没这么幸运了,只要塞纳河的水涨上来,所有的地窖都会被淹掉的。还有河岸书店,是的，也许。但是为什么不是国家印刷厂呢？为什么不是圣日尔曼的禁酒团呢，是命运的嘲弄？那才是个让人梦想的地方呢。

对于不清楚内情的人，我们可以透露一些信息。据最近统计，巴黎有 3 650 个埃斯帕利翁人。在巴黎他们有 8 100 座咖啡馆。但是在埃斯帕利翁，可没有一杯咖啡能喝的。因为贫困，埃斯帕利翁人生活节制，他们有其他事情要做。18 世纪时，埃斯帕利翁人在巴黎送饮用水。现在，这段历史早就过去了。埃斯帕利翁人的"郊区"占地可不小，这里成了面粉业的首都。这里是科里塞咖啡馆，人们会向你解释说，那里是皇家协和咖啡馆，还有花神咖啡馆。

我们不恨埃斯帕利翁人，恰恰相反（除了他们搞的那些个霓虹灯，让他们的咖啡馆都成了一副样子，并且咖啡馆的顾客都被照成了完全一样的苍白失血的脸），哦，不！正相反。但是如果我们试图"超越"路埃尔格的话，试图用一种比较并且客观的眼光来看待这一切,我们就一定要做一个对照,这对照会让我们呐喊。也许有很多人都没有通过对照这一步,他们仍然心安理得地在埃斯帕利翁人那里消费,一副无辜的表情。

《法兰西观察家》,1957 年

百分之一的小说可见天日

我们请国内一家举足轻重的出版社的文学组负责人来给我们谈谈这个领域的运作——在某种程度上公众对此可以说是一无所知——给我们谈谈偶见天日的文学。

在这世界上,能够出版的文学作品只有百分之一。然而文学出版物却始终是最智慧,同时也是最疯狂的一类。

第一次有人向我们描绘这个深渊,这一片茫茫黑夜,可文学这个"奇怪的东西",正是诞生于这片黑夜,并且几乎百分之百地回落于它。

一出充满了激情的悲剧,有时虽然有点可笑,却始终是令人心碎的。我们真的非常感激这位负责人,他在出版社读了十二年的稿——算来差不多每天一份——不过他坚持不透露他的姓名。的确。他完全有理由这样做。

"这些年来,您读了相当一部分法国文学作品的产出,总的感受是什么呢?"

"首先,我觉得所有的人都在写。写作的需要绝对与所处的社会阶层或文化程度的高低无关。社会所有阶层的人都在写。农村的小伙子,职工,工人,将军,海军元帅。"

"那么在法国,写作有没有地域上的相对集中呢?"

"没有,不仅什么地方的人都写,而且产量相当。到处都有人在写。在每一个小城,差不多都有一个有可能成名的作家。在一个八万人左右的城市,则有四到五个,比如说奥尔良。这还不包括那些偏僻的农场。如果一个读者穿越法国,他会发现,在某一个城市,在一个特定的地方,就住着一位他非常熟悉却从未谋面的先生。"

"文学作品的出版率大概是多少？"

"百分之一左右。百分之九十九的作品永远回到作者的手上了。"

"我们能不能将这堆可怕的废料分分类呢？"

"好的。首先是那类我们可以称为比较'粗糙'的作品。来稿约有三分之一是这样的。它们的作者多为退休的老人，尤其是以前殖民时代的军人，还有退下来的军官和公务员。他们共同的错误就在于，他们总是想：'我要展现我的一生。'他们不知道区分什么是具有普遍意义的写作，什么又是家庭回忆的谈资。他们无法使自己的作品具有一种普遍的意义。他们当中的很多人之所以写作，是为了纠正公众思想中的某些共同点。

"除了这些退休的老人，还有一类是所谓的改良主义哲学家。有很多这样的作者。我说的是那些得了谵妄症的自修成才者。他们经过多年的努力，发明了一些结构严密的社会体系，幻想着凭借他们的体系可以拯救一切痛苦，从此拥有一个完美的共和国，或完美的货币制度、平衡的道德准则什么的。"

"您所说的后一类作品，我觉得划分的标准会很微妙。为什么他们就不可以呢？而当初，傅立叶不就是这样写成了他的共产主义社会团体吗？"

"因为一方面，他们当中没有一个人考虑到现实状况的。而另一方面，他们在某种程度上缺乏一定的教养，只是爱一味地谈论哲理。他们对真正的该领域的先驱一无所知。作者越是荒谬，他的感情往往越为激烈，他也越发相信自己的天才。这些人看上去简直个个都是要沸腾的人，以至于我们都觉得他的邻居实在是不甚安全。尤其是那些住在农村的。有时，我们甚至想过要通知乡警，对此人早做防范……"

"是不是可以说，这些所谓粗糙文学的作者对出版一无所知，甚至根本不考虑出版的真正意义？"

"经常是这样。几年前，有个人来找我，卖他的一部手稿。他想换点钱，他说，因为他离开了他的'老板娘'。他就指望着箱子里这部手稿了，他坚持要将这本粗糙的稿子卖给我。根本不加考虑，还要我当场决定。在他的眼里，读者当然是次要的。"

"那么这类粗糙文学中的小说作者呢？他们又是什么样的呢？"

"他们往往是凭直觉写作的，要不就是一种仿作。前者通常是自传作品，当然有很多老妇人讲述她们的一生。算账，讨个公道，或弥补自己的过失都是这类创作的灵感所在。"

"没有一点出版的可能吗？"

"没有，或者说机会极小。同样，仿作也没有机会。如果是农村题材，差不多都是模仿《茅草屋的夜晚》的——这类作品通常喜欢多愁善感，或有着戏剧性的突变的，或者直接模仿德利或保尔·德·考克的笔调。还有模仿侦探小说的，以及模仿某部电影的，这些都不太可能出版。"

"我们是不是已经可以称这个层面的创作为文学了呢?"

"严格地说还不能。或者这可以算作介于粗糙文学与真正意义上的文学中间的一类。但是粗糙文学有着出版文学所起不到的作用:它在某一点上揭开了作者的面纱,把作者真正暴露在我们面前。我们经常发现这些手稿中往往会有非常精彩的段落(通常取材于作者的真实生活片断),非常丰满,叙述节奏非常奇妙。我还记得有个没有什么文学知识的女人所写的一段性爱场面,大约四五页,非常妙。"

"为什么——我想所有读到这些手稿的人都会遗憾的——不能出版一部选集呢,把精彩的段落都收进去?"

"因为作者也许不会喜欢这类'无意识'的机会的。"

"对您来说,什么是区别我们所谈论的这类作品和真正文学作品的标准呢?"

"智慧。叙述的宽度。在某种特定的情况下，文体的魅力也很重要。这样，作者写出事物的本质，而不是仅仅局限于他所知道的。"

"如果也有所分类的话，也许应该和前面的分类差不多？"

"是的，但是已经有些功底了，也不乏才华。您可以在其中找到一种非主流文学，而写作方式各个不同。随着时间的变化，这些方式也将随着变化。但总有些不变的东西在里面。"

"不变的东西，您可以简单地说一下吗？"

"从主题来说，往往是类似于《大个儿莫纳》[1]的。这里有很大的误区。从《大个儿莫纳》中产生了一种超凡入圣的文学，一种宣扬性的诗歌，这类作品的作者基本上是大学生或外省作者。还有一些新的写作方式。卡夫卡式的，意象丰富，笔调傲慢。但是这一类的现在也渐渐少了。后来，萨冈式

---

[1] *Le grand Meaulnes*，阿兰·富尔尼埃（Alain Fournier）的小说作品。

的小说多了，描绘自由的青春时代，在圣日尔曼-德普雷地区度过的岁月，绝望，苦涩。不过这也是差不多五年前了，现在萨冈多少有些过时。美国式的写法这些年也很流行（1945—1950），模仿那些已经出版的美国式小说。"

"这算得上是一种市民文学吧？"

"是的，所有我列举的这些写法，不过阿兰-富尔尼埃除外。这类作品描绘了城市的烦恼，城市居民的孤独，他们的反抗，他们的奇遇。"

"图卢兹、斯特拉斯堡与其他城市的创作相比，是不是更富特色？"

"您要知道，作家的种族往往会掩盖他们社会的乃至地域的差别。总的来说，从文学创作来看，我们可以说大多数法国人是乡下人。然而也不能否认，有些城市会产生出某种特殊笔调的作品。"

"里昂呢？"

"里昂是一种秘密小说，神秘主义的基调。"

"波尔多呢？"

"社会小说。传统家族的崩溃。但是我们现在也开始说瑞士小说、比利时小说,等等。"

"瑞士小说?"

"非常美妙的一股新生力量,非常美。高贵,优雅,朦胧。湖在瑞士小说里总是起着非常重要的作用,至少也被当作背景来描写。比利时小说似乎就没有这么精致了。"

"您能不能简单说一说法国小说的传统?"

"巴尔扎克的社会小说传统,尤其是那种外省风格。我差点忘了,法国小说还有一个重要源泉,即与上一代的斗争。"

"您收到的北非小说多不多?"

"越来越多。从比例上来说,北非比法国写的还要多。法国小说拒斥政治现实性,然而北非小说和黑人小说恰恰相反,不可避免地都要触及政治。"

"所有的文学,不论好坏,是否都具有某点共同性,只一点?"

"那就是写作对于任何作家来说——不论好坏——都是一种残酷的、悲剧性的需要,甚至这种需要对于一个不怎么样的作家来说更为强烈。有时写作要求的是一种非同一般的精神努力。作者写一本小说,不仅要投入整个的闲暇,往往更是以此为职业,从早到晚。他会很孤独,尤其是在外省,他写作就是为了走出一种窒息的状态。不消说,退稿肯定是一件非常可怕的事情,有时简直是悲剧性的。退稿,尤其是退掉一个人的处女作,就是彻底地否定一个人,摒弃他。"

"百分之一的奇迹?"

"是的。有时,一下子就能察觉出这部稿子有戏了,有时要等到好多页以后,但是后一种情况比较少。"

"您怎么能察觉出来呢?"

"往往是觉得作者触及了一种非常与众不同的素材。有一种巨大的、令人颤抖的狂喜。您简直想象不到那是一种什么样的感觉。在阅读中,我们颤抖着,仿佛看着故事突然坠落、中断。读完之后,您能体会到一种骄傲,是的,老实说,是一种愚蠢的骄傲,因为之所以能够发现这本书而不是别的任何一本纯属偶然。最后我们向所有人宣布这本书的存在。"

"所有的书稿您都读到头吗?"

"是的,你可以这么说,所有的都读到头,直到可以确定自己没有犯任何错误。没有受别人意见的左右,没有被任何手段迷惑。出版业的情况规定了我们必须负责。"

《法兰西观察家》,1957 年

人造卫星时代的孩子
并不胡思乱想

文学的沼泽已经包裹住了人造卫星。为了维护它的……伟大，在与宇宙对抗之前，人们开始忏悔，劝诫自己不要有那么多的欲望，或许还有别的什么行动。在这令人精疲力竭的愚蠢中，人们似乎显示出了极大的耐心。这就是为什么，我们觉得有必要听听孩子们来谈谈未来的机械时代，这个时代是他们的。他们的文学才是真正的良药。

这些孩子都在六岁到十一岁之间。他们都将未来视作一种艰辛的义务，并且觉得自己无可逃避。他们已经意识到人类让狗承受了痛苦的命运。他们为它感到难过，但又觉得必须这样做。他们都是理性主义者，是带着某种英雄主义色彩的物质至上主义者。动物是他们最好的朋友。

人们总有一天要上月球的。因为必须这样,因为他们这样说。

"什么是人造卫星?"

J. M.（10岁）:"是一种火箭。但是在学校里,这是一句骂人的话。"

F. A.（6岁）:"这是一种圆形的东西,会绕着地球飞,像房间那么大。"

"你们会到人造卫星上吗?"

N. R.（11岁）:"现在不,要等有人被判了死刑之后。"

E. C.（9岁）:"是的。但不能待很长时间。只能三天。"

J. M.（10岁）:"是的,但是得等小狗的人造卫星先上去,第三颗以后。"

"我们很快就能到月球上去了,你们知道为什么吗?"

F. A.（6岁）:"为了建立更多的国家。"

J. M.（10岁）："因为我们老是想着这事儿，满脑袋都是火箭。"

L. D.（9岁）："为了看看月球另一面是什么样子。"

E. L.（9岁）："为了在月球上看到地球。"

"你们会上月球吗？"

除了J. M.，所有的人都答是。

J. M.："我一直在考虑这个问题。"

"你们会到那里去度假吗？"

所有的人都答不。

"为什么你们不愿意去那里度假呢？"

L. D.（9岁）："那不好玩，上面甚至没有空气。"

E. L.（9岁）："我们不能在月球上散步。背上背着四公斤重的东西，到处看到的都是裂缝。陨星还会落到我们嘴巴上。"

L. D.（9岁）："那里连野鸡都没有，什么吃的也没有。"

F. A.（6岁）："那里那么穷，我不会觉得开心的。"

"与月球相比,你们还有什么更想看的地方吗?"

F. A.(6岁):"俄罗斯和匈牙利的村庄,所有这些东西。"

E. L.(9岁):"塔希提岛,还有向风群岛。"

N. R.(11岁):"海底世界。"

J. M.(10岁):"一个比地球的冬天要暖上两倍的星球,有空气,我们可以去度假。但是我得第一个去。"

L. D.(10岁):"火星。火星的颜色很漂亮。"

"你们觉得什么好看?"

F. A.(6岁):"地球。"

"地球上的什么?"

F. A.(6岁):"树啊,房子啊,还有汽车和人。"

"得知人造卫星成功发射以后,所有的大人都很惊讶。你们呢?你们是不是也觉得很吃惊?"

J. M.(10岁):"我可不。我想总有一天会有人造卫星的。"

L. D.（9岁）:"他们已经说了好长时间了。"

F. A.（6岁）:"我感到惊奇的是地球有这么大的磁力，卫星是直着发射的，可是它却能围着地球转圈儿。"

"你们觉得卫星速度快吗？"

除了 F. A. 以外，所有的人都答是。

F. A.（6岁）:"我觉得还可以。"

"和人造卫星相比，有没有更让你们感到吃惊的事？"

N. R.（11岁）:"有，比如说芒什海峡的隧道和阿尔卑斯山的隧道。"

"假如我们不能确定小狗在卫星里是否能存活，我们是不是还应该把小狗放到卫星里呢？"

所有的人都回答应该。

"你们如果上了卫星，会在那里面做什么呢？"

N. R.（11岁）:"我觉得数那些仪器很好玩。"

E. L.（9岁）:"我会很闷的。"

J. M.（10岁）:"我要带好多大人不给我看的

书。比如说《尼克雷斯的脚》。"

F. A. (6岁): "你或许会死的,可你不知道,你还继续读你的书。"

"你们觉得上月球,做星际旅行好不好?"

F. A. (6岁): "不好。"

J. M. (10岁): "挺好的。我们看上一个小时,然后就再也没有秘密可言了。"

E. L. (9岁): "只去一会儿还不错。"

N. R. (11岁): "好的。但是学校里有些孩子说上帝看到人们换地方会不高兴的。他们说我们没有权利这么做。"

F. A. (6岁): "我们有没有权利,得让法国的头说了算。"

"等你们长大了,你们会喜欢做科学研究吗?比如说造卫星、造火箭?"

N. R. (11岁): "不,我一点也不喜欢。"

E. L. (9岁): "不,如果我出了错,那会很严重的。"

F. A.（6岁）："我愿意。等我长大了，我要造火箭，然后把它们发射到星星上去。"

"要造火箭得学些什么呢？得知道些什么？"

F. A.（6岁）："必须懂地理。然后再看机械师怎么做的。"

J. M.（10岁）："脑袋里装上那么多东西准得疯了。最后真的会这样的。"

"你们想象中的宇宙是什么样子的？"

F. A.（6岁）："一片雪白。"

N. R.（11岁）："一片漆黑。"

E. L.（9岁）："一大块黑的东西，可每两小时亮一次。"

J. M.（10岁）："非常大，灰色的，很奇妙，不可捉摸，仅用我们的脑袋是不能理解的。"

《法兰西观察家》，1957年

只够两个人的，
就没有第三个人的份

　　开始的时候他什么都做，有时候行，有时候不行，但是无论如何他到底还年轻，再说生存总不是那么容易的，总会有困难，大家都有。接着他长大了，仪表堂堂，他懂会计，会英文，懂得人情世故。瑜伽的修炼使得他心平气和，怀中那条名叫"野心"的毒蛇不再蠢蠢欲动，而是适当地被转化成为有效的能量。三十岁。三十五岁。他去过印度支那，还有印度。有时他相信自己可以算得上是有钱人了。他甚至有了自己的消遣。就是在这个时期他学的瑜伽。他有了个太太，还在林下罗斯尼区有幢房子。

　　接着，查尔斯·克雷芒有五十岁了。虽然勇敢地度过了战争，生意却开始滑坡。这是 1946 年。

他的太太，苏塞特·伊万患了癌症。他的情妇，菲莉西亚·克里帕没有工作。通常他总是忙于生意。他并不特别属于她们当中的任何一个。可如果说瑜伽还有点用，尽管他也还是那副成功的样子，命运之神却不再轻易地对他恩宠有加了。瑜伽的作用越来越小。

他想对两个人都好，对苏塞特，对菲莉西亚。他的双重生活遭到了舆论的强烈谴责，人们说这是魔鬼的生活，可他承担下来了。他没有逃避责任。虽然他爱菲莉西亚，他还是卖掉了在尚帝伊区的豪华居所，为他的妻子苏塞特付手术费。

他把苏塞特安置在维桑热多里克斯街，一个不怎么样的街区。时间一如既往地流逝。他继续面对着这一切，照料着他的妻子。他卖东西度日，卖了所有他从印度支那和印度带回来的东西。如果舍不得卖，他就放进当铺抵押。

克里帕家开的饰带店维持不下去了。苏塞特仍然没有好转。值钱的东西越来越少。

查尔斯·克雷芒对自己说得换个办法渡过难关。他对自己说要减轻负担。合乎逻辑，非常理智。从另一个方面来说，他还存有希望。只是如果只够两个人的，就没有第三个人的份。这是该做出选择的时候了。在两个人中，他只能选择一个。

不久以后，每逢星期天，他都要去谢弗勒斯山谷看望他的母亲。他的妻子，苏塞特在法国另一个什么地方休养，所以他只能一个人去——他是这样对母亲解释的。每一次，他一定都带着两个包裹。可当中只有一个是给他母亲的：一束花儿，或一只烤鸡。另一个不是。一个活人想要消失是一个漫长的过程，也很困难，每个星期他都要做好几趟旅行。

后来他就不用再到谢弗勒斯山谷去了，他在菲莉西亚·克里帕那里安顿下来，共和国街。

已经到了1956年，查尔斯·克雷芒，这会儿叫查尔斯·克里帕，现在在六十岁了。一个六十岁的男人再到老板面前去求职多少总有点可疑，更何况查尔斯·克雷芒脑子还不太转得过弯儿来。他放不下架子,他相信有历史的人是伟大的。

饰带店仍旧不行。原来是菲莉西亚的母亲看管的,而今母亲也进了收容院。查尔斯·克雷芒把他寄存在当铺的东西拿了回来,全部卖掉。卖完之后,他就一无所有了。

再做瑜伽都是没用的了。六十岁,六十一岁。一个人都没饭吃的时候,两个人更没饭吃。现在还剩下一个菲莉西亚。

查尔斯·克雷芒又对自己说,得想另外的办法渡过难关,还要缩减开支。非常合乎逻辑。非常理智。得重新开始。

在这类故事中,总有点什么神秘的东西。查尔斯·克雷芒也不例外,他热爱生活。生活对于他而言仅限于一杯加奶的咖啡,这儿,或是那儿,仅限于那些无休止的散步,穿越整个巴黎,有些阴郁,但却清静,对大城市的老人们来说,这些东西早已成了生活的唯一支撑,比理智有用得多,他们对别人的幸福不再感兴趣，在散步中慢慢消亡。对查尔斯·克雷芒来说，再没有加奶咖啡与散步之外的东西了。其他便是一片沙漠。他用白兰氏牌食盐埋葬了菲莉西亚，因为他所接受的教育足够让他懂得盐的好处。接着他继续花卖饰带店得来的钱——这笔钱让他维持了十个月——交税，热爱生活。

然后都没有了，甚至饰带店的钱也用光了。煤气和电费的账单到了。加奶咖啡涨价了。查尔斯·克雷芒试着卖掉他的房子，可他还住在里面，于是只好赊账。他自己也卖不出什么价钱。现在他知道一切都太迟了。

有一天晚上，他照例去散了步，回来的时候看门人告诉他电和煤气都停了。查尔斯·克雷芒数了数剩下来的钱：1 495 法郎，他说："这会令我的继承人感到尴尬的。"

他出去买了一瓶白兰地，花了 1 490 法郎，然后上楼回家。正是在这一个时刻，他背弃了印度人哲学中的智慧，背弃了这哲学中的超感能力。他撕毁了一切，打碎了一切，摧毁了一切，焚烧了一切（带着他惯常的那种小心翼翼，也只有这份小心一直不会改变），家里的一切一切，看上去像是因为一桩不光彩的交易造成的祸患。他疯狂了，想要毁灭一切，包括自己。甚至连他睡觉的床单——他就是躺在上面朝自己开了一枪——也被他撕碎了。他什么都不要留下。什么也没有了，对任何人来说也就什么也没有了。必须非常逻辑、非常理智地承认这一点。

我并不同情查尔斯·克雷芒。只是报纸上最近似乎一直在找寻犯罪的"神秘"原因，我觉得有必要唱个反调。在我看来，查尔斯·克雷芒的实用主义并没有什么神秘的地方。

《法兰西观察家》，1958 年

公交公司的这些先生们

　　有些时日了,我们总是碰到 T 小姐……很晚的时候,照例在塞纳河右岸的同一间酒吧里。

　　有好几次,我们忍不住开口打听她是谁。大家说她是一名外语教师。多大了?没人知道。何时开始她每天晚上都到这儿来呢?第一次世界大战以后。总是在这间酒吧吗?是的,总是。

　　爱尔兰人,身子笔挺,举止优雅,头上总是一成不变的大礼帽,四十三年以来,每天晚上,T 小姐都会来到这间酒吧打发她晚上的时间。白天的时候,她上外语课。晚上,她总是到酒吧里喝上一杯杜松子酒,或是一杯浓黑啤,或是一杯杜松子加上一杯浓黑啤。从来都不会再多了。第一次世界大战以来,她一直这样。

T 小姐没有结婚。有些人还想得起她十年前的模样。还有些人——就在昨天晚上的时候——甚至想得起她三十年前的模样。她曾经很美，现在仍然很美。

我们也一样没能抵抗住她的魅力，那种内心深处散发出来的真实的魅力。有天晚上，我们邀请了 T 小姐。

"不，"她对我们说，"要么让我来请。我到酒吧来都是一个人。在我这个年龄，都是一个人来酒吧的。如果接受别人的邀请，会被别人误解的。你们不必再坚持了。"

除了每晚都到这间酒吧，除了每天都上的外语课，在大城市生存的困难也经常令 T 小姐措手不及。这里，在这间酒吧，顾客们似乎都可以为保护 T 小姐而死。但是在远离这里的地方，在她家那儿，T 小姐的行为总是让人觉得怪诞，尽管她气度不凡，谈吐得体。

接下来我们要讲述的一切证明了这一点：

十三个月前，T小姐成了一起公共汽车事故的牺牲品，她差点因此送命。汽车突然刹住。T小姐那如同十六岁牧羊女般轻飘飘的身体一下子被抛到了前面。她的脑袋摔破了，伤得非常严重，以至于她好几个月都吃不好，睡不着，头上、肚子上、肩上疼极了。因此，这几个月里，她也不能去上外语课了。

等她重新到酒吧来时，她身上仍然疼得厉害。但是她一如既往地没有抱怨，因为驾驶员"也没有其他办法"。她还是每天晚上到酒吧来。她也仍然留在法国。从来没想过要放弃在法国谋生。她重新开始生活，又恢复了那种天真的无忧无虑，而正是这种无忧无虑使得她具有一种无可比拟的魅力。一直到十二个月后，她才突然感到一种疑惑：她应该还在提出损害赔偿的期限里吧？她写了一封信给"这些公交公司的先生们"。

我们就是在这个时候认识她的。

"对不起，您能不能告诉我，"她一字一顿地问酒吧老板,"到什么地方才能找到这些公交公司的先生们?"

酒吧老板不知道,我们恰好知道。我们还恰好知道如何起草行政性的公函,并且告诉她,最好称"这些公交公司的先生们"为巴黎独立运输公司的职员。

T小姐充满了希望。

"这些先生,"她一字一顿地说,"会理解我的处境的。他们会接待我,我肯定会得到赔偿。"

我们问她为什么这么长时间以来,她一直没有想起要申请赔偿?她对我们说她是一个爱尔兰人,上了年纪,又孤身一人,而且:

"所有这些救援组织、互助组织或保险组织都会叫人等很长很长时间,有时到那儿等好几个小时才被接待……你们瞧,因为我们上了年纪,就必须和上了年纪的人一块儿等。而我,我承认在我这个年纪可能显得有些可笑,我无法忍受这点。我对自己说,你到底在那里干什么,和这些上了年纪的人待在一块儿？我不知道，于是我走了。但我还是非常感谢你们。等到这些先生把赔偿金给我了，我们一起庆贺一下。"

那时是十一月，接着十二月。

"您有消息吗，T小姐？"

"还没有。你们想想看，这些先生有这么多事情要做。但是我想现在他们不会再拖了。"

一月了，还是一点消息没有。

"大家都说得有思想准备，这个过程会很长的。不过这些先生也没有别的办法，他们肯定要给我个答复的。所有人都说我有这个权利。祝我好运吧。"

"祝你好运，小姐。"

二月来了。还是一点消息也没有吗？

"人家都说法国的管理人员是很忙的。这些先生忙坏了。但是他们一旦着手处理我的事情，相信会很快的。祝我好运。"

"祝你好运。"

希望法国独立运输公司的负责人——我们也不知道——有一天能好好想想 T 小姐对他们那种不可动摇的信任,希望他们可以不在意 T 小姐的这种无忧无虑,或许漫不经心总是不对的,不过正是因为这样她才显得如此可爱啊……

《法兰西观察家》,1958 年

巴黎的种族主义

马塞尔·B.是塞纳河左岸一家饭店的服务员，家中有十个兄弟姐妹，而她是最大的，所以她很早就出来工作了，这些年来一直自己养活自己，法律也是许可的。有三家饭店录用了这位年轻可爱的姑娘，或允许她"业余时间"做点零工，或让她做常班，她都做得非常出色。一个星期前，马塞尔·B.下班回家。这天晚上她正好在一家饭店做零工，这家饭店吧台的服务生就陪着她一同回去。当他们从十区的地铁出口出来时，是凌晨一点半。马塞尔·B.在十区的某街上租了间房子。

我们或许会想，不管马塞尔·B.和她的工作伙伴一块儿回家还是分头回家，那都只关他们自己的事。可是我们想错了。

就在我们这两位朋友出了地铁口不久，一辆警车与他们交错而过。两个警察下了车。车再继续开了一段才停下，（可是为什么呢？）那两个下车的警察向他们走来。

"请出示证件。"

马塞尔·B.，女招待，和她的朋友，吧台服务生都有合法的证件。只是马塞尔·B.还没办十区的"调换居处证"。警察问她为什么，她解释道：

"有人借了我一间十区的房子，"她说，"但只是住几个月而已，我不会继续住下去的。所以我觉得没有必要办理调换居处证。"

"您为什么不喜欢这个区呢？"一个警察问道。

"因为这不是我的区，"马塞尔·B.说，"我还是习惯我的左岸区。所以我不想待在这里。"

"您不喜欢这个区，是不是因为这一类的家伙太多了？"

马塞尔·B.没有回答。她的工作伙伴是个卡比利尔人[1]。

"说说看,"警察继续说道,"如果说您不喜欢这个区的话,是不是因为这一类家伙太多了?"

马塞尔·B.和她的朋友都没有回答。警察抢过马塞尔·B.的包,翻了一阵。他们什么也没有找到。

"然而您却和他们当中的一个在凌晨一点半的时候闲逛?"那个警察理屈词穷地继续问道。

马塞尔·B.没有回答。她的同伴也没有。警察于是转向她的这位同伴。

"你,跟我们走一趟。"

"为什么?"

"闭嘴!"

这个吧台的服务生被带走了,因为他是卡比利尔人。他一直被拘留到凌晨四点,因为他是卡比利尔人。而这三个小时里,警察在玩牌。他等着。

1　此处指阿尔及利亚的柏柏尔人。

因为警察没有受理他的案件,有两次他开口说道:

"请你们办一下我的事儿?"

对于这项合法的请求,回答只有一个,因为他是卡比利尔人。

"你给我闭嘴!"

至于马塞尔·B.,她被告知从此她将受到"警察局的监管",因为她和一个阿尔及利亚人同乘最后一班地铁。马塞尔·B.问我在这种情况下她应该向什么地方申诉——因为这一切已经被证明是完全无辜的了。我不知道该怎么回答她。

又及:上次我因胆敢为"阿尔及利亚人"说话,有个人在半夜打电话给我,警告我"如果还有下一次,就撕烂你的嘴"。这一次,麻烦他把姓名留下来。

《法兰西观察家》,1958 年

走开!

我打议院前面经过。有一大群人聚集在那里。一个警察试图驱散人群。

"走开!"

我却走近警察。

"您能不能告诉我这里为什么会有那么多人?"

"我没有请您弄明白,"警察说,"我只是叫您走开。"

我走了过去。

还有一天,我想沿着人行道把车停下来,那儿看上去似乎不是"禁止停车"的地方。可一个警察从暗处窜了出来。

"开走!"

"为什么,警察先生?请您告诉我。"

"没什么为什么,开走!"

我没有立刻把车开走,因为他的简洁使我暗自高兴着,更何况我在社会上到底还算得上喜欢说话的一族人。我坚持道:

"警察先生,您能不能告诉我,我可以把车停在哪儿?"

"在您找得到车位的地方!开走!"

我开走了。可我在想。我在思考。接着我找到了一个车位。而我继续暗自高兴着——每次我和他们说完话都是这样的——为他们的简洁。无疑,正是鉴于汽车交通状况,他们才会如此简洁的。

这种简洁,我们可别弄错了,掩盖着一个我们可以称为循环的梦,它藏于我们内心深处,一直令我们十分紧张。它令我们紧张的直接原因当然还是汽车交通的现况。它的根本目的就在于交通本身。交通的循环。我会再解释清楚一点。

不管我们对警察提出的问题有多简单,在他们看来,这些问题都带有一种恶意(除了询问与交通本身直接有关的公路信息)。这些问题当然是要求回答的,而回答所带来的无非是一种对话的可能。可对话本身却是妨碍循环的。所以……

"如果每个人都这样。"这正是警察们的简洁所表明的假设。

"走开!"是他们表现简洁最清楚、最响亮的一个词。首选的一个词。当然,如果没有这个词,问题或许就不存在了。

让我们替他们想一想。每天汽车的数量都在增加,随之而来的,便是我们这些驾驶者数量的增加。但他们,警察,他们的人员却在日益减少,他们只能靠增加循环效率来弥补。也就是说每天在他们的谈话中,都要增加一点点的简洁度。

但是还完不了。

最好我们可以做个统计——比如说在一个星期的范围内——统计一下巴黎的交通警所使用的最为简洁的话语。然后我来评出最好的。我们来开展一个这方面的比赛。同时,我们再对驾驶者进行教育,从省略礼貌用语开始,一直到取消冠词,当然还得取消关系代词。最后便是取消汽车了。

或者,对于这些警察来说,最好是取消驾驶者。

《法兰西观察家》, 1958 年

皮埃尔·A., 七岁零五个月

皮埃尔·A., 七岁零五个月, 是个"无论从哪方面看都很优秀的学生"。他是班上的第一名, 在村小学连跳了两级。对我们来说, 最重要的倒不是在于了解, 而是去体会皮埃尔·A.对一些事情的看法, 对于他自己的世界, 对于这个大的世界。我们必须补充说明的是, 这项有关于皮埃尔·A.的调查非常合乎规矩。回答本身就证明了这一点。这样的回答, 一个成人是无论如何都做不出来的。

"你觉得大人对孩子好吗?"

"他们很好, 但是在一定范围内。"

"你觉得大人对你照顾得周到吗? 你的父母, 你的老师?"

"该怎么样就怎么样吧。"

"你觉得学校是必须上的吗?"

"学校不错。"

"计算有什么用?"

"如果不学会计算,大了以后就不会算账。"

"那对你来说,识字究竟是为了什么呢?"

"为了能读报纸。"

"学写字呢?"

"万一我们没有电话,一旦不舒服了,会写字就可以打电报到医院去。"

"今天早上在学校你做了些什么?"

"我做了一篇听写,题目叫作《最早开放的花朵》,我错了一个,在拼写'香'这个字的时候。"

"你喜欢拼写吗?"

"不是很喜欢。"

"为什么?"

"拼写靠记,而不是靠你自己找寻。"

"计算呢?"

"我非常喜欢。我宁愿做算术。"

"为什么?"

"我们总是觉得算术很难,我们找寻答案,然后我们就会发现,实际上这一点都不难。"

"这会儿法国历史都学些什么?"

"尤利乌斯·恺撒,还有好多像这样的国王。"

"你认为学法国历史有什么用?"

"历史教我们一定时期的人是怎样生活的。"

"在法国历史上,你最欣赏哪些英雄人物?"

"拯救法国的圣女贞德,她那么年轻!还有拿破仑,因为他带动了整个法国。然后还有那些希腊首领。"

"在你的生物课上,最令你感到惊奇的是什么?"

"鱼,它们能在水里呼吸。"

"还有呢?"

"奶牛,它们反刍。"

"还有什么?"

"还有鳗鱼,它们穿过乡间游入大海。"

"那地理课呢,最令你感到惊奇的是什么?"

"地理课我最喜欢的是天气。然后还有山、火山、铁路、公路。还有风,它会让火车开不了。"

"地球上最令你感到惊奇的是什么?"

"海里的洋流。"

"想想看,汽车、飞机、人造卫星,这些一点也不令你感到惊奇吗?再想想看,还有什么?"

"人体。血,心脏。人体是怎么运转的。还有雷达。光速。太阳光只需七分钟就到达地面了!"

"你觉得什么是大人最为好奇,孩子却一点也不感兴趣的事呢?"

"政治。"

"人和动物是否有很多差别?"

"有很多。"

"哪些呢?"

"动物有四只爪子,而人有两只脚。还有动物吃的是小石子,据说它们还能吃闹钟。我想不起来这种动物叫什么了。好像叫作'铁丝团'什么的。

人可不吃石子。"

"你就不觉得还有别的什么区别吗？"

"不。"

"难道你不认为人比动物要聪明吗？"

"当然了。人是比动物聪明。我觉得动物不太好的地方就在于它们没有思想。"

"你想让你的小猫做什么？"

"我想让它对我说一个词。我很遗憾，它不如我聪明。"

"你更喜欢什么，热闹还是安静？"

"安静，除了节日的热闹。"

"你愿意长大还是一直停留在童年？"

"长大。"

"为什么？"

"第一，那样我就能想吃什么就吃什么了。其次是想做什么就做什么。但是我喜欢小时候，妈妈在我身边。"

"有些时候，你是不是情愿停留在童年？"

"是的。"

"为什么呢?"

"因为当我长大了,我就必须搞政治了。但是我情愿多点时间进行思考。"

"你还记得最初学认字的时候吗?"

"不。不过我好像记得地毯上有成堆的字块。"

"夜里你都梦见些什么?"

"我老是觉得房子着火了。还有我在一艘船上,正遇上狂风暴雨。我还经常梦见去学校。"

"但是梦见最多的是什么?"

"房子着火了。还有我变得非常非常有钱。"

"如果你一下子有了很多钱,你会用来干什么?"

"我要买一座宫殿。还有好多橱子。"

"对你来说,死亡意味着什么?"

"就是再也不能到乡下去玩了。"

"为什么孩子就没有乖的时候?"

"因为我们总以为没有时间。我们太匆忙了。老是想着要快,这样就可以不浪费时间。于是我们总是打坏东西。"

"你为什么会总觉得自己没有时间?"

"我也不知道。"

"在你的生活中,有没有让你觉得悲伤的地方?"

"有,当人们在战争中死去。"

"法国历史上呢?"

"没有,法国历史上没有什么让我悲伤的东西。但是书里总是有人死,我觉得这个很让我悲哀。"

"一个小孩生下来了,你会不会觉得很高兴?"

"会的。"

"为什么?"

"因为这样人就更多了。"

"早晨醒来时,你想到的第一件事是什么?"

"去学校。不能迟到。"

"一天中你最喜欢哪个时刻?"

"下午两点半,下课前半个小时。"

"你最喜欢读哪些故事?"

"滑稽故事。"

"还有呢?"

"恐怖故事。"

"还有呢?"

"让人哭的故事。"

"有时你也读报纸吗?"

"有的时候,一些小片段。"

"但具体说都是什么样的内容呢?"

"比如说报纸下端的故事啦,还有犯罪。但我从来不关心政治。"

"你更喜欢什么,再小一点的时候,还是像现在这么大?"

"像现在。那时候在院子里,我们老是被大孩子撞来撞去。"

"我再问你最后一个问题:你在学校所学的东西中,有什么是你完全不能够理解的?"

"地球是旋转的。这一点我怎么也理解不了。"

《法兰西观察家》,1958 年

为《七月十四日》辩

1958年,迪奥尼斯·马斯科洛和让·舒斯特创办了一份名为《七月十四日》的杂志,不久即得到莫里斯·布朗肖的支持。现今杂志已经出版了三期。

在最近一期的《法兰西观察家》上有人撰文,说明明有那么多杂志,《七月十四日》的撰稿者大可在那里发表自己的意见,《七月十四日》有什么存在的必要吗?

我们可以换个问题问:是不是业已存在的杂志因为已经充分尊重到了政治思想的多样性和合法性,因而无论谈及什么,都必须并且永远经过它们呢?

没有必要回答这个假命题。

这期《七月十四日》创刊号无疑算得上是知识分子自 5 月 13 日以来,一致给出的第一个充满了生命力的手势。或许这些知识分子团结起来正是为了说明没有一致,说明每个人都有他自己的声音,有他自己的道理,可这一切已经为《七月十四日》的存在做出了辩护。

《法兰西观察家》指责《七月十四日》的撰稿者"风格迥异",然而《法兰西观察家》的优点之一不也正是在于这"风格迥异"吗?不正在于,比如说,吉尔·马丁内的思辨分析和克罗德·布尔代的激情论争并存吗?好多年以来,左派不正是患了"声调一致"的毛病吗?我们没有必要重新拾起这个弱点。我们又怎么能因一本左派杂志——就像《法兰西观察家》这样的左派杂志——尊重不同的意见就大肆哀叹呢?

有人认为《七月十四日》的撰稿人各自关心着不同的事情,可这并不正确。没有一篇文章远离主要问题：法西斯主义所带来的恐慌，工人组织的瘫痪，战胜恐慌和医治瘫痪的必要性。但是，举个例子说，如果说这些撰稿人还牵挂着"写作是为了什么"这个问题，弄清它不也正是作家的首要责任吗？而《七月十四日》正表达了这份牵挂。

还有人指责《七月十四日》"方向上有偏差"。这又意味着什么呢？难道说政治仅仅是几个领导人的"职业"吗？难道说一个作家坦诚地表达自己之所想，非要当了"议员"或是"被委任"了才可以吗？难道我们要对他说："您这么孤单一个，还是放下您的爪子吧，放下您的笔。"？

作为两家报纸杂志的撰稿人，我很清楚，《法兰西观察家》就不会接受罗贝尔·昂泰尔姆和路易-勒内·德弗赖的稿子。为什么呢？因为在《法兰西观察家》的编辑委员会看来，这两个人的稿子都不关心"时政"。可是《七月十四日》上登的这两篇稿子可以说是我这么长时间以来所见到过的最"现时"，最"迫不及待"的文章。

既然《法兰西观察家》拒这类文章于千里之外，难道还不能够说明《七月十四日》存在的必要吗？

还有一点需要说明的，是关于"风格迥异，主题与方向上的偏差"。就在与这篇盛气凌人地谈论《七月十四日》的文章登在同一页的另一篇文章里，我们能够读到这样的话："*La Nef*——这家杂志社长期以来最为活跃的期刊——最近一期所发表的一组文章反映出了法国一部分左派分子措手不及时的犹豫……"处理手段的差别？在您的好心面前，还需要表现出什么不确定和犹豫吗？

我想您错了，我觉得您的动机不那么光明正大。

《法兰西观察家》，1958 年

布达佩斯的杀手们

布达佩斯的杀手们,你们刚刚对纳吉[1]下了手。这几乎成了这些日子以来法国唯一的新闻。

布达佩斯的杀手们,你们可别以为你们的暗杀天生就比别的暗杀事件更有意义——亦即牵涉所谓的贵族政治。不。还要说得再清楚些吗?大概吧!你们的暗杀不再有什么特殊性可言。世上再也不存在两种暗杀的方式——被你们杀了或被别人杀了不会再有什么分别,从今以后只有一种。就叫作暗杀,纯粹而简单。

一直以来,你们的暗杀似乎都存在着某种独特性,而这一次,在对纳吉下手时,你们认为在某

---

[1] Imre Nagy,1953—1955 年出任匈牙利总理。

种程度上又再现了这份独特性。在这点上你们犯下了一个很严重的错误。因为你们的独特性已经在很多人的心目中动摇了，它不再能够唤起人们的意识，那些假定是清醒的人的意识，你们再也不会由此得到满足了。你们不再有机会征服难题，你们于是必须满足你们正在搅乱的人们的意识。你们真不应该去杀纳吉。

正因为你们对纳吉下了手，你们最后的希望，最后的梦幻——我想说的是你们对自己罪恶里的那份独特性的坚信不疑——也随着这份独特性的消失而破灭。完完全全，荡然无存。

这份独特性消失了。你们刚刚所做的事情是将血滴灌注进去，血滴灌注进去，利益就泛滥出来。你们有没有意识到这情况的严重性？我们，我们也明白一点，我们知道你们也不过是一群只顾眼前的杀手。但是现在，别人也知道了。你们成了黑色的杀手。因为害怕而脸色苍白。一群没有想象力的杀手。

这对你们来说，才是最为严重的。你们开始让我们感到厌烦了。你们将因为散播了太多的死亡而死亡。你们似乎让我们领教了一种全新的死亡方式。一种通过死亡本身传染蔓延的死亡。

五月，你们还沉浸在幸福之中。因为你们想，他们什么吃的也没有了，你们想这样他们必然会往我们这里来。因为市场上又到处充斥着法西斯主义的烂菜皮，他们已经开始贫血，所以必然会往我们这里来。

不。

啊！你们的道路曾是那么难以穿越！就像在中世纪，其他人坚持要将我们的意志化为灰烬，你们也试着这样做了。

结束了。

很久以前，我们就从自己的灰烬中复活过来。你们没什么指望了。你们从此之后只能是自己那短暂而黑暗的历史的发言人。你们的道路不再难以穿越。你们的历史行将自灭。你们面面相觑。似乎还在扮演着活人的角色，可是你们已经开始害怕了。

真为你们感到可怜。我说的是：为你们感到可怜。你们失去了自己的心，就像人们失去了一条腿。而你们的心曾是你们最大的骄傲啊。现在，在你们身上，跳动的是一颗死了的心，这是你们的耻辱。这些事情看起来真是奇怪。你们跛了！就在你们应该奔跑的时候，你们跛了！

你们曾试图让人们变得对自己感到陌生，他们的痛苦令你们狂喜不已。你们曾试图让人们发现迄今为止在他们的记忆中尚不存在的现实。你们试图让犹太人觉得犹太人自己就是那么陌生。你们试着让人们污染自己的智慧，让他们自己丧失想象。

可惜呀，是的，我是在说可惜，这一回，轮到你们自己污染自己的智慧了，轮到你们自己丧失想象。你们天生痛恨这世界，就像我们欣赏这世界。你们即将在你们的痛恨中毁灭。可就在你们垂死之际，你们还不断地犯错误。就在你们垂死之际，还犯杀害纳吉这样一个错误。

自布达佩斯屠杀之后，反对者的小小猎物——这让我们想起自己曾经犯过的错误——也能向你们提供血库。又是一个错误。你们曾经征服过很多难题，你们曾经对这类小猎物根本不屑一顾。你们只要一种血，那就是我们的血。你们在选择血的时候还要感到困难。你们大概为自己找到了某种理由，才能把人们提供给你们的猎物接受下来吧？现在，你们又准备把什么东西放入嘴中？

当然，1956年10月，你们曾在布达佩斯拥有盛宴。但就是那一次，你们也在想我们。与你们先前的"盛宴"相比，好奇者大大减少了。你们在布达佩斯吞下的那一餐不无苦涩。你们甚至因此生了病。匈牙利人的血把你们毒坏了。反对者的小猎物也没有起任何作用。即使你们拥它在怀，它也没能使你们得到安慰，只是在你们死亡之际，才在选举中给了你们一点补偿。

但是现在，甚至反对者的小猎物也离开了你们。

不过，你们还是让我们得到了某种程度的思

考。比如说，你们让我们好好想一想，在活人的一系列堕落过程中，什么是最让人厌恶的？是智慧削减了它的黄金规则，只垂涎于心脏与情感集中的区域，因为智慧本身就已变得肤浅？还是智慧对自己都感到惊异，因为在夜晚，它抹了自己的脖子？

是我们刚刚经历的安德烈·马尔罗的新闻发布会？还是我们刚刚经历了你们杀害埃米尔·纳吉的事件本身？

总之，好好想一想吧，想一秒钟，这些时刻有一个共同的系数：死亡。真实的问题并不存在。

在法国，我们还会恶心。和人们想的正相反，这恰恰是正面的行动。

马尔罗认为法国"将因失去使命而死去"的时刻是智慧沦丧的时刻，我们已经怀疑究竟何为真正的智慧。而你们在布达佩斯的夜晚绞死纳吉的时刻是智慧停滞——我甚至要说罪恶的智慧也不复存在——和让人不再为人的时刻。

唯一剩下的是,你们可以保留对平等的怀疑,可以——奇怪吗?——保留唾弃所谓你们的记忆的权利。

《七月十四日》,1958 年

巴黎，8月6日

巴黎，多云的天气，时不时有闪电划过。气温基本上没有大变。晚上，女人都还穿着羊毛外套。上个星期五，就在我们的首都，下了一场放射性的雨。大家都是那么说的，事情还不确定。下午两点钟的时候，巴黎一片黑暗，就像晚上十点钟一样。得打开灯才看得见。但是太阳又出来了。鉴于两个月以来，法国人的生活习惯受到了很大程度的冲击，当局决定闭口不谈此事，不谈"自然灾害"这样的字眼。

巴黎人啊，现在，你们的城市已经有将近三分之一的人行动起来了。这个数字几乎和1789年大革命时大致相当。

三天前，雷诺汽车厂的两千名工人占领了街

道，局面会一直持续到 8 月 15 日，我们都知道这将演变成全国性的事件。那一天，协和广场会被拍上成千上万张照片，然后照片将飞往世界各地。照片上都是一片空茫。警察在街口挥舞棒子。只有塞纳河的游览船还满载着瑞典人，穿越整个面目全非的巴黎，只有埃菲尔铁塔的电梯还满载德国人往上，满载首都的新鲜空气，而我们的首都，已经变得模模糊糊，似真似假，不真不假。

新闻业没有停止运转

得走上两公里才能买到面包和香烟。但是，恰恰相反，现在花上十二分钟就可以抵达星形广场了，而不是像以前那样，必须留出四十五分钟的时间。香榭丽舍大街上竟然也有车位了。我们可以把车停下来，然后去看一场电影:《我的叔叔》。

"是星期天吗？"昨天下午，雷奥慕尔街区的一个小男孩问。八万再也无法度假的孩子中的一个。另一个孩子，看上去稍微比他大点儿，对他解释说比星期天还要好，说现在就是放大假。小男孩于是心醉神迷地看着四十平方米的中央小广场，这就是他的地中海，他的灌木丛，他的整个夏天。

尽管这么多人行动起来了，巴黎却非常平静。巴黎不再是巴黎了。它已经到了别处。到了特罗耶，到了雷米尔蒙，到了塞文山脉。西班牙似乎开始人满为患了。巴黎的一部分迁到了圣托佩兹。其中便有碧姬·芭铎[1]。她在特罗耶能干什么呢？如果说碧姬·芭铎到了特罗耶，这只是一种纯粹而简单的消失，而不是匿名隐藏。一个人想消失，或想让人们淡忘一件事情，那是需要条件的。无须你，但也不能没有你。对每个人来说都是如此。大家逃到了圣托佩兹，只为逃避面目全非的巴黎，除非有一天又能重新找回它，重新找回那一瞬间丢失的它的味道。重新找回为法国所有知识分子所熟悉的体

1　碧姬·芭铎（1934— ）：法国著名影星。

操巡演，那种来自帕米尔高原的节奏。看着这些偶像翩翩起舞，对他们来说，算得上唯一一种使自己变得聪明的练习。这样说并不带有任何讽刺意味。只是有一点与日俱增的好奇而已。十年了，一到夏天，同样的一种节奏，那么简单的一种舞蹈，却令整个法国知识分子界心醉神迷。

如果您想知道具体的缺席比例，是这样的：整个奥特伊街区全跑光了。同样，圣日尔曼大道也空空如也。不过蒙特耶街区那一带走得少些。凡尔赛附近则根本没有人离开，除了大资产阶级。谁也不知道为什么，反正就是这样，看门人只走了十七天。食品供应商走了一个月。一些面包商走了一个半月。时装在削价。大家开始做黄金生意。给模特儿拍秋季照片走得越来越远了，这的确有点可怕，但都是如此。议院关门了，理由吗，在上述诸条之外。但是，有个保安警察，应该说是共和国的保安警察还是那么忠于职守，防范着过分好奇的美国人，对法国革新过分好奇的美国人。有些职业，比如说教师，在首都几乎完全消失了。可是别的，比如说警察，他们却不能跑。上个星期，有八十人遭到逮捕，报纸宣布这一消息时，显然觉得非常满意，因为生活仍然在继续。

面目全非的首都

就像《法兰西晚报》上写的那样，法国的绅士们都化装成了石膏画家，（带着手枪！）他们找到了阿尔及利亚人民阵线的一个行政组织，在一个"所谓的导演"塞西尔·德居吉斯的家里聚会。瞧，新闻可没有停止运转，那些受到委托的记者都集中在警察署（用这一行的行话来说，就是在那些"警察署官员"周围）前，他们仍旧保留着从警察那里获得消息的习惯。这些人特别善于朝警察逮捕的人的脸上吐唾沫。因为塞西尔·德居吉斯，那个"所谓的导演"，至少我看过她真正工作过，那是去年五月，在蒙特卡罗，她为碧姬·芭铎和拉鲁尔·勒维的片子工作。塞西尔·德居吉斯似乎真的像个电影工人，工会也承认这点，再说她做得非常出色。她是做"剪辑"的。就像在雷诺汽车厂，一个装配工就是一个装配工。

巴黎还有条新闻。晚上，咖啡馆的小伙子讲够了瑞典语，精疲力竭地祝愿他们的老主顾早一天回来。

还有条新闻。所有的博物馆都开放了。所有的。在下午五点钟左右，博物馆上方的空气沉闷得如同拉斯科岩洞。

另外一条新闻。自那一年德国占领巴黎后，真的每年都如此：巴黎城内，塞纳河边的泡桐一直努力着想要再度开花。让这些泡桐再度开花的愿望可谓强烈。今年能够实现吗？谁知道呢？自打种下，它们只在德军占领期间开过花。为什么呢？那是因为，因为那时令人窒息却纯净无杂的空气吧。

《法兰西观察家》，1958 年

引人发笑的绘画
（杰尼克·杜科的画展）

目前在法国或在美国的画界，大家所说的需要竭力避免的那些东西，在杰尼克·杜科的绘画中都可以找见。他的画形象生动，带有很强的理念。杰尼克·杜科有思想，他并不天真。他的画不幽默，但是带有一种天然的喜剧色彩。杰尼克·杜科的观念主要就体现在这种喜剧色彩上。它不围着现有的观念转，而是一直深入进去，使它们爆炸，继而取代它们。

杰尼克·杜科还不为人所知。只有他的朋友，或是个别像我这样的人看了他的画展。

他今年四十二岁，画了十年画，同时做着其他的职业，他画，可他不知绘画为何物，他没有想过要拿画画作为他的职业。

自从超现实主义之后,几乎再也找不到这样友好、这样大度的思想了,可它就在杰尼克·杜科的画里,他用他的绘画语言为我们的画坛带来了最新鲜的一股浪潮。

可别搞错,如果说杰尼克·杜科进行了摧毁,他的摧毁却并不恐怖,恰恰相反,他所摧毁的东西在他的笔下立刻就得到了重建,只是他用一种完全个人的方式进行了重建,他彻彻底底地重建了一切。

世界就这样得到了重建,以一种非同寻常的方式,看到这一切,我们真的非常高兴。而且我们再也不会忘记。我从来没有忘记过埃梅·西塞尔在《关于殖民主义的谈话》里为我们进行的那样一种重建。要知道,比如说,当我们看到一个棕色皮肤的男人,我们总在想,他的血会不会是黑的,可为什么我们不会想,他的血是不是白的呢?

前三名独赢

什么样的事情最能吸引杰尼克·杜科的注意呢?

"首先是普通人的事情,"他说,"出乎意料的,不知其名的更好些。即使是在最富喜剧性的条件下,我也无法为我的一个朋友画像。"

如此定义之下,所有的事情在杰尼克·杜科的眼里都是平等的,都具有同样的价值:蚯蚓打架,国家领导人的官方访问,毫无教养的女人在吃鸡蛋。这是否便是一种通过不定人称代词——他(它)——所达到的一种平均化呢?大家都同意吗?是的。

在《被选为法兰西小姐后,看门人的女儿回到了她的街区》一画中,看门人的女儿做了什么?她重新回到了一种为大家所共有的命运:回到——总有一天她都要回去的——出发的原点。回到自己家中,于是她又加入了普通人的运动。看门人的女儿成为她自己的象征，被赋予一种永恒继而又被剥夺：一顶皇后的桂冠让她有别于任何其他人，但是当她回到家里，这已经不是一个什么特别的人物了，她就是她，和大家一样。

如果我们凑得很近去看一名苦役犯，肯定很快会发现他有别于他人的独特之处，他的皮肤，他的名字……于是在一种滑动之中，他身为苦役犯的处境被这特征掩盖住了。而如果我们把十个苦役犯放在一起看，这就更清楚。再或我们看一群苦役犯，密密麻麻的，远远望去，他们正在逃跑，他们长久以来一直为逃跑的念头所折磨，这会儿趁着一群斑马经过，他们就跑了，他们身上的伤痕和斑马的条纹混作一团，这时我们仿佛才真正明白了何为苦役犯，内在的和外在的概念，我们知道了苦役犯的实质并不在于服刑，而是在于通过一切办法逃离监狱（《趁一群斑马经过，苦役犯们逃跑了》）。

在他四十年的生命里——杰尼克·杜科今年四十二岁——他像所有的法国人一样吃着沙丁鱼罐

头,最终,这些沙丁鱼在他体内说话了。三条塑料的沙丁鱼往一只旧的沙丁鱼空罐子跑去。这幅画名为《置于盒中》。

杰尼克·杜科去看赛马,回来他又思考上了。他赌了一场前三名独赢的马。赌马让他感到吃惊的是,一些人的幸福能给另一些人也带来幸福,就是这一点,反过来也是一样的,另一些人得到的幸福又为这一些人带来了幸福。接着再反过来,一切有秩序或无秩序的幸与不幸都源自同样一件事情:前三名独赢的赌马。他发现,前三名独赢的赌马方式是人发明的,并且用之于人,事情就是这样的。于是,前三名独赢在他的笔下已不仅仅是一种赌马的方式,它囊括进了某种特别的东西,使得它背后的视野一下子扩大了,走运或背运就这样与历史的其他东西融合为一体(《赌马中的赢家和输家》)。

《看这只鸟》——这幅画真是很美:一个孩子拉着他母亲的手,两人一道穿越树林,他看见了一只小鸟,放慢了脚步,对妈妈说:"看这只鸟。"

就这么简单。但是在油画之后，我们仿佛能听见母亲用疲倦的声音咆哮道："快，快走，还有别的事情要做呢，我可没有时间看这些小麻雀。"

《窘迫的人》，这是一个非常非常窘迫的男人，杰尼克·杜科将他放在了画布上。这个人那么窘迫，仿佛要走的样子，画家画他的时候大概都会很窘的吧。

知道自己喜欢做什么，并且确切地知道该用哪些方法去做，成功于是成为一种消遣，这就是杰尼克·杜科所做的一切。他是这样成为画家的。他温和细腻地阐发着经过他细致观察的世界。在这个世界里，我们看到的是疲惫、忧郁，而他却看见了一片蔚蓝。

《新观察家》，1965 年

塞纳-瓦兹[1]，我的故土

我们一共只有两千人，还包括我们这样的非常住居民在内。否则，诺弗勒的确切人数应该是一千九百九十三。

诺弗勒城堡是塞纳-瓦兹最漂亮的市镇之一。整个小镇建在一块岬角上，往北延伸至厄尔河和莫尔德山谷，南边的高处则隐没在朗布耶森林和老凡尔赛皇家森林中。附近有两条很可怕的国家公路，12 号国道和 191 国道，幸好只是傍着诺弗勒，离它的中心还有两公里的路程。每逢周末的夜晚，诺弗勒便在灯河的环绕之中，星期天晚上是黄色的，星期六晚上是红色的。只要看看城堡一侧灯潮的密

1　塞纳-瓦兹，法国的旧省，现已分裂为数个省区。

度，诺弗勒就知道这是一个怎样的周末了。有时，在 6 月，密密匝匝的灯潮一动不动，一泻千里，于是诺弗勒人便会叹道："啊！这些可怜的巴黎人！"如果诺弗勒人离开他们的诺弗勒，总是沿着相反的方向，他肯定是去巴黎，但总在星期六或星期天。

我们大致可以算上两千人吧。企业主都是意大利人，搞园艺的来自萨尔特省，种花的来自卢瓦雷省，机械师是华沙人，鞋商是索恩-卢瓦尔省的，剩下的不是西班牙人，就是昂热[1]人或阿尔及利亚人。原籍诺弗勒的不超过十人。所有的居民都集中居住在一个地方，大革命时期称为诺弗勒山地，而今叫作诺弗勒城堡，是塞纳-瓦兹省七百个市镇中的一个。

一走进诺弗勒，你就可以看见松林，还有刺猬。有时，才离开隔绝诺弗勒的凡尔赛皇家花园，就可以看到一只刺猬正沿着共和国大道艰难地往前

---

[1] Angers，法国的城市。

爬着。我还看见过一只刺猬,爬到墓碑五十来米高的地方竟然还活着。就在夏日里的某一天。

如果说森林便是诺弗勒的大门,大马尔涅厂则是它的心脏,厂已经有一百多年的历史了。利口酒制造是一项非常简单的工作:大马尔涅厂用了城里八十个年轻姑娘,而厂主 M. 拉波斯托勒一般只在诺弗勒停留很短的时间。

一个航天工厂

迪亚纳·杜班,Ch. 大卫,弗朗索瓦·标致,安德烈·曼都兹,工业巨头,作家,记者,公证人,食利者,他们买下了诺弗勒的大部分别墅,别墅多集中在小尼斯区或那只刺猬辛苦爬过的共和国大道上。可别想着有朝一日在这里遇见他们,根本是不可能的。别墅成了诺弗勒的致命祸患。它占据了市镇四分之三的地皮。但是别墅主从来不会在这里出现。诺弗勒的市长,佩雷埃先生以及诺弗勒的议会开展了顽强的斗争,努力吸引这些别墅主的到来。这斗争或许只能间接地进行——因为又如何能抓得住这些别墅主呢?——但还算有力。为了让诺弗勒的居民恢复到三千左右,市议会批准在未来的三年里建成三百套四层的公寓楼和八十幢小楼。达索先生也计划三年后在诺弗勒的沼泽地带建成一个航天工厂:届时将有2 500名工人。诺弗勒有救了。

诺弗勒有救了,可它亦将彻底地失去。十年之内,它将拥有三千居民,而且,通过它的姐妹市镇阿尔西森林市、克莱耶市、快乐市和小坪市,最终它将与巴黎连接在一起。

四年里,地价已经翻了一倍。

这里距圣日尔曼-德普雷地区三十七公里。四十分钟就能到高雅俱乐部。五十分钟能到共和国广场。在这三十七公里中,还有十三公里半的地方一片漆黑,大部分公路被巨型的路灯照得彻夜透亮。

我喜欢诺弗勒。我没有故土，而这就是我的故土。让人发笑的故土，仿佛它将永远如此。因为在诺弗勒，没有人是真正的诺弗勒人，人们互不相识，互不往来，谁也不爱谁，谁也不恨谁。

真正的诺弗勒人在我们沿着卢瓦雷省和皮埃蒙省继续前进的时候就走光了，但是我们，我们之间仍然互不相识。1962年，诺弗勒人等着好日子的到来。可以让他们去别的地方的房子，可以让他们回来的房子。小鸟栖息在枝头，诺弗勒太忧伤了，他们说：不能让人承受太久的时间。于是诺弗勒人糊涂了，他不知道诺弗勒是否因为他才变得忧伤。他在自己小心构筑起的一片空茫里生活，但是他对此仍一无所知。他一头撞进城市里，这让他觉得很痛。如果只有诺弗勒，他自言自语地说，生活更让人觉得绝望，幸好别的依靠仍然存在，在迪埃普和卡尔卡索恩的亲戚。这种对远亲关系寄予厚望使得诺弗勒，使得我的故土塞纳-瓦兹的每一个动作、每一个手势、每一句话都能看得见一种回音壁的效果，它变得阴险而粗俗。孩子的叫喊。芍药令人惊颤地开了花。冷冰冰的。莫尔德山谷间的轻雾。黄昏时分回家的猫。

惊惶的故土，"灰色小老鼠"在这里探着鼻子。

再也没有农场主了

谈起诺弗勒，我似乎总想一刻不停地说下去。而在诺弗勒，我竟然没有跟任何人说过话。

五十年前，这是个很大的商业重镇，周围地区大的农场主都来这里交易。现在没有农场主了。巴黎人来了。随后，公路修通，消息散布出去，诺弗勒成了度假的好地方。大家都还想得起来，那时，那些别墅的主人一年总在这里待上两个月。可现在，这里只是度周末的地方了。夏天，共和国大道上空空如也。人们都往天蓝海岸去了。

有一次我想要买一包香烟——那是晚上十一点钟的时候——我从诺弗勒开出了四十公里左右，

一直到十二点，我才在一家服务站买到。

　　星期六晚上，一家名叫巴尔托的咖啡店会在主广场上燃起朦朦胧胧的篝火，平常的日子里，晚上九点，诺弗勒就沉睡了。星期六，在巴尔托咖啡店前，会停着很多摩托车。塞纳-瓦兹的年轻人就是这样度过他们的星期六夜晚的，他们在寻找露天的咖啡店。在贝恩有一间，在诺弗勒有一间，在庞莎特兰公路上也有一间。这儿，那儿，只要有露天咖啡馆就是节日。我们诺弗勒的一间有一个台球桌，还有一台自动电唱机，为流浪者播放着华尔兹舞曲。老板总是很好心地为这些流浪者放一两支风笛舞曲。临近午夜，科克，一个原籍意大利的流浪者便跳起来了，十年如一日，冬天和夏天一样，都是戴着鸭舌帽，穿着靴子。喝了他的第十杯红葡萄酒，他就跳上了，一个人，在台球桌前。四年来，我一直看见他一个人跳。年轻人根本不看他，就像他们也不会去听另一个流浪者用拉丁语背诵《圣经》一样。那是个衣衫褴褛的老神父，十五年来一直待在这里，他倒是一杯红葡萄酒也不喝就背上了。有时科克和他的同伴会有点过分，科克在华尔兹的作用下昏了头，把桌子都掀翻了；而另一个的朗诵逐渐升级，变得震耳欲聋，大家于是就温言细语地劝他们回去。科克和他的同伴从来都没有闹过什么丑闻。星期一一早，他们定会准时地出现在甜菜地里。

四年前，我才到诺弗勒的时候，我觉得这个城市里有很多疯子。但是后来才知道，这些让我感到害怕的都是些流浪者，后来我甚至和他们认识了。有一个男人总是戴着一顶大礼帽，帽上的扣眼是红色的，天气好的时候，他就会穿过空旷的广场。他是疯子，可并不危险。他来自快乐的夏尔科那一侧。每年，他都会找上一大帮孩子，玩得很开心。

战胜无聊。早起早睡，诺弗勒人最怕不被人注意。他们读《自由巴黎人报》。按他们自己的说法，诺弗勒人是完全不谙政治的。

去年 12 月，某个晚上的 11 点钟，我的朋友安德烈·曼都兹被炸。

第二天,整个巴黎都传开了,然而诺弗勒一点动静也没有。

这里每天大约售出四百份报纸,其中有两百份的《自由巴黎人报》。如此这般,一切非常安静。这里,一百七十名共产党员(有投票权的)都读《自由巴黎人报》。

钉 子

几个星期以前,有人在靠近草坪的主广场上撒了好些钉子。

第二天,谁也没有谈论这件事。大家只是说:是不是孩子们偶然丢下的?

社会保险机构的说明贴到了大马尔涅厂的墙上,并且一直留在那里。

这里有一百七十位有投票权的共产党员,每天却只卖出十份《人道报》,八份《解放报》。大部分每天都要到巴黎去做工的工人都在巴黎买报纸。中间派的人士多半买《观察家》。其他报纸买得就很少了。除了《自由巴黎人报》，因为普通老百姓也买。

诺弗勒城堡平静的夜晚啊，它们总是那么平静（几乎总是），只有每天早上七点钟时，驶往巴黎的卡车会划破宁静。或是夏天，小鸟在曙光中歌唱。这就是这条笔直的、毫无政治性可言的法兰西共和国大道上唯一的声音了，这条我们这些所谓富人聚居的大道（当然还有一部分聚集在小尼斯城区）——某些人就是这样不乏荒谬地称呼我们的——这条刺猬爬过的大道。

也就是从这条大道，"他们"来了，在夜里。大家都知道他们在诺弗勒有情报员。大家都知道谁谁谁是情报员，其中便有交出我朋友曼都兹的地址的。

但是白天的时候，大家仍然互相问候，包括这些情报员。他们看上去非常和蔼可亲，他们是那类有一幢临街的房屋的杀手。他们知道这就是最合适他们下手的地方。这里，没有人会注意到他们的。就算大家知道，这是有连带关系的，因为这里的人什么也不知道。

十年以来，诺弗勒没有一起犯罪事件。我朋友曼都兹的事件是唯一的例外。

有时，早晨，共和国大道上会传来脚步声。那是主妇们从菜场回来了。《自由巴黎人报》从她们的草篮里探出头来。一天就这一次。死亡只有一次，出门也只有一次，接下来大家便待在各自的花园里，然后读报，然后看电视。

从"皮埃尔锅店"到砂纸店，在中午十二点到下午二点间，所有的店铺都关了门，街道上空无一人。偶尔有条狗⋯⋯

唯一大家都去的地方就是电影院了。

"必须救救诺弗勒，要不它就会消失了。"市长对我说。

唯一的办法他也知道，我们每个人都认为有

理，那就是接受足够数量的无产者，彻底改变目前诺弗勒黯淡无光、似乎根本不存在的市民生活。

我试图描绘的这一切，在整个塞纳-瓦兹的别墅区都存在，当然我写它、谈论它也没有什么目的。诺弗勒缺少一种勇气，一种激情，一种规划的目标，这等于说诺弗勒还不存在。迪埃普、索穆尔和乌迪纳也都是一样的。和这些地区一样，诺弗勒有着肥沃的土地，种着丁香花和苹果树，还有美妙的风光。阿兰·雷奈在拍《广岛之恋》时，便选中了这里作为纳韦尔的外景地。

然而这却是一块被开发的土地，据说在百年战争的时候，人们也拼死保卫过它。它的城堡曾经能与蒙弗尔的城堡相媲美。（我是多么不喜欢蒙弗尔啊！）诺弗勒成了现在这样，这真是无尽的遗憾，而诺弗勒有朝一日不是现在这样了，却更是无尽的遗憾。恐怕最好还是不要去想。

《法兰西观察家》，1962 年

奥朗什的纳迪娜

我是在看了"公审"安德烈·贝尔铎的电视转播后去看他妻子的。我在门外等了一个小时,她不愿意开门,赶我走,她一直躲在家里,惊惶不安。后来她开了门。我们谈了很多。她一边说话一边听着楼梯上的动静,还有警察——我仍然记得起电视上的场景:索塞街区的那个男人弓着身子倚墙站着,探照灯的光,警察的狂叫,他就像一只猎物,供警察共同享受的一顿盛宴。你会说的,是吗?说吧……说你碰过她……混蛋……十八年过去了,事情竟然还是这样,真叫人无法忍受。他要求去盥洗室,就在那儿他将一柄小刀深深地插入了自己的心脏,他什么也不知道,只知道自己要做什么。我还想得起那天晚上电视里播出这条新闻以后发生的一切。人们愤怒了，突然，他们拒绝被操纵，拒绝相信警察的解释——这些警察说 A. 贝尔铎是因为有罪才自杀的。警察彻底失败了，在这件事上。

现在，就像案件发生时那样，我觉得 A. 贝尔铎的这个手势不仅仅是一种回答，它是一种简短的拒绝，它拒绝对警察们上演的这出谋杀喜剧做出任何回答，拒绝参与到当中去。他在精神上的一种迟缓在这里或许是有益的：他的死是自己的决定——是的，这天晚上，地方警察署所有的人都失去了工作，他们被孤立了，他们曾经"有"过工作——欺骗，而现在，这个男人死了。这个男人和小女孩之间的爱不会再受到惩罚了，死亡为这一切画上了句号。我绝对相信这份爱。A. 贝尔铎和小女孩相爱过。

医学检查是确切的：小纳迪娜没有被强奸。强奸有可能会发生。但是并没有发生。或许在最后的一瞬间，A. 贝尔铎没有实施强奸，这是可能的，非常可能——如此强烈的爱却没有导致欲望的结果,这的确很罕见——但在我看来,这本身就是强奸没有发生的最好理由,这是孩子的爱的力量。

这份感情或许不关我的事,不关任何人的事。总之强奸没有发生。

突然,我觉得很奇怪,上个月谋杀了四个警察的罪犯居然在四十八小时之内就被找到了(11月到12月间的事),而谋杀皮埃尔·高德曼的凶手在三个半月后的今天仍然逍遥法外。

"这一切是怎么开始的呢?"

"纳迪娜的几个表兄弟是我女儿达尼埃尔的好朋友。就这样我丈夫和纳迪娜相识了。暑假,在德蒙圣母院,他和孩子们在一块儿。大家都以为他们已经认识很久了,但这是个误会。纳迪娜和安德烈是在暑假的最后几天,也就是说在8月31号到9月4号之间才认识的。就在这五天里,他们之间产生了友谊。"

"9月4号到他走的26号的那个星期二之间发

生了什么事呢?"

"他一个人又回到德蒙圣母院过了三天,去看纳迪娜的。"

"你们在德蒙圣母院地区一块儿度过的五天里发生了什么事?"

"他们之间产生了一种几近疯狂的友情。报纸上说的不全是事实。小纳迪娜同样也离不开安德烈。不管我们到哪里,她都跟到哪里。他们在一起玩,在一起戏水。她吊在他的脖子上,两个人一起向大海跑去,就这样,挂在他的脖子上。他也让她坐在肩头上。只要一醒,纳迪娜就来找安德烈了。我们觉得这一切有些滑稽,甚至有点烦她。有一次,她上我们这儿来的时候,安德烈正好到三公里以外的地方去游泳了。我不得不发怒了,要不然她准得走上三公里的路去找他。不管我们到哪里她都跟着。她总是从她祖母那里逃出来,和安德烈待在一起。她想在我们家吃饭睡觉。不管我们到哪儿,她都能找到我们。有一次,我们在松林里野餐,她又找到了我们。安德烈在睡觉,于是我们赶她走。可安德烈醒了。于是她自然就留下来和我们在一起了,因为安德烈要求这样做!"

"安德烈·贝尔铎和孩子们的关系怎么样?"

"他以自己的方式爱着我们三个人,非常爱。如果有谁敢碰他的孩子,他准会杀了他。但是我应该说,他从来没有像爱纳迪娜那样爱过任何一个孩子,从来没有,哪怕是自己的孩子。我从来没有看到过他这样喜欢一个孩子。和纳迪娜之间,一切发展得非常快。自从他看到她以后,他的这份爱就升到了最高点。应该说他真的有病。他是个感情强烈的人,一个要死要活的人,一个过于简单的人。纳迪娜和他之间的这个故事是一个十二岁的小女孩和一个对十二岁的小女孩着迷的人之间的故事。我根本不能想象还会有同样的事情发生。我们离开德蒙圣母院地区的时候,那情景简直可怕。她想和他在一起,而他也想和她待在一起。两个人都哭了。非常绝望。"

"您刚才说，周末时他又去看纳迪娜了？是不是打这三天以后，你们开始着急了呢？"

"是的。他要再见到纳迪娜。他不停地重复着：'我要再见到纳迪娜。'他不停地谈论那孩子。他要到处都摆满纳迪娜的照片，电视机上，壁炉上，到处到处。我们曾经试着拿开这些照片。于是他开始威胁我们，威胁我们的女儿达尼埃尔，如果我们胆敢拿走一张纳迪娜的照片，他说，达尼埃尔就再也见不到 J 了（J 是达尼埃尔的未婚夫）。"

"您相信达尼埃尔陪他去了奥朗什吗？"

"是的，我敢肯定。我肯定听见他对女儿说：'如果你不陪我去的话，你就再也见不到 J 了。'"

"再和我谈谈他决定和纳迪娜一道出走前的这段日子。"

"他一直想要再见到纳迪娜，不惜任何代价见到她。他总是和我说：'我想见到纳迪娜，你别吃纳迪娜的醋。我深深地爱着她。如果她十五六岁了，我明白你肯定会嫉妒的，但是对纳迪娜，你没什么好嫉妒的。'如果说在开始的时候,我还不怎么着急的话,那是因为纳迪娜在九百公里之外的地方。"

"您那时候担心的是什么呢?"

"我只是害怕他会去骚扰小纳迪娜的父母,因为他想见她,就必须去敲人家的门。我从来没有担心过其他事情。"

"他对纳迪娜的激情与日俱增?"

"是的。我们曾经试图帮助他,孩子们和我。纳迪娜是个非常可爱的小女孩。可我们对他说:'纳迪娜是个小黑鬼,她牙齿掉了,纳迪娜很丑。'听见这些,他简直是狂怒了。'再也没有比她更漂亮的了。'他总是说。在最后那几天里,就在9月26号前的那几天,情况变得更糟了。他睡不着觉,吃不下饭。他只想着小纳迪娜。我们还试着逗他笑。可他根本笑不出来。他再也笑不出来了。'如果我看见纳迪娜,'他说,'一切就会好的,如果我看见纳迪娜了,我就会好了。'"

"在那段时间,别的什么东西对他来说都无足轻重了吗?"

"是的。他不再关心我们。但是从德蒙圣母院地区回来以后,他就已经不再关心任何别的事情了。您瞧,克洛德,他的儿子,今年也是十二岁,他一直想当一名自行车运动的冠军。安德烈曾经给他买过一套非常好的装备。这些年的每个星期天,他都带他到万桑森林去练习。他非常热衷于做这件事。可自从遇到纳迪娜以后,他再也没带儿子去过。再也没有。克洛德痛苦极了。我还记得,在德蒙圣母院的时候,克洛德总是赶纳迪娜走,有时他甚至会打她,想要赶她走,他嫉妒了,这很自然。但是,您想想看,小纳迪娜总是会留下来,而安德烈也总会去找她。什么也不能使他们分离。"

"可是在暑假期间,您不着急吗?"

"不,那时候我还没有意识到。看到他们总是待在一起,其他任何人都不理,的确让人厌烦,让人恼火,但也仅限于此。而我们回来以后,尤其是那个周末以后，安德烈完全被这件事弄昏头了，他完全沉浸在这份激情里，无力自拔。我这才感到害怕。"

"可是关于安德烈·贝尔铎对纳迪娜的这份爱，您从来没有怀疑过它的实质吗？"

"从来没有。人们总是容易往歪处想。他们不会懂的。少女被奸污是经常发生的事，于是他们也以为这是一桩奸污少女案。而我，您看，虽然我也从未看到过类似的事情，甚至我从来没有想象过会发生这样的事情，我知道这根本不是一码事，不是。"

"怎么呢？"

"这没有办法说。没有合适的词汇。爱，是的，但不仅仅是一个男人对一个女人的爱，也不仅仅是父亲之于女儿的爱。是别的什么东西，我不知道该怎么说。"

"您从来没有害怕过纳迪娜吗？"

"没有，在安德烈对纳迪娜的爱中，我觉得没有一点性虐待的成分。从来没有。每次,那些监察员来的时候,我总是说让他们放心,我向他们保证安德烈不会做一点有损于纳迪娜的事情的。虽然我从来没有见过类似的事情,没有见过类似纳迪娜和安德烈之间的这份爱,我知道在我丈夫的脑子里,根本不会闪过一丁点伤害纳迪娜的念头,从来不会,不会。

"您要知道,安德烈是个非常简单、非常善良的人——甚至非常慷慨。但正是因为他那么简单,有时反而会被邻居、家人或朋友看不起。于是当他遇见小纳迪娜的时候,看到她对他是那么温柔,总是想和他在一起,便疯狂地爱上了她。她像缠着自己父亲一样缠着他,总是吊在他脖子上,我对您说过,一天到晚吊在他脖子上。在我看来,这也是个从来没有'享受'过父爱的孩子。她的父亲是部队的飞行员,她几乎看不到他。从她那一方来说,这份爱也是非常奇妙的。开始的时候,我的确觉得这故事难以理解,而现在我有点想得通了。也许,他们互相需要。自从他们相遇的那一刻起,一切骤然发生,从第一分钟开始,他们再也不能失去彼此。他们疯狂地相爱了。他们让彼此感到愉悦,其程度远远超过他们和任何别的人在一起所得到的快乐。"

"安德烈·贝尔铎的性格怎么样?"

"我和您说过的,他非常简单,就像一个十二岁的孩子,非常善良。他小时候,父母离婚了,是他的祖母把他带大的。他非常顽固,会陷入不可思议的疯狂之中,真的,有时他让人感到那么不可思议,如果有监察员来告诉我,说他在与人争执时伤了人,也许我一点也不会感到惊异的。但是对纳迪娜,从来不会,从来,他不会做一点点损害她的事情。他最喜欢的是运动和自然。他从不抽烟,从不喝酒,除了牛奶,他什么也不喝。每个星期天,我们都会到塞纳尔森林或万桑森林去。您要知道,他竟然会去采花!我都懒得蹲下身去采花,可他从不嫌累,从不厌烦。"

"他也把纳迪娜带到了塞纳尔森林?"

"是的,您瞧,我都能想象得出他们在森林里都干了些什么。他肯定给她采花,给她讲故事,那些讲给小孩子们听的故事。他喜欢这样的故事。"

"从德蒙圣母院地区回来以后,他给纳迪娜写信吗?"

"我想是的。是的,他给纳迪娜写信。不过我从来没有看过这些信。"

"您有没有和他谈到过有关自杀的话题?"

"当然,就像所有人一样,他从来不懂得人为什么要自杀。他总是说人自杀需要极大的勇气,而他无法理解这样的勇气。"

"我有很多朋友那晚看了电视,看见他是如何被'那些人'辱骂和对待的。"

"我没有看。后来人家告诉我他靠墙站着,在强光照射之下,那些人朝他吼道:'说,说你碰过她,混蛋!'所有的人都在骂他,而他什么也没有说,人家都说当时他的脸色非常可怕。我想他之所以会自杀，是因为别人说他是个罪犯，说他侵犯了纳迪娜，但是从来，从来，他的脑子里都不会闪过一丝要碰她的念头，从来，我敢打赌，他根本不知道那些人脑子里会有这么肮脏的念头，而且没有任何证据就把这个罪名扣在他头上。甚至教会了他这个念头。他疯了。我想做些什么。我想反击那些把他推上绝路的人，您说可能吗？"

"我想不太可能。不过我还是劝您试一试。"

"我想您最好能替我的女儿达尼埃尔说几句话，她现在在沃克鲁兹监狱里。我收到过她工作的那个单位的上司和同事写来的信。她们都说达尼埃尔是个非常可爱的人，说她非常认真，她们决定想尽一切办法让她出狱。达尼埃尔她还是个孩子啊。一方面，她非常爱她的父亲，可另一方面，她又怕他疯了，怕他不让她再见 J，她爱的那个小伙子。"

"安德烈·贝尔铎对他的女儿很严厉吗？"

"非常严。她已经十八岁半了，可她从来没有去过舞会。一次也没有去过。他不让，他希望她就是现在这样,认认真真的。说实话,她感到害怕。可她想让父亲高兴。她也不觉得父亲去找纳迪娜有什么罪恶的地方,因为她所受的教育不可能让她往坏处想,她还是个小女孩呢。她随父亲一道去搬过东西,一次是到香槟地区,还有一次是在市郊。我一点儿也不担心她。安德烈对女儿从来都不是很温和。可对儿子,对克洛德要好得多。达尼埃尔想要和父亲处好关系。"

"如果安德烈·贝尔铎没有再见到纳迪娜呢,您想事情会怎么样?"

"我不知道。也许,时间一长,他会忘记她的。但我不能肯定。我不知道。"

"如果'那些人'没有逼迫他自杀,他会坐六个月的牢,您知道吗?"

"我知道,人家跟我说过。但是说这个又有什么用呢?"

《法兰西观察家》,1961 年

"垃圾箱"和"木板"要死了

1956年12月22日,人们在圣克鲁公园的小路上发现了两具年轻人的尸体,他们身中数枪。三个星期以后,让-克洛德·维维埃和雅克·塞尔莫斯以诈骗和持有武器罪被逮捕,两人均为19岁。

"垃圾箱",别号又称"笋瓜"的,和他的同伴,"木板",在离开安多的圣贝尔纳岱特孤儿院的四年后被判处死刑,这是1958年的初春,他们20岁。

这是维维埃的辩护律师,布朗蒂夫人刚才告诉我的有关他们的新闻:

他们现在在一起,在桑代监狱,住同一间牢房,就像那时候在孤儿院一样。塞尔莫斯很怕死。

维维埃的情绪也糟糕透了,但是他还安慰着塞尔莫斯。维维埃还在幻想着他或许可以不死。昨天他们在向最高法院的上诉书上签了字。布朗蒂夫人对此不抱太大希望。可他们,他们还不明白这一切。他们抱怨这两天睡得不好,因为死囚室的灯光是终日不灭的。他们不知道。只是觉得惊讶。他们想好好睡一觉。他们就这么一直昏头昏脑的,记者和凡尔赛地区的公众都这样说他们。我们于是可以安静下来了,记者,法官,还有公众,他们很快就会怕死的,很快,天刚蒙蒙亮的时候,他们会本能地感到害怕,就像动物那样。这种害怕"很奇怪,一点也不激动人心",是一种"毫无用处"的害怕,一种"荒谬"的害怕,用我同事的话来说,就是"只能让他们感到害怕的害怕"。只要他们真的感到害怕的时刻到来。

然后这一切便结束了。此事过后,一切终将恢复冷漠。由于不是狗,动物保护组织都不会有所行动。当警察局待领场把野狗关起来准备送往毒气室的时候,野狗总是会感到点什么,然后拼命地叫,而人们似乎还会试着让它们安静下来。但是只要不是狗,"民事身份上"不是狗,动物保护组织就不会行动。所以没有人会去顾及他们的害怕,没有人,连狗都不会管。只有一个例外,就是那个所谓的"上流社会的寡妇",弗洛里奥夫人,因为她一直关注着孤儿的事。就这样大家还劝她届时去看人头落地,以便后来惟妙惟肖地描述一下——根据她的不同需要——各种残忍兽行的场面。

七十五位记者一致认为"垃圾箱"——他之所以有这个绰号是因为他在孤儿院里什么都吃,包括干酪皮和面包屑,而"木板"的绰号是源自塞尔莫斯"天生"瘦骨嶙峋的身材——和"木板"在审讯过程中没有表现出一点可爱之处,七十五名记者一致认为他们一点也不讨人喜欢。

所有的人都声称,对于他们被判处死刑,一点也不感到难过。

但是所有的人却都一致认为他们词汇贫乏,

说话语无伦次，语法不通，认为他们在被告席上的举止，他们的穿着，他们隐约可见的小胡子，他们的眼睛，他们的泪水，他们那干涩的眼睛，他们的脚，等等，等等，都说明他们根本没有思想。

"你们带着这些武器干什么？"主审官夏帕尔问道。

"持械抢劫。"维维埃回答道。

"带着手枪可不是为了打猎。"主审官夏帕尔继续说。

您以为这两个小"流氓"当中能有一个从这个颇富含义的微笑中领会到什么吗？在这个法庭上，这微笑的分量可不轻。可是没有。

"就是为了持械抢劫。"塞尔莫斯阴沉着脸说道，非常顽固。他却没有强调，比如说，带着手枪不是为了打猎！

就在五十天前，德诺耶斯，又名于鲁夫神父，他又会怎样回答呢？

"我不知道。我什么也不知道了。我甚至不再是同一个人。"

而他们，就算他们变了个人——他们甚至都不知道！德诺耶斯则不同了，他非常清醒，他的法官们也很清醒。他的双重罪恶，都由他一个人来承担，也是由他一个人来完成的，在成人的年龄，在自己可以负责任的年龄。接着他双重不在场的证明使得他可以——当他的双手交握着十字架——继续忍受人间的痛苦，以他本人的名义，也以他那在宗教界的兄弟、神父的名义继续忍受。我们觉得这样更为妥当，因为这样他就必须在人间忍受，而不是享受通向天堂的死亡之旅的温馨。

真是很幸运，能让德诺耶斯继续蹦跶上十来年还有更为重要的价值所在，因为他可以继续成为新闻、画报，乃至毫无疑问使他成为一大牺牲品的教堂的热点。德诺耶斯万岁！万岁！活着？现在得这样。

而他们，他们就让人失望了。我觉得在孤儿院，得教他们学会动词的力量，还有演讲的顿挫，这远比园艺与制鞋来得重要。当然,有人会说,经精神分析专家验证,他们的智力程度大体与十一岁到十五岁之间的孩子相当。这又有什么关系呢。我们或许应该试着让他们的昏头昏脑变得感人起来,使他们朝一种超凡入圣迈进,不管是他们的声音,他们的姿态,还是他们用的词。在重罪法庭上,这一点尤为实用。不,我觉得"垃圾箱"和"木板"在教育上确实有很大的漏洞。

"你们戴着手套,为什么?"

"因为是冬天。"塞尔莫斯回答道。

总是那么枯燥无味,让人觉得他们根本不会思考,甚至不懂法律。其实他可以有一百种别样的回答方法——即使我一时之间想不起来——我觉得。比如说:"那您呢?主审官先生,冬天的时候,您也戴手套吗?"这样的回答肯定可以让听众松一口气,也肯定更讨他们的喜欢。还有,谁知道呢……

不,一个生命,一个人,一个另外的人,如果他没有推理的能力,他的论证不超过用来维持日常生活的程度,那么这样的生命是可以被忽略不计的,在他身上的人性也都是不值一提的。这两个人让凡尔赛的公众失望之极。就让他们在桑代监狱夭折吧。既然他们在九岁十岁的时候没有患猩红热,他们毕竟得为活生生斩断他们荒谬的生命的铡刀负责。作为一个尽力要消除阶层差别的社会的副现象,"垃圾箱"和"木板"以一种极为耀眼与有力的方式展现了"某些阶层"的要求,在他们看来取消他们是非常正常的……很好。

"我害怕说'举起手来'。"塞尔莫斯说。

"可是杀了他们你却不害怕。"主审官夏帕尔反驳道。

夏帕尔主审官的儿子或许会说"举起手来",他肯定不会说"插韭葱",而是说"移植韭葱",哪怕夏帕尔主审官把他送到圣贝尔纳岱特的孤儿院去学制鞋。不,但是,语言都跑到哪里去了呢?如果说这些杀人犯不再讨人喜欢,不再可爱,罪恶又是落到了怎样的深渊里呢?还有"寡妇"——我们沙龙里的骄傲——的辩护词,她安排重演的杀人事件(新闻界无一例外地被震惊了,还有亡者的父母,足够令他们哭泣、崩溃的),大概只在法律圈内有一点可怜的市场吧。

不。就让这些人从哪儿来回哪儿去吧,从空空世界,到空空世界。社会会进行庆祝的,以所谓的社会大扫除或社会大清理的名义。

又及:关于"垃圾箱"和"木板"的第二篇文章再也找不到了。

《法兰西观察家》,1958 年

施瓦西-勒洛瓦的恐慌

"注意！注意！所有的文字都就这起无名亦无由的罪恶向我们发出了警告。就让我们面对美学家们的哀叹装聋作哑吧。这爱的罪恶……"(《曙光》，6月4日)

西蒙娜·德尚和埃夫诺医生的事情出来以后，我们一直想要找寻某种理由欺骗自己，大家查了他们银行的账单，还有他们的结婚契约，结果一无所获。接着，我们又试图找寻某种情感上的原因——比如说埃夫诺想要摆脱他的妻子，事实证明这些理由同样不是关键所在。于是，我们也许还要找下去，试着替这起罪行找到某种说得通的动机，试着将它纳入某"范围"之内，以最大限度地满足我们的理性，因为我们的理性告诉我们，倘若不把所有的罪行都加以分类，我们就会感到不舒服。

会很困难，但是也许——我们希望——能够做到，并且能够避免掉入一般看待这些花边新闻的虚伪的俗套。

当然，我们不能对黑暗做出解释，但是我们能够做的，是将黑暗限制在一定范围之内，让黑暗永远只停留在属于它的那一边。

在我们看来——这事仍然是最近炙手可热的话题，问题并不在于验证这样的事实，如果说埃夫诺与他的情妇西蒙娜·德尚之间有一种真正的激情的话，他应该是爱她的。这也许关系到别的什么。这是一桩绯闻，和爱情一样，有它的两极性，但是不同的是，在这桩绯闻里，两极之间的对抗达到了一种极限。我爱你，所以我恨你，所以我要杀了你。如果说他与她之间的性生活是平生所未能有的，他对她说过，他根本不会和她结婚。他要她一直秘密地存在于他的生活之中，也就是说要她一直处于"不被承认的状态"中，要她成为一桩完美的罪恶。但是，事情已经持续了七年，并且仍然向前发展着。而就在她慢慢地画圆这个"秘密性"的同时，她越来越迫切地要求一个未来，一条出路。而就在这点上，我们发现了地狱之所在。

别搞错。就是这个女人，这个被夸大了的艳情故事的女主角，在上个星期五到星期六的夜里，这个又老又丑的女人，光着身子披着一件黑大衣，戴着黑手套，手执匕首，滑向了犯罪的深渊，然而同时，她却也上演了她的爱情故事的最后一幕。她爱他，她。在这一点上，她听从了自己，听从了爱，听从了命运和爱给她的安排。或许将一桩绯闻从它的情感背景下离析出来是很困难的事情，但是我们还是得试一试。演绎这桩罪恶会让人目瞪口呆，因为它所蕴含的一切是那么明了。埃夫诺给了他的情妇某种虚幻的自由。但是她没有受骗上当。她将等他的电话，她将在午夜时分跨越把她送向死亡与罪恶的那三层楼。可是他也在等，似乎她还会退一步，似乎她有选择不再爱他或继续爱他的权利。于是她直奔罪恶而去，残暴的、野蛮的罪恶，就像一个年轻姑娘去赴她的第一次约会。因为就在他们的爱情结束之际，她却由此变得年轻。他把她变成了吉尔达[1]——但只是唯一一个男人的吉尔达，滑稽地模仿着最后的脱衣舞——他认识她已经七年了，除此之外他们不可能再做别的。然后他让她熄灭，和她说永别，他为她指出通向罪恶之路，又一次切中要害，似乎她什么都不明白。

当然，这都是预谋好的。甚至七年以来预谋一直存在。但是也许这个词并不准确，他们的性爱达到了这样的程度，已经迫切需要找一个出路：泯灭。又一次，她仿佛并不曾爱过他，而是由着自己的欲望，她将爱置于这种性的迫切需要之下。又一

---

[1] 美国1946年出品的影片《吉尔达》中的女主角。

次,她由着自己的欲望做了,一个月来,她将这欲望制成"自由"的毒药。而此时他却在滑稽地扮演着圣人的角色,在他妻子的房间里等着她,她只是按照他的指示去做了,他指给她的命运,她在扮演他的奴婢,在这个可怕的二手上帝一手导演的故事里出任主角——但是他并没有让她感到害怕——直至结束。

我想必须接受有关黑暗的"真实"。我想应该杀了(既然已经杀了)施瓦西的这两个罪人,但是我们永远放弃了对黑暗形成的诠释,就因为我们站在日光里,我们不可能对黑暗有所了解。报纸所犯的错误极为幼稚:"从爱情游戏滑向罪恶的深渊。"这是什么意思呢?这里删去了最为关键的阶段,一个直接导向犯罪的中间阶段。那就是游戏不再成其为游戏,不再是一种消遣,游戏统统已经抵押换了良知——最后,良知终于也将泯灭。

也许我们一直依恋一个游戏的世界,在各种各样的游戏中得到安慰。有高潮,有低谷;有时赢，有时输。我们的感情从中得到了充分自由的满足，游戏本身也可以在自己身上找到宣泄的方法。平常我们的冒险之处只在于我们玩得越来越多，但我们只盯着一个游戏，在一种简单的关系里，没有波澜突起。而游戏本身的这个缺点，这种一成不变也颇值得玩味。第戎的一位先生，还是一位国家公务员，每个星期六都会到巴黎来，掐着点投入他的性游戏，星期一，他又准时回到第戎的公务里，对这样的故事我们已经不感到害怕了。甚至从此，这个故事将对我们有所教益。因为这位先生有着如此神奇敏锐的目光，竟然能找到自己的性和谐（我们对此不会横加指责，我们坚决不对"性形式"说三道四），并且如此迷恋，正如同迷恋自己的社会与家庭地位一样。但是如果我们残酷地对这种性和谐加以追究，会发现世界已经颠倒了。一切对我们来说都是那么陌生。包括西蒙娜·德尚的丑陋在内。我们不能明白，因为她丑。但是我们也明白埃夫诺知道这一点，知道她丑。他甚至会当众宣扬她的丑陋，非常粗俗。他嘲笑她。她接受了自己丑陋的现实，而他又对此加以嘲笑。同样，对于他公开嘲笑自己的感情这样可憎的事情，她也接受了。因为她知道他承受了对这份丑陋的支配权，知道自己对他而言是无可替代的。而在她这方面，她也在承受，就像承受上帝赋予她的一种命定，承受着他的粗俗荒淫。

但愿良知能够接受——而不是逃避——在这种所谓日常道德的欺骗性中的偶尔迷失吧。

"为什么您大衣里什么也不穿，为什么您要穿高跟鞋，戴黑手套？"

"这是医生的命令，主审官先生。"

"为什么您不穿得正常一点？"

大厅里爆发出一阵狂笑。真有意思。没有谁规定西蒙娜·德尚一定要穿戴正常才能去完成她的罪恶。

"这是因为，"主审官彭努尔解释道，"您有一种可怕的性倒错，您总是寻求不同一般的感受。"

"不，主审官先生，我从来没有寻求过不同一般的感受。"

于是法官提请她注意她和埃夫诺之间的性关系的特殊性质，她的那些"令人不齿的行为"，她在埃夫诺眼皮底下与北非黑人进行的性交易，还有她被鞭笞的事实。

"是的，主审官先生，"西蒙娜·德尚回答道，"这的确是事实，主审官先生。"她再一次回答。

"明天，证人将会出庭作证，证实他们参与了这些行为。"主审官威胁道。

她没有回答。审讯继续。主控官和主审官和她说话时，用一种非常严厉的指责口吻。他们在训斥她。而她，她也是一副被训的样子。大厅里飘荡着愚蠢的空气，我们每个人都是其中的一分子。也许我们对这样的愚蠢早该习以为常，可是我却觉得那么陌生，那么令人窒息，甚至难以忍受。

"有一次……您光着身子……和两个女人……埃夫诺也在场……证人说您从中得到了很多

快感。"

"一点也没有,主审官先生。"

"那么,您从这些行为中得到了什么呢?"

"我爱他,主审官先生。"

这些先生到底想干什么?我是说这些司法机器。就算西蒙娜·德尚被这些污言秽语骂得抬不起头来,在地上蜷作一团,他们恐怕犹嫌不够。她几乎承认了所有对她的指控,所有的事情。那些最反常的行为,她也承认自己醉心于此。但是法官还要她承认她于其中得到无比快感。她否认了。法官因此向她提出警告。非常严厉。于是她低下头,什么也不说。也许就是在这样的时刻,她表现出一种不为我们所知的屈辱的力量。当她说"这是医生的命令",她让人感到害怕了。但是法官会跟她说"有些命令我们可以不执行"。她会做个手势,表示主审官的这个法律提示不无道理。但是问题就在这里,有一些人——其中也包括她——喜欢执行命令。

"我无法做出解释……"

我所想表达的，是——尤其是——面对着星期二下午满满一堂人的被告的心理状况。这是一种非常官能的状态，这使我们想起，在埃夫诺医生面前，西蒙娜·德尚所能有的恐怕也是这样一种状态。西蒙娜·德尚再也没有什么好说的了，因为司法机器强迫她用他们的语言陈述事实。于是她甚至要说自己所做的事情是"残酷"的。她无疑将要按照主审官的道德标准去检验自己的行为。而昨天，在听审会行将结束之际，她喊道，声音极低："让我安静！"这时她已经不再能够沉默下去。

我想大概是她的辩护律师说的，说这种自卫形式过于简单。可这并不是一种自卫。同样，当她两度承认自己无法陈述，她说"我想有所解释，但我做不到"时，没有人坚持让她解释。我不知道法官会在这个时候打断被告。或许被告只能回答别人的提问。当他们站起身来要说话的时候，我们就没有时间给他们了。很显然，最后指望这场官司的人应该是西蒙娜·德尚。她今后完全就是一个遭人讨厌的人了，甚至从她的青春时代开始，她已经是个遭人讨厌的人。整个司法机器不过是努力在找寻她自青春时代就显露出的那些"征兆"，证明她那时候的行为已经注定了她会有一个黑暗的未来。我很抱歉还不能习惯这种重罪审判。但是这一切真的令人目瞪口呆。如果那些证人说了西蒙娜·德尚的好话，他们的立场便是站歪了，肯定不会得到感谢的。有些人会挨骂，会被谴责，就因为他们虽然受了挑唆，仍不愿意凌辱他们所认识的西蒙娜·德尚。

"她总是从下午四点钟就开始等了，一直等到晚上九点，"一个施瓦西饭店女招待会说，"他侮辱她。她从不反抗。我真替她感到难过。那男人不仅仅是个性变态，他根本是个疯子。或者首先是个戏剧演员。总之令人恶心。"等等。

而主审官想要让女招待说，他这样，只是因

为他认识了西蒙娜·德尚。她会说她不知道,坚持她不清楚这一切。然后这个女招待就会遭到谴责。

"我没什么好解释的。"星期一晚上,西蒙娜·德尚说。

而今天,当主审官说应该是她请求"原谅"的时候了,她说:

"我不能再说什么了。"

这是真的。她不"能"再说什么了。但愿人们不要歪曲我的意思。这只是一种遗憾的表示。不公正,是我们在承受这种不公正。有不公正存在,对我们而言,当一个罪犯——就是西蒙娜·德尚这一类的罪犯——无法,再也无法说出自己内心的想法,这就是不公正了。令人震惊。饭桌上孩子们没有权利说话。退化到一种被强制的幼稚症状态,西蒙娜·德尚闭了嘴。她不仅仅让所有人都对她失去了兴趣,她也对自己不感兴趣了。她不再是任何人。她只是带着一种粗略的好奇听着这些证人讲述她的过去。但是她最害怕的是主审官和主控官的谴责。应该判她苦役监禁更好些吗？也许吧。对于该负的责任，我不发表意见，尤其是对于西蒙娜·德尚该负的责任。尤其当她被司法仪式戏弄，连她自己都找不到话为自己辩解。我怀疑听过这场审判之后，还有谁能有意见。甚至是她自己。有时，当我看着她的时候，我问自己她是不是能想得起自己所犯下的罪行，我在想，她现在不正是中了司法机器的妖法吗？

《法兰西观察家》，1957—1958 年

和一个不思悔改的
"小流氓"的谈话

　　这个世界,我们从来都是避而不谈,即便谈起,也不过是当传奇故事流传。然而,这个监狱世界一直是我们这个世界挥之不去的阴影,因此我觉得有必要把我和一个前囚犯的谈话公之于众,将某些关于他坐牢前后的谈话,以及他的某些回答公之于众。

　　即便这些话题,以及他的这些回答会伤害到某些人道德、政治、宗教的信仰,我想,比较起我们以信仰的名义加之于另一些人的伤害,这类的伤害应该是可以忍受的,短暂的。

　　再次读了我对X.这个前囚犯的访问记后,他请求我不要公开他的身份,因为他觉得"这些谈话还是太客气"了。"如果谈到这样的主题,"他说,

"我觉得更具攻击性些比较好。"

我问了让-马克·泰奥莱勒,问他对这个人的看法,因为他也参加了1955年对这个人的重罪审判。他原话就是这么说的。我一点也没有篡改。

"审判他时,我第一次有这样的感觉,觉得一个被告在法庭上坦然接受了他所扮演的角色,并且在一系列令人厌烦的司法游戏前,他不是逃避,不是屈服,而是让自己面对这一切,证明自己与审判他的人一样在这个社会占有一席之地。一般情况下,被带到重罪法庭的人早都已经垮了,他们不是竭力缩小自己的角色,就是试图否定自己的犯罪事实。但是这一次,我们却发现有这样一个男人,他承担了他的责任,并且让我们懂得,这责任不该由他一个承担,法律、社会也应该负起一定的责任。"

"您在监狱里待了多长时间?"

"这次是十一年零七个月,从1950年11月到1962年1月。第一次是三年,从1946年到1949年。"

"您今年三十五岁。在哪个年龄段您是自由的?"

"二十三岁到二十四岁之间。有十八个月。"

"一切是怎么开始的?"

"那是我十七岁半的时候,那时巴黎刚刚解放。我认识了一批小流氓。接着,第一次服刑后,我又认识了一些。就这样。"

"这次呢?"

"这次不了。我对自己说,坐了十四年的牢,我该像样地生活一下了。我会试试看。我工作。多亏了中学时的朋友,我出狱后十五天曾找到一份工作。一个月挣十二万法郎,可是光每个月的房租就要花掉三万。"

"很艰难吗?"

"是的。监狱里的生活没有带给我一丁点好处。只能使人变得很坏。我们无法主宰自己。我会觉得到处都是狗屎堆,到处都是荒唐事。有时我自忖是不是还能坚持住。但是，我知道如果下一次我再栽了，那就是彻底的完蛋。我最好的朋友都在'里面'。那些在外面的，我主动和他们断了联系，自打出来以后我一个也没有再见过。

"经常，我一边工作，一边觉得自己在做蠢事。如果我知道将来一直都要像我现在这个样子，我大概又会走到老路上去的。"

"这种厌烦不会让您觉得，还是回到监狱里去好吗？"

"您觉得监狱是个什么样的地方，竟然提出这样的问题？

"我烦的只是我碰到的那些人，从理智上来说，我根本不愿意再看见他们。"

"在三十五岁的年龄，却已有了十四年的坐牢史，是不是有点不可挽回了？"

"是的。我觉得自己已经无药可救了，因为我无法使自己幸福。人们总以为监狱能让人有所教益，其实监狱生活什么也不能给你。它只会剥夺你享受生活的能力。"

"也许我们对您刚才所说的'如果我知道将来一直都要像这个样子……'也感到厌烦，但是我们已经习惯了，而您却不能。"

"从我们开始冒险的那一刻起，我们已经脱离了常人的生活轨道，脱离了大多数人的生活，比如说您。"

"您觉得您服的刑可以与死刑相提并论吗？"

"不。我所忍受的远比死刑要严重。1955年9月，重罪审判之后，我被判了二十年。放弃特赦请求以后，我一直想杀了那个叫谷里厄的精神病专家，这对我而言无异于自杀。在审判中，谷里厄做的都是不利于我的证明。并且他的证明影射着某种指控。在审判中他对我的伤害最大。他外表看似宽厚平和，似乎很科学，扮演着一个公共事业部代言人的角色。他说我可憎、傲慢、咄咄逼人、难以驯服。于是《曙光》的编辑这样总结道：一头野性难驯的有害动物。"

"您认为审判的过程进行得怎么样?合理吗?"

"不。法官不是根据那些事实对我进行审判的。在重罪法庭上,如果您承认自己是个'流氓',法官就不再根据事实进行审判了,而是根据您的名声。再说只有我一个人在讲事实。而对于一个被告来说,没有比敢于陈述事实更可耻的了。在预审或重罪审判时为自己辩护不啻一种神圣的、愚蠢的顽固。在法官面前,甚至在他的律师面前——律师总是要求他的客户谨慎地保持沉默——进行反击,这种顽固真的显得不太寻常。我承担了为自己辩护。泰奥莱勒在写我的那篇文章上用了这样的题目:《X.改变了被告的角色》。"

"您自己对证人进行提问?"

"是的。他们为数不少,其中八个是警察。我被指控'设计用暴力对付警察,欲置他们于死地'。凭这项企图杀人罪足可判我死刑(后来我的律师跟我说,确实有三个法官投票判我死刑)。但是,我否定了这项企图杀人罪。虽然那些警察的证明对我有诸多不利,他们也没能使罪名确立。当然他们还是判了我二十年。

"简而言之,他们指控我在因涉嫌窝藏被盗珠宝而遭逮捕时开了枪。可使我遭逮捕的这项罪名却以不予起诉而告终。所以只是我与警察之间发生的、多少有点混乱的一切——虽然没有一个人受伤,更没有一个人死亡——让我做了二十年苦役(政府赦免与私人赦免——幸而有家庭支持——后,减了八年零五个月的刑)。我是朝地上开枪的,但主控官非常聪明地指出,这是对警察的间接射击。"

"如果不是警察呢,会判您多少年?"

"最坏不过上轻罪法庭罢了。对于这一类的犯罪,法律规定最多是两年徒刑。"

"判罪前,您被羁押了多久?"

"那时候一般要羁押三年或四年。我是五年。我还看到,有些人被羁押了八年。

"在这五年里,我获知了许多有关罪犯权益的知识。我深入研究了犯罪预审法,当然,啃完了布鲁舒推事的那本巨著:《刑事法庭实用教程》。我有幸可以把这本书推荐给法国代理检察长,一个叫巴尔克的人,让他读上一读,那是在我由于藐视法官又被带到轻罪法庭之后。我在一封给他的信里写道:'我建议您立即查一查布鲁舒推事的那本书,可以想象,读了这本书以后,且经过您勤勉的实践与应用,有朝一日您可以无愧于您作为公共事业部的代表所应尽的职责。'那时,我意识到很多法官和律师根本不了解罪犯的权益。"

"十一年里,您待过哪些监狱?"

"我在桑代监狱住了六年的单人囚室。后来又到弗莱斯恩和埃夫诺,在那儿也是被单独关押的,有一年时间。还有四年,我在普瓦西监狱中心,其中的三年,我被编到会计组。"

"那么说来,您在单人囚室里待了七年,被严密监控。"

"是的。"

"监狱与监狱之间有什么差别吗?"

"差别可大了。墨隆监狱中心与克莱尔沃监狱中心比起来,简直是一个白天一个黑夜。弗莱斯恩也比桑代监狱要更可忍受一些,因为那儿纪律比较松,某种程度上有点混乱。在弗莱斯恩,单人囚室的窗户都是一人高,这在桑代监狱,对一个囚犯来说,简直是一种无上的宽待。但是很不幸,弗莱斯恩现在新造的监狱都是学着桑代监狱的样子建的。"

"为什么?"

"因为那是些混蛋。没什么更深层的原因。"

"您觉不觉得,在苦役监狱的管理人员里,也有一些人是富有同情心的?"

"我可不这么认为。如果真有善解人意的,早就换了职业了。但是,我记得有个共产党员的班长——不过他可不受人尊重——大家都说他是个正直的人。"

"您这十四年来一直处于什么样的情绪中?愤

怒？痛苦？烦躁？"

"害怕，害怕死在牢里。这是最糟糕的。这就是长期徒刑与短期徒刑的差别。服'长期徒刑'的人一点点小病也经受不起。出狱后一个月死，那无所谓，但是不能死在牢里。有个家伙只不过患了咽喉脓肿就死在普瓦西监狱里。他叫安托万·莫莱迪。"

"还怕什么？"

"还怕会突然出什么事情，让你一辈子都出不了狱。我可以说自己的十一年都是在悬崖边度过的。所有服重刑的'小伙子'都是这样。面对时间一分一秒过去的时候，当然觉得过得很慢，可是回头去看，还真觉得过得很快。你的时间是不分阶段的，没有任何可让你附着的东西。有人喜欢冬天，因为冬天的时候白天比较短。而怕冷的就喜欢夏天。这是监狱里季节间的惟一差别。"

"如果有人要被枪决的话，你们会知道吗？"

"不一定。但是如果靠近巡逻塔，在早上五点钟左右，可以听见警察局的摩托车队围着桑代监狱打转。"

"因为什么事，他们把您从埃夫诺监狱转到普瓦西监狱中心去，以示惩罚？"

"因为我吃了偷偷带进来的苦苣，而且拒不说出苦苣是从哪里来的。因为不少偶发事件，我后来被转到了普瓦西监狱中心，算是惩戒。"

"据说有好几次，您进行了绝食罢工。"

"是的，五次，有两次坚持了二十七天。有一次，当然，是为了争取假释。可我什么也没有得到。某法官A.说：'让他去死好了。'"

"什么是您所经历过的最糟糕的事情？"

"亨利-高兰的刑事分庭，我第一次就被监禁在那里，在维尔约夫。我在那里待了两年半。我宁可立即上绞架也决不再回那里了。进去的时候，我十八岁。那可是真正的苦役。我因为早发性痴呆进去的，就靠吃烂豌豆烂青豆痊愈的，简直是奇迹。其实那里根本没多少疯子。在那里，他们对犯人什么都敢干：注射吗啡，或是拿湿床单绑住犯人的胸部，再不就给犯人穿上紧身衣。我不想谈亨利-高兰了。也是一个精神病专家把我送进去的。"

"您度过了七年的单人囚室呢，那里怎么样？"

"如果伸出双臂，离另一边墙便只剩下了二十五厘米。脚撑在一面墙上，手扶着另一面，你就可以爬到顶。这样可以锻炼身体。长度大概是两个人的身体加起来。这是桑代监狱的单人囚室。窗户在上面。有一张床，一张连在墙上的桌子。一个上了链条的凳子。还有一个壁橱。习惯了一处的单人囚室，换一个地方还真感到无所适从，哪怕所有的单人囚室都差不多。尤其是通过囚室里的管道（可以传递至十来个囚室），我们可以和隔壁的邻居说话，熟了以后更不愿意离开。"

"你们怎么看待我们的，和你们自身相比？比如说我，或别的什么人？"

"我觉得你们有点反常，喜欢猎奇。"

"您觉得在人们对您的指控和您所服的刑之间

有什么必然的联系吗?"

"没有。所有形式的司法都是肮脏的。我还是更喜欢那种英国式的司法制度。监狱里有无辜的人,请把这个事实告诉大家。我就认识好些。就像我一直和您说的一样,很少是根据事实来判罪的。所以呢,没有不偷奸耍滑的司法。那些家伙,不论是委托办案的,还是职业法官,都只有一个根据:秩序。我们和他们处不来。您不是老问我在监狱里学会了什么吗?那好吧,如果我真的还学到了点什么的话,那就是我知道了这类人是多么肮脏!也许我是对社会犯下了错,就像他们说的那样,但是我才不在乎呢,那些判我刑的人因此就对我不好。那些将道德当作不在场证明来用的人都很肮脏。对一个人进行人性的判断,他们不懂这是什么意思。我只认识一个还算可以忍受的法官,我很想让您谈谈他,就是主审我的案件的那个法官。也许是因为他有私人财产,而且他是个生活放荡的人。一个生活放荡的人从来不会板着面孔。还有很多记者,我也希望您能提及他们的名字，比如说《世界报》的泰奥莱勒，还有《自由射手》的伊莱娜·阿里埃。只有这些人能公平地对待我。还有《被缚的鸭子》的阿尔塞纳·卢班和斯蒂芬·埃盖。"

"您经常想起对您的重罪审判吗？"

"是的。开始的五年，接着是后面的六年。虽然审判不过是两天的事情，但是我总是不停地回想当时的情景。就像着了魔。"

"怎么讲呢？"

"我一直指责自己不够强烈。

"最近一段时间里，我总是处于一种莫名愤怒的危机之中，也没什么特殊的原因。到了睡不着觉的地步。不过现在好了。

"在监狱里，必须克制自己的怒火。有一次，在埃夫诺监狱的时候，有一只猫总是在喝汤的时间到我的牢房来。有时它还睡在我这里。对一个囚犯来说，这是一件很重要的事情。可有一天，一个对我使坏的'滑头'（监察）在给我送汤的时候想把猫赶到门外。我一把拽过气窗的铁栅栏沿着纵向通道就追。我要杀了他。不过我没追上他。"

"猫回来了吗？"

"是的，在普瓦西，我几乎一直都有猫陪着。但是猫也够让我担心的，因为在监狱里，人们经常吃猫肉。"

"您有过十八个月的自由，在二十三岁到二十四岁之间，有没有爱过一个女人？"

"没有。对我而言还不是时候，我那时只对钱着迷。"

"您和看守的关系怎么样？"

"在这点上没什么问题。在牢里，想要'表现好'，就得骄傲一点。那些老好人总遭长官的戏弄。必须连续制造爆炸性新闻，'他们'才会明白，给你安宁。这是和权力作斗争的唯一办法。但是在桑代监狱，当你被严密看管着，而且你又是出了名的'流氓'，那些'滑头'是不会让你安宁的。这就是他们反常的地方。在桑代监狱，流氓是有记号的。"

"出狱后的第一天,您做了些什么?"

"那是1月9号。我母亲在监狱门口等我。下午的时候,我和一个女人在一起。监狱里最缺的就是女人,可能这也是最让人难以忍受的地方。和我在一起的那个女人知道我是才从牢里出来的,因为我搞错了一千法郎的票子,我还以为是原来那种蓝色的。我的脚很疼,我不得不买大一号的鞋,至少有两个月,我才走得了路。巴黎变化很大。比如说时装。女人比我年轻时候的漂亮了。还有交通,真是够神奇的。走在街上,那种感觉奇妙极了。您瞧,在街上,我对自己说,耽搁了那么久才看到这一切真是遗憾。

"我租了一间房子。十五天后,我找到了工作,多亏了中学时的朋友们。"

"您有什么愿望?"

"首要的一条就是保持我的独立。所以我喜欢钱。不是像那些做生意的家伙的喜欢法,我只是喜欢钱所能带来的东西。钱就是幸福,我能肯定。"

"您出来前最担心的是什么?"

"找工作。我想您能帮我们说说,出大牢时,最担心的就是找工作了。但是要知道,随便做点什么也比向社会救济组织求助强。他们提供给你的从来就不是适合你做的事。比如说多尔丹,一个阿拉省的好人,出狱了以后人家让他去工地上做泥瓦工,可他一辈子都没有做过一点体力劳动。"

"监狱里的工作呢?"

"糟糕透了。他们让你在极度恶劣的条件下工作。在普瓦西监狱的时候,我曾经负责一个印刷厂。为了争取让他们来修好那些机器,我不得不进行了旷日持久的斗争。在里面工作最多可挣到40 000法郎一个月,不过很罕见。一般来说一个能养活自己的囚犯每个月可以挣10 000法郎。钱被分成十份,其中'强迫劳动'占到了十分之四,其余十分之六进了国库。在这十分之四中,有两份是出狱时可以领到的劳役金,一份是支付诉讼费的,另一份则存起来,最多不超过15万法郎。"

"在您看来，在对这些可获自由的人的社会分类的问题上，是不是可以有所改善呢？"

"是的。但是那些负责改造的人，那些来参观监狱的人，那些负责感化制度改革的朋友，都是激进的天主教徒，所以都是些垃圾。在改造中心，如果你说你对指控的事实不思悔改，你就会被生吞活剥。至于我，我可从来没有被送到过那种地方。"

"监狱里有很多人自杀吗？"

"不，很少。我认识一个家伙，因为有伤风化入了狱。他一天到晚吵着要自杀，每天晚上，通过管道交流的时候，还老是拿这事来烦我们。最后，我们实在是受够了，于是建议他自杀算了。"

"他做了吗？"

"是的。有人觉得只有工作能让人分心。我，我却情愿不工作。每天我都读书。不工作的时候，好在我们总还有幸能安静一会儿，被遗忘一会儿。但是那些收不到包裹、挣不了钱的人，他就'填不饱肚子'，于是他只好工作。在《监狱科学指南》

里，皮纳代尔承认，监狱里的口粮太少，不足以鼓励囚犯更卖力地工作以'填饱肚子'。"

"这本《监狱科学指南》还说了些什么？"

"当然还有关于监狱工作条件的问题。但是对苦役犯有利的这些规章制度从来没有得到执行。那些权利执行者太听司法部的话了。

"去问一个流放犯，问他对救世军有什么想法。救世军对他们的压榨简直比特权者剥削黑奴还要狠。如果一个流放犯要得到有条件的自由，他就得在外面做一年的苦工，不过每晚还是回到牢房里，在百分之九十的情况下，救世军慷慨地把自己的活儿全部派给犯人去做，给他们极端菲薄的一点工资，当然苦役犯没有权利拒绝。几年前是100（旧）法郎一天。为了美化自己的形象，在圣诞节期间，这些人还发给每个苦役犯一个小包裹，（我没有，不管这里面是些什么样的垃圾，我都会拒绝收受。）可同时他们还要以此为借口把这些苦役犯当猴耍：吹长号，唱圣歌，还有别的蠢事。他们通常应该享受的一场电影却给剥夺了。"

"为什么您总是要求享有普通法所规定的犯人的权益?"

"因为我知道在这种处境下我所享有的权益。这是我的处境,是我应有的处境。没有理由是别的。"

"您一直拒绝对您做心理技术检查吗?"

"是的。我拒绝了所有的心理检查。当我在弗莱斯恩指导中心时,我进行了绝食斗争,要求享有被监狱管理人员剥夺的权利,他们说我向最高法院提出申诉的时间迟了。但是这项申诉已经录下来了,我知道的。在最高法院做出裁决之前,这项申诉能赋予我作为犯人所应享有的权利。

"我宁愿做十年的强制劳动,也不愿做三年的流放苦役。流放苦役是最糟糕的一种,你会被发配到一个无事可做的什么部门。我认识一个家伙,他就从发配的地方逃跑了。他到了巴黎,找到了工作,每个月挣 10 000 法郎,日子过得很平静。可一个警察认出了他。他因犯了禁止逗留罪被加判了三个月,而且这些正直的人还另外剥夺了他十八个月的有条件自由。他叫杜布加勒,您可以说他的名字。"

"您给法官写了很多信?"

"对他们说了太多。就像那个精神病医生谷里厄在法庭上说的那样,我又不是外交官。可对这些人,我永远无法沉默不语。"

"什么是'流氓'?"

"就是受过'流氓'训练的。我无法给您一个确切的定义。要想说清楚,必须举成百上千的例子才行,这样您才能明白,才能给出一个基本的结论。"

"您属于哪个圈子呢?某一个,还是同时属于好几个?您既是知识分子,同时又是个流氓?"

"我是个资产阶级的后代,不过转了向。"

"您的态度中似乎带有一点浪漫主义的味道,可和那种所谓反叛的浪漫又有所不同,您自己有没有意识到两者之间的主要差别?"

"首先,我不是一个浪漫主义者,而且我害怕别人给我贴上这样的标签,再者,我也不甚明白何为您所说的'反叛的浪漫',我还是不介入的好。"

"您最喜欢哪些作家?最喜欢哪些作品里的主人公?"

"我最喜欢的作家是马塞尔·埃梅。最喜欢的主人公是《希望》中的勒内居斯。"

"您认识阿尔及利亚政治犯吗?"

"是的,尤其是爱弥尔·舒隆,他被判了十五年强制劳动,他是一个奥兰的犹太人,共产党员,我一度和他常联系。我很想知道他现在怎么样了。"

"有很多《法兰西观察家》的读者写信给我,想请您多谈谈监狱里的情况。人们对您所谈的话题这么感兴趣,您不觉得吃惊吗?"

"倒不是特别吃惊。当我们向司法发起攻击,向那些向来正统的机构发起攻击,肯定会取得某种成功的。因为可以引起别人的好奇心,这些资产阶级就喜欢这个!那些理智的人会这样说:'这就是我们法国人的批评精神!'以此来解释这种不合逻辑。而我要说:'我们这种好批评的思维方式就是喜欢接受打击!'"

"这种解释和另一个也差不多。但是我们这些人,我们的风格和灵感都差不离,我们谁说,基本上都一样。只是我们不能代替您说话。来,还是您来谈谈。"

"你们可别搞错了,如果说我谈了一些对监狱的看法,这不是为了表明我赞成这种或那种监狱体制。我一向,而且永远反对任何形式的监禁。选择是你们的事情,不是我的。但是就这个问题,我听够了那些言辞华丽的说教,所以我要抓住这个机会说说我是怎么想的。十一年的牢狱生活允许我对这个问题有一定的认识,而我要得出的第一个结论就是:想要真正改善触犯普通法的囚犯的生活条件,我们只有请政治犯来进行改革。"

多亏了抵抗组织成员

坦率地说，如果抵抗组织成员或合作分子没有忍受过牢狱之灾，那么监狱制度恐怕还是二十年前的老样子。当某个资产阶级分子谈及这些人所经历的苦难，那些善意的灵魂可能都会对此有所关注，他们那善良的心不能够再平静下去了，他们可能会想到，总有一些人在受苦，最好为他们做点什么。从这点上来说，普通法的罪犯都盼望着政治犯被监禁得越多越好，反正只需再多跨一步。更确切一点说，就是把大多数令人尊敬的议员给关起来，得过勋章的当然最好。对我们来说，这是监狱科学之首要。

事实摆在这里，再说，现在监狱里弄出人命的事少了，虐待也不怎么普遍了。为此我们当中的一些人真的是应该留下他们的尸骨。我不会对此感到遗憾的。他们拯救了另一些正直的小伙子的生命，比如说我。如果我是在二十年前服刑，我可能要死在棍棒之下了。

我并没有产生错觉，我知道有些十分理智的人很遗憾我们不是永远待在监狱里，很遗憾我们不能再求助于那类古老的办法。如果他们够彻底的话，他们还希望所有的罪犯都遭到无情的殴打。从社会角度来看，这是唯一合理的解决办法。将一个人置于恐怖之中十五年，然后再还给他自由，这不是有点荒唐吗？

实际上，这种严酷制度的信徒并没有真正考虑到社会的利益，他们只是任由自己的恶意泛滥，或者，没有细加思考，就把这种恶意纳入某种道德概念下：让坏人得到严酷的惩罚。

奶牛贝拜尔

普瓦西监狱中心有个看守，人们都叫他"奶牛贝拜尔",当他满怀追念地谈起过去的好时代,他总是这样概括地说:"相信我,我的老朋友,那个时候,在牢里完全是另一种精神面貌,犯人一旦互相谩骂,到最后肯定都得挨打,那可真的都是些好人啊!"他一谈起来就很兴奋,我也是,唯一的不同就在于,我是惋惜现在的监狱制度下再也没有这样一种精神面貌了,而他只是一种怀旧心情而已。

因为事实在于,监狱制度不那么严酷以后,着实腐蚀了大多数的囚犯,使他们更接近你们的形象,你们可以因此而感到高兴。还有一个因素也加剧了监狱子民的道德沦丧,世界大战以前,几乎不存在什么政府赦免,而现在,较之从前,法庭宣判的刑期要重得多。这也就是为什么公共事业部的代表们总是提请法官注意,他们宣判的刑期一般来说不会全服完的。

我还记得在审判我的时候,主控官 Y. 向法庭慷慨陈词,旨在打消他们判我强制劳动的念头:"我请求你们重新考虑这个决定,因为二十年的强制劳动会因私人的或政府的赦免而大打折扣，对 B. 而言，最好是将他永远置于阴影之中。"不用说，在我的心里，一直给他保留着一个特殊的位置。

政府赦免是每年的 7 月 14 日，由监狱中心提名，为了奖励某些囚犯的良好表现，可这种体制的确在道德方面造成了令人遗憾的结果。从此，服刑者希望自己在别人眼里表现得尽量好些，我们知道，这不会是件好事。

在社会效应方面倒是成绩斐然，至少对大多数人而言。的确，再也没有比这个更能软化犯人性格的了。虚伪之花盛开，囚犯在参观者、在社会救助团体成员、在神父、在牧师身边跳着芭蕾，简直到了令人作呕的地步。当然，你们应当对此表示庆贺，因为这是社会的义务，而你们这些社会的代言人、再教育的专家当然觉得这样做很好。他们倾注所有热情在塑造这类没有脊梁骨的人。这个体制只有一个不怎么好的地方，那就是活儿只做了一半。

光竭尽全力塑造囚犯是远远不够的，还得让他们派上点用场。

一个宗教概念

直至现在，这些人的成果只有一个：让"小伙子"们在监狱里按照他们的道德标准去行事。因为所有的问题都在于此，这也就意味着，作为一个囚犯，他只有深深忏悔他所犯下的一切，才有资格重新融入这个社会。一个宗教概念，忏悔时或许有用，但是在社会方面恐怕没什么效果。

我知道自己在说什么，悔改是不存在的。

我从来没有遇到过一个犯人是真心后悔自己的行为的。把他推上舞台根本没有意思。我知道，如果反过来，我们的再教育专家们少操心道德，而真正在改善罪犯社会再定位的条件方面多多努力，他们是可以得到令人满意的结果的。

有人会指责我的精神状况有问题，说我的这

番话不过是这种精神状况下的产物,是夸张。但是我也是这些人工作所用的材料,我的直接反应想来应该比这些伪君子的理论有价值得多。

坦陈直言的危险

我就举我自己的例子吧。在整个服刑期间,我一直劣迹斑斑。巴黎大区的负责人,叫什么乌尔克的,当众说我是无可救药的典型。这是因为我与监狱管理人员的关系一直非常紧张。这些人就是凭这点来对你进行再分类的。一个坦陈直言、不会溜须拍马的人自然不可避免地被划入最坏的一类人,真是荒谬,反而是那些对社会来说最危险的人,在他们看来非常安分。

在被捕的时候,我二十四岁,我第一次被判二十年强制劳动时二十九岁。审判后不久,我接待了一个叫作查尔斯的人,他是监狱改革委员会的主席,他说看到我在法庭上的态度后,他坚持要来看我。起初，我觉得这些话是他的一番好意，因为我在法庭上的态度不那么光彩。他热情地告诉我，墨隆监狱中心是监狱改革的示范中心，他希望我可以到那里去服刑。他说我给他留下非常好的印象，让我给他写信。

在我的信里，我对他说，讲老实话，他允诺的墨隆监狱的种种娱乐，一方面确实能让一个天真的小伙子放松他的神经；可另一方面，我想，我在墨隆监狱中心获得自由的可能性是不是会比别的监狱中心更大一些。这就犯了一个严重的错误了，这不是他所期待于我的。读完他的回信，我了解了他的意思，下面就是他的回信，一字不漏：

"谢谢您的坦率"

1955 年 10 月 3 日

先生：

很感谢您能来信，尤其是您能如此坦率，因

此我想，我也应该同样地坦陈直言。

显然，如果所有的囚犯都像您这样说出自己的想法，这十五年里，我就不必再费力去组织、去寻找合适监狱中心的生活方式了。

但是，这些年来，我坚持认为，除了极个别的情况，囚犯们并没有意识到他们现在所处的状况，也没有任何要摆脱过去生活的愿望，不管这种生活是他们自己选择的，还是他们最初所受的教育和家庭环境使然。

我认为——这也是我坚持自己观点并为之而斗争的原因——组织好监狱内部的生活，一方面是工作，另一方面是比较高雅的娱乐生活，我们可以建立一种良好的氛围，这对人力争上游是有好处的，远比鄙视他们肮脏的生活方式好得多。换句话说，我想，囚犯一旦被判刑，也应当得到我们应有的尊重，我们有责任使监狱成为一个真正有用的地方。我很坦率地向您表明我的观点，对囚犯来说，在谈到自由的问题前，转变对自由的看法也是至关重要的，自由不仅仅限于一张出狱证，它应当有它真正的含义，真正的自由就在于成为人类社会团体的一部分，在为自己工作的同时也为这个团体工作。在尊重别人自由的前提下，我们才能拥有自己的自由。

但是自由绝非一种独断专行，这不论对自己还是对他人而言都是有害的。

就拿您来说，我们可以大概做个计划：您现在二十九岁，在桑代监狱的单人囚室里已经待了五年。我想，您在十八岁的时候曾经拥有过"自由"。这一切并不是十分光彩，而在这里，我也不想把自己放在道德这一边。您很聪明，这种聪明——而且您还有来自家庭的支持——应该让您在或近或远的将来做点别的什么事情，而不是在监狱里度过大半生的时间。这样假定后，我们来看，您目前就在监狱里。您会得到您所期待的赦免吗？这不是我的权限了。但是您可能有两种情况：

1. 我们立即把您的刑期减到十年。

2. 您的刑期还是二十年。

第一种情况：您还剩下五年不到的时间，您认为您可以在外面做一份工作，比如说，在穆勒豪斯监狱卖香肠。我打这个比方是因为有人对您说过，穆勒豪斯的囚犯会外出工作。在穆勒豪斯和在墨隆是一样的，都实行了新的监狱管理体制，是这样的。一年里，您仍然住在单人囚室里，根据您的表现，将您分类，1、2 或 3，也就是说可教育好的、仍需考察的和不可救药的。

第二年，和同类的犯人在一起集体工作，在这时可以跳级，从 3 跳到 2 或跳到 1；同样也可以降级，从 1 降到 2 或 3。

第三年，如果本来是 1 级的犯人，在此期间可以跳到特级（立功级）。

第四年，如果本来是特级的犯人，在这一年可以得到有限的自由。

第二种情况：理论上您还剩十五年。穆勒豪斯、冈城和墨隆的监狱体制是一样的，与上一种情况的不同在于，只有当犯人的刑期还剩下三到四年的时候才能获得有限自由。在被决定送往哪个监狱之前，必须送弗莱斯恩观察。在那里由专家决定把你送到哪里，可以是上述三所监狱之一，也可以是还没有实行监狱改革的地方，有人也对您说过——虽然不一定是这么一回事——那些地方有一种"美好的混乱"。

平心而论，我不可能给您什么建议。一切都要看您，您将来想做什么，如何行动。我不能堂而皇之地告诉您，您去了墨隆监狱，就可以想方设法给您减刑。这是欺骗您。我可以肯定的只是，在墨隆这样一所我很了解的监狱里，一个人只要想在道德上有所进益，他会得到所有可能的支持。监狱的负责人、教化人员，还有来参观监狱的各界人士以及艺术家，顺便说一句，他们倒不是专门来糊弄"天真的小伙子"或来进行说教的。

但是凭我对您的感觉，凭您在我看您时的表现和在信中所写的一切，我不能肯定这一切是否适合您。

您不是一个意识到自己走错了路的人,您是一个处在斗争中的人,一个为自己出狱而斗争的人。当然,我应该让您觉得,这个也没有什么大不了的,我不必这么郑重其事地说。不,我理解,或者说我努力在理解。

请先生相信我的诚意。

查尔斯

警察们……

文风的滞涩暂且不论,应该承认这是一篇很美妙的誓言。我之所以把这一字不漏地重复出来,是因为我觉得很有些意思。你们当中某些人,甚至全部,会认为他非常讲道理。但是,读了这封信以后似乎会让人觉得,在我和他的谈话中,我说的话可以让他得出的只有这样一个结论:只要我获得自由,最迫切要做的事情,不是抢银行,就是去杀有钱的老太婆。我还不那么蠢,在我看来,这些人肯定是警察,我很怀疑。

当他和我谈到我的未来,以及解决问题的办法时,我用很真挚的语调对他说,我坚决想过一种正常人的生活,说我不愿在牢里结束生命,说我明白,如果我还想享受一下生活的话,最好是换条路走走了。这只鸟儿还要我怎么样呢?他那小小的灵魂没有感受到我心深处熊熊燃烧的圣火。他大概希望我会忏悔。在他看来,我对尽快享有自由的渴望是不合时宜的。

一个囚犯,在他的脑子里,首先该想的就是怎么赎罪,怎么"在道德上更上一层楼"。"在道德上更上一层楼",这种说法对我来说总是犹如骨鲠在喉,在一封信里,我让它见鬼去,说实话,这样真有些不太礼貌。这种成见在人们的脑中已经根深蒂固,你们会认为是我错了,你们会想,查尔斯是在维护这个社会。

有一天,当监狱改革的支持者们能够懂得,懂得改变一个人的生活不该从改变他的思想开始，懂得只有向罪犯提供了过合理生活的可能性，他才有可能换个活法，只有在这个时候，他们才能做出些有用的事情。我能断言，直至现在，从这个意义上说，监狱改革根本是毫无成效的。如果说墨隆监狱有个印刷厂，能让服重刑的人学会印刷技术，这还真是个法国监狱的例外。然而这个印刷厂早在监狱改革之前就存在了，它之所以存在，主要原因不过是它能给法国政府带来利益。罪犯劳动力有它的好处，尤其报酬极低，再说政府要想印点什么，那可便宜了。

墨隆的囚犯却自有他们报复的办法。我从普瓦西监狱中心的一个诉讼档案保管员那里得知，在墨隆的档案保管室，没有一个管理员敢用舌头舔信封的背胶封口，他们一般用订书机，因为墨隆的囚犯会在信封的封口处撒尿。我可以想象，听到这个消息后，监狱中心的官员们肯定都要气坏了。不管怎么说，一个印刷厂是无法解决监狱子民的社会再定位问题的。

如果说，出乎这些先生们的意料，出狱后，我竟然依靠自己工作来养活自己，请放心，这并不是十一年的监狱生活促使我做出的决定。

对流氓来说没得选择

再教育问题一般针对的是重刑犯。如果事情仅仅涉及伦理道德，那么根本不需要所谓的再教育发挥作用，因为有关人士的社会生活都很正常。同样，那些个小偷小摸的，那些个时不时回到监狱里的诈骗犯一般来说都工作过。正因为这个原因，他们迟早有一天是要再犯的。由此看来，监狱改革只对那些断然拒绝以工作为生的小伙子起作用。我能肯定地说，在大多数情况下，服重刑的流氓都会厌烦以前的生活，害怕自己再次回到那种生活里去，虽然他们不一定承认。他们都在监狱里浪费了十几年的光阴和生命，他们比谁都清楚作为一个罪犯的生活。他们被捕前的朋友经常会让他们感到失望。他们曾经经历的一切让他们比任何时候都害怕再次遭到逮捕。他们知道没有任何人会保护自己了。

但是他们没得选择。你们没有给他们选择的机会。获得自由以后,他们唯一可以相信的人都是这个圈子里的,可是靠他们又如何能找到一份规律而合法的职业呢?

求助于帮助获释人员的官方机构,我们一旦了解这意味着什么的话,还是算了的好。当然你们这些糊涂虫或许会想,不论怎么样,只要这些人有足够的"勇气",只要他们真的想做"诚实"的人,那么他们在任何条件下都能生活下去。以你们循规蹈矩的天真烂漫,你们甚至还会想,他们最好加入海外军团(对一个普通法的罪犯来说,这也是禁止的,可你们不知道)以补偿他们所犯下的错误。

只有一件事情,是你们的小脑瓜永远无法明白的,这就是,这些小伙子的良心并不坏,如果要他们用一个动作来表达他们对你们的看法的话,他们会向你们所有人吐唾沫的。如果我说他们当中的大多数都是可以挽救的,这只是因为他们和我有着一样的处境,他们不愿意再回到监狱里去,只是因为你们太懂得怎么保护自己的钱了。

你们那美丽的钱袋

但你们这样做,并不能让人就心甘情愿地上钩牺牲。

如果他们不能通过自己的关系找到合适的工作,那他们也只有碰运气了。我认为他们有理。

也许你们当中的大多数人认为最好不要让对社会怀有如此情感的人做些什么,的确,监狱管理层的负责人也是这样想的。你们高兴怎么推理就随你们去吧,就因为你们觉得,为你们讨厌的人建立最有利的社会再定位条件简直难以想象,所以你们拒绝接受一个解决社会问题的办法,但是如果他们凶相毕露,你们可别太吃惊。如果有一天,他们当中的一个来向你们——当然是以一种不怎么美好的方式——要求掏空你们那美丽的钱袋，你们也不要抱怨。如果你们的奇遇让你们的脸上中了一枪，我要补充说，我个人会感到很高兴的。

如果您是银行职员，每个月都有成千上万的钱从手头经过，为了保护银行的钱，您顽强反抗歹徒的袭击，我真的是要狂喜了。在我的眼里，这个职员就象征着最可恨的所谓才智，但在你们看来，他当然很好。他不提任何问题，他知道法律何在和拥有权益的所有机会。这也造就了一个好的法官，他会知道怎样以众望所归的严苛来维持正义，维护没有"勇气"以诚实的方式工作的正义。

这一切与你们极为相像，这就是你们的形象，你们社会形式里的代表形象，在你们的社会里，最卑鄙的人也可以玩弄我们这些坏人于股掌之中，只要他是体制机构里的一员。

《法兰西观察家》, 1957 年

两个少数民族聚居区

玛格丽特·杜拉斯相继做了两次谈话,一次是和两个阿尔及利亚工人 X 和 Z(在这里我们不打算披露他们的身份,相信大家会理解的),另一次是和华沙犹太区一个幸免于难的姑娘 M(她不愿透露她的姓名)。

对 X 和 Z,以及后来对 M,玛格丽特·杜拉斯提的是一样的问题。

下面是他们的回答。

X 和 Z,巴黎的阿尔及利亚工人

"你们一直生活在恐惧之中吗?抑或在某些时候,你们觉得不那么害怕?"

X:"我一直害怕会死。当一个阿尔及利亚人去上班的时候，他会对自己说：'今天晚上我还回得来吗？'上班去他会害怕，下班回来他还是会害怕，穿上工作服开始工作时也许要好些。我住在一家旅馆里，那里住的都是阿尔及利亚人。夜里，只要听到楼梯上有响声，我们全都会醒来，所有人都在等。我们想我们这下要死了。当你们看到一个警察带着冲锋枪，你们可能也会害怕的，可是我们，我们却觉得他就是冲我们来的，于是就等着子弹了。我们害怕，是的，但是恐惧已经深植于我们内心，成为我们身体的一部分。如影随形。就像一个人走路，影子总跟着他，这是一回事。"

Z:"我害怕。我身上什么也没有。可我还是害怕。哪怕只是到咖啡馆去喝一杯，也得冒险。去买鞋也有危险。两个星期前，我到圣米歇尔大街去买鞋，那是下午三点钟左右。我被警察抓了，被带到警察局，在那里待了两天。我们不能从一个区跑到另一个区。十分钟的地铁都嫌长。我有个表兄，住在十九区,自游行示威后我就再也没有他的消息了。我住在第五区,不可能去他那儿。我害怕做一个阿尔及利亚人。每当我看到有警察,我就会换一条人行道走,但一旦被他们抓住,我也就不害怕了。在被捕以前,我会想到我的妻子、我的孩子,我害怕。可既然被抓了,也就没什么好害怕的了。"

恐 惧

"有没有办法减轻恐惧?我是指减少危险?"

Z:"我既不戴围巾,也不系领带。这样我就不会被勒死了。出门的时候,不能戴手表,不能系领带,不能戴结婚戒指。所有阿尔及利亚人都这样,我们都是这样的。"

"这种恐惧来得有点莫名其妙,你们从来不清楚危险为什么会降临,也不清楚它是怎样降临的吗?"

X:"从来不。罢工的那天,我正好去电影院。下午两点钟,我被抓了,被带到大驯马场那里,我挨了打，不知道为什么。昨天，我的一个同伴也被抓了，被打了——现在，二十四小时过去了，他仍然昏迷不醒——他也不知道自己为什么会被抓、被打。事情就是这样的。他们抢去了我一个同伴50 000法郎的积蓄，我还有一个同伴被抢了10 000法郎，另一个被抢了300法郎，都是他们身上所有的钱；他们撕毁了我们的购物卡，还有居住证。都是这样的。在警察署，有一个家伙拿着大锤。他们说：'伸出左手。'然后把我们的手表摘掉。那个拿大锤的家伙便把手表砸碎了，和别的被砸碎的手表放在一起。为什么？这一切随时都可能发生，我们从来不知道为什么。"

"在你们看来，他们究竟为什么要打你们，甚至杀了你们？是因为害怕你们吗？"

X："我不这样认为。是仇恨。请注意，一向都是这样的，一向如此。阿拉伯人以前也一直遭到侮辱，但是以前他们不反抗，他们只是不声不响地出现在大街上，有点扎眼，于是他们也只是遭到侮辱。而自从他们想要抬起头，他们不再是昏昏沉沉的牲口的时候，他们也要自己的尊严的时候，就全变了。于是有了殴打。"

Z："是仇恨，是的。"

X："每时每刻我们都害怕自己会被杀死。现在宵禁延长了，我们更加害怕。宵禁的延长意味着警察的失败，所以我们更加害怕了。"

X："得一直和大家待在一起。我们的保护神就是到人多的地方去。比如说星期六和星期天，对我们而言就安全一些，最好的去处是林荫大道。哪怕人群中也许只有百分之十是站在你这一边的，他们也不大敢动手。一定要当心，不要到没有人的街道上去，而且不要一个人。大家都知道，比如说塞纳河边的什么地方或大驯马场这样的地方。"

Z："是的，在人群中与他们遭遇比一个人面对他们要好得多。但是我，现在哪怕是该出门的日子，我也待在家里不出去。我不敢出去。我读了报纸。我害怕万桑森林，还有凡尔赛门的狗。"

"房子的问题呢?"

X:"目前还好,但是也得非常当心。这是一回事,最糟糕的就是和你们住在一起。我们必须团结起来,我们只能在一起生活。一个阿尔及利亚人单独和法国人同住一家旅馆,第二天就会被抓起来。聚居在一起的时候,警察抓了谁,我们互相之间还可以传递消息。"

"吃饭呢?"

X:"这也令人恐惧。我们去饭馆,才点好菜,警察的卡车可能就到了。所有的人都下了车。在街上,他们会掀翻我们的饭盒,然后说:'这是狗屎堆,从地上给我捡起来。'这种事经常发生。如果不捡,他们就拿枪托打我们。"

幸 福

"你们还向往幸福吗?一种简单、纯粹的幸福?"

X:"是的。我请求上帝让我活到独立的那一天。如果我能看到祖国上空飘扬着我们自己的旗帜，我真要乐疯了。自从我生下来以后，我看见的都是法国国旗在我的祖国飘荡。在法国，到处飘的也还是法国国旗。"

Z:"对我来说，就是不再有仇恨的那一天。不再有恐惧和害怕。走到大街上，没有人会从上到下地打量你。那些警察出没的街道不再存在。"

"你们对自己还有什么希望吗？个人的计划？"

X:"目前没有。现在，在一个阿尔及利亚人的心里和脑子里，唯一的愿望就是看见他们自己的旗帜飘扬在祖国上空。很难找到一个阿尔及利亚人会对你说'我想要什么什么东西，我想要一辆汽车'，甚至说想要一套西服。我们没有胃口了。即便在穿着上，我们已经丝毫不在意了。我已经有三天没刮胡子。整整三个月没上理发店。我有些同伴，把头发剪得很短，这样就可以不去管它了。"

Z:"我想给我的妻子寄点钱。然后，我情愿把剩下来的都花光。我完全丧失了勇气。我们都是活死人。"

"爱情，在法国，对一个阿尔及利亚人来说，意味着什么？"

X："对女人的爱，以前还有希望。可现在一点也没有了。女人也害怕，她们。一个法国女人倘若和阿尔及利亚人待在一起，她自己也会被看不起的。对我们来说，被法国女人爱上，现在是门儿也没有。本来可以和我们在一起的法国女人，现在宁愿和黑人在一起。当然还有妓女。我们连去找妓女的胃口都没有。对法国的阿尔及利亚男人来说，他的爱情已经从他面前飞走了。"

Z："在十一区，还有接近女人的希望，别的地方根本没有。"

"历史上有没有类似的遭遇呢？比如说？"

X："民族独立以前的印度人，或者更早一点，甘地以前的。还有一些同伴说我们就像德占期间的犹太人。他们说：'这简直叫人想起埃赫曼政变，只是还差焚尸炉和毒气室。'"

"在恐怖之中，你们还留有哪些权利？"

X（他笑了）："我们去保险公司。我们有权投诉。那个被警察抢去 50 000 法郎积蓄的同伴还问过怎么投诉。我们对他说到警察署递交申诉书。一个月前，一位同伴被抓了，一个警察朝他头上踢了一脚，把他一只眼睛踢飞了，此后他再也没有回来。我敢肯定警察一定在树林里把他给杀了，他伤得太厉害了。而他的尸体一旦被找到，当局一定会说是阿尔及利亚人之间寻仇。我还想知道什么权利呢？如果我想知道，我就要到大驯马场去了。"

"你们孤独吗？烦恼吗？"

X："我觉得很孤独。这是任何一个欧洲人所无法想象、无法理解的孤独：远离祖国，远离亲人。还好，我们有不少人。你们其他人永远也不会明白我们之间的团结的。饥馑、孤独、被虐待使我们彼此都成了兄弟。你们根本想象不到。我们只等着一件事：离开这里。"

Z:"除了工作,我根本不知道干什么好。我非常烦。我们不能按照自己的意愿生活和工作。我完全丧失了信心。"

工 作

"工作呢?"

X:"我已经被辞退了。我的三个同事也一样。在这方面我们没有任何希望。我们经常旷工。因为我们经常被抓。我们总是给老板找麻烦。"

Z:"我有个好老板。我还在工作。我的夜间通行证给撕了以后(我是个厨师),我的老板又重新帮我办了一张。我工作时感到很高兴。除此之外,一切都很可怕。夜里,不管你是好是坏,完全凭他们高兴。只要是个阿尔及利亚人,他们从来不管你是好人还是坏人。"

"你们认为法国工人对你们怎么样?"

X:"平心而论,法国工人对我们不太规矩。

如果我们和他们在一个档次上，那还可以。可如果我们是技术人员，挣得比他们多，那就不行了。和意大利、葡萄牙或西班牙的工人在一起也是一样的，我们最容易遭嫉妒。我们知道，这是不可避免的。"

"你们怎么看我们呢？认为我们都是一路货色吗？"

X："不，我们不是讨厌所有的法国人。甚至在警察中间也有好人。有一次，我听见一个警察叫他的同事不要再打了。还有一次，一个警察说跟我很面熟，说我是他的一个邻居，他放了我。"

Z："是的，我们知道。也有法国人是站在我们这一边的。"

"与你们自己的生存方式相比，你们觉得，总的来说，法国人的生活怎么样？"

X："对我们来说，法国人的生活简直神奇极了。甚至法国工人的生活都是老爷的生活。"

"在你们看来，什么样的词可以形容你们的

生活？"

X："我想完全可以用这个词：恐怖。我们过着一种恐怖的生活。我们是遭人蔑视的人，没有体面，没有自尊。在老板面前是这样，甚至在很多法国工人面前，我们也没有体面，没有自尊。您根本无法想象，任何一个法国人都无法想象。存在着很大的差别。词，既然您要我们用词来概括，那么就是这个词：种族主义。就是这个词横亘在你我之间。很多法国人——我们看到的——看到我们的时候就好像看到了魔鬼，很多法国人——我们知道这一点——如果他们自己能找到办法惩罚我们的话，他们肯定会很乐意这样做的。我们看见他们那样看着我们，我们没有弄错。下班回来乘地铁，如果我们是车厢里唯一的阿尔及利亚人，我们知道我们就是这个车厢里的鼠疫。几天前，我就亲身体验过这样的处境：地铁车厢里唯一的一个阿尔及利亚人。当时有个法国人老太太，站在离我很近的地方，手提包碰到了我。两个警察就站在老太太的身边，于是，我知道在这种情况下我应该怎么做，我把两只手插到腰带里，放在肚子上，好让别人都看到，然后我转过身。老太太也转过身来，重新靠近我站着。第二次，她又这么做了，我感到害怕。于是我穿越人群，撞了别人也没道歉。有个空位置，我就坐了下来。可老太太又跟过来，靠我站着。所有的人都看着我们。这时另外一个老太太从车厢另一头走了过来，她对前面那个老太太说：'我在观察您。您这样做是不对的。'如果我是某地唯一的阿尔及利亚人，我知道，我感觉到自己就像是个魔鬼。"

Z："我没有权利和别的任何人争吵，无论在什么情况下，随便哪个法国人都比我有理。必须是我让步，永远都是我。在争吵开始之前我已经投降了。"

报 复

"大驯马场？塞纳河？"

X："在大驯马场警察署，有个地窖……可惜您永远看不到。

"塞纳河,那是我们每个人都向往的地方。我们当中的很多人都来自山村,我们不会游泳。"

"报复呢?"

M:"如果民族解放阵线下命令让我们向警察发起攻击,我敢说,命令下达的第二天,我们就会行动起来,哪怕没有武器,我们也基本不会犹豫。但民族解放阵线没有向我们发布这道命令。我们的口袋里,连指甲刀都不能放。每天晚上在旅馆,警察搜我们身的时候,他们很清楚这一点。这也很让他们恼火,因为他们在我们身上甚至找不到一把指甲刀。"

M,华沙犹太聚居区的幸存者

"你们一直生活在恐惧之中吗?抑或在某些时候,你们觉得不那么害怕?"

M:"我那时还很小。我们总是害怕会饿死。

但一直到'大行动'来临,我们都还算不上太害怕。我们害怕全副武装的德国人到聚居区来,我们也害怕会遇到德国人,但是这种害怕都是一闪而过的。大家一起待在聚居区里比在外面要安全得多。我父亲已经和波兰人差不多了,他可以睡到雅利安人一边,藏在他们那里,可他总是待在华沙区。他甚至拒绝了一个德国人的帮助,不愿意藏到德国去,我想不仅仅是团结的力量促使他待在华沙区的,这也是一种安全感。我那时还很小,我觉得总是被关在聚居区里无力反抗是一件很屈辱的事情。但是他们做得很好。"

恐 惧

"有没有办法减轻恐惧?我是指减少危险?"

"一直到'大行动'来临,是的,我们都有抵御恐惧的办法。不惜一切代价地活下去就是抵御的最好办法。在'大行动'时期,有很多犹太人自杀了。这和在'大行动'以前，不惜一切代价地活下去是一回事情，这是对德国人想要将死亡强加给我们的抗争。我们宁可自己杀了自己。在'大行动'时期，从1942年7月到12月，那真的是一种令人绝望的恐惧，对死亡的恐惧。在那个时候，我还记得，我无时无刻不在害怕。聚居区里总有德国人。每天，德国人都在缩小聚居区的范围，过一天，我们就离死亡近一分。"

"您告诉过我们，那时您只有八岁，一个德国警察朝您开了枪，因为他进了房间，而您试图逃走。这个德国人什么样子？"

"他非常镇静。在聚居区里，不论是打我们耳光，还是朝我们开枪，他们都是那样一副无动于衷的表情。如果让我回想一下聚居区里德国人的样子，我的眼前就会浮现出他们镇静、冰冷的模样。他们用'你'来称呼我们，总是喊我们'肮脏的犹太人'。但是，我还想得起来，在1940年，有个德国人和我外祖母说话时称呼她为'夫人'。这以后就再也没有了。在集中营里,他们一个个对集中营的犯人都充满了仇恨,因为他们总是和这些囚犯生活在一起,在一个地方。在集中营里,党卫军的生命和犹太人的生命是息息相关的。在聚居区里,他们只是过客,他们杀人,随后他们总是要走的,到华沙去吃饭。"

"住的问题呢?食物的问题呢?"

"我从来没有挨过饿。我的家庭非常有钱。虽然黑市食物很贵,但是我父母都还买得起。但是去上学时,我总是看到尸横遍野,其中大多数都是孩子。我的第一个老师就是饿死的。住房就很可怕了。外省犹太区的人都到华沙来了,大家住得都很惨。有些人就睡在街头,死在街头。那时没有地铁。"

幸 福

"在那时,还那么向往幸福吗?一种简单、纯粹的幸福?"

"战前还有幸福可言。一种正常的生活,虽然反犹主义盛行,可那还是幸福。"

"那么那时对自己有什么希望吗?或者个人的计划?"

"聚居区里的每一个犹太人最忧虑的就是怎么才能活下来。在'大行动'时期,我们都以为自己要死了。在'大行动'以前,我们还可能有一点个人的希望。我记得我的母亲经常去裁缝那里做裙子。可在'大行动'时期,任何个人计划都是不可想象的。"

"爱情,在聚居区里,意味着什么?"

"就像其他的生活方式,聚居区里也有爱情。是爱情救了聚居区里的人,也有人失去了爱,夫妻情侣不愿分离。我不相信,至少在我所知道的范围里没有,德国人和犹太人之间会发生爱情。有的犹太女孩出了聚居区,在华沙碰到了德国人,她们都给带了回来,被枪毙了。"

"有没有和你们当时的处境相似的遭遇?如果

有,有哪些?"

"没有。但是如果有人问我少数民族聚居区可不可能存在,我想应该是可能的。我认为一直存在着某种'客观'条件,使得人们采取这样的形式。阿尔及利亚的历史也很可怕,但绝对不能和犹太人相提并论。我想,如果说法国警察对阿尔及利亚人做得太过分了,那这种过分在任何一个将要或正要失去殖民地的国家都是存在的。昨天,我听说有很多阿尔及利亚人被溺死在塞纳河里。我一点儿也不感到震惊。甚至我觉得这样的事情很自然。从政治上来说,没有任何事能让我感到激动,也没有任何事能让我感到震惊。"

"在恐怖之中,那么还能留下哪些权利?"

"我们有的只是犹太印记。如果一个犹太人偷了另一个犹太人的东西,他是会被惩罚的。一个德国人偷了一个犹太人的东西却从来不会遭到惩罚。可如果一个犹太人偷了一个德国人的东西,他就会被枪毙。"

工 作

"工作呢?"

"我父亲工作的时间很长,他是个化学家。我母亲是个细菌学家,她也有很多工作。在那个时候,工作是非常重要的,不仅是一种物质上的保护,更是一种精神上的保护。一个没有工作的人不仅会饿死,而且会遭到侮辱。"

"那么怎么看德国人呢?都是一路货色吗?"

"我认为他们都是一路货色。但是,甚至就在聚居区,我父亲还接待过一位德国朋友的来访。这个德国人在 1944 年被枪毙了。"

"在您看来,什么样的词可以用来形容你们的生活?"

"我不知道,这很困难。有的人会说:'我很幸运能有这样的经历,因为它丰富了我的精神。'我,我觉得令人作呕。我想说的是,我觉得面对这么多死人,还要说聚居区的生活很有意思,这种想法令我作呕。聚居区的生活绝对令我作呕。我觉得阿尔及利亚人的态度很正常。他们是一个民族。而我们不是。如果我们把法国的小商小贩都抓起来,关在聚居区里,他们会怎么样?犹太人就有这样的遭遇。阿尔及利亚人,他们是一个民族啊。"

复 仇

"复仇呢?"

"我那时还太小,面对德国人,我只是一种自卑情结。但我的父亲经常说:'等俄国人来了,我就加入秘密警察,我要把德国人都杀光。'"

《法兰西观察家》,1961 年

与一个加尔默罗会[1]修女的对话

我们的目的只在于详述一段经历,一段严峻的经历。追求光明,却是在某种程度上有些过时的光明。我们不能站在某一种立场上来详述这段经历,否则将有损于新闻业的形象。我们想,作为听众,或许也不应该信奉某一种"真理",因为真理不应该是贵族化的、经过选择的,它应该是面向所有人的,塞纳德瓦兹的那条逸闻和别的任何一条逸闻一样,不能为人所了解,因为不论涉及哪个领域,只要是心与脑的产物,就都是一样的。心与脑,请相

---

[1] 加尔默罗会,一种宗教派别。大约1180年前后,一些修士聚集在巴勒斯坦的加尔默罗峰创立此教。他们当中的一部分后来移居欧洲,并于1235年前后在欧洲创立加尔默罗会。1431年,尤金四世修改了加尔默罗会的一部分章程,使之不像原来那么苛刻。1562年,让·德拉克鲁瓦和苔蕾斯·达维拉对该教进行了宗教改革。

信，是这个世界所有人都能够分享的东西。因此，虽然我们也能够料到，不同的人会从不同的方面，甚至站在相反的立场对我们所讲述的一切定性，我们还是认为，我们所承担的职责让我们应当把这段谈话发表出来。

"您是否认为，加尔默罗会——您入过十五个月的会——的'真理'是一种非常特别的'真理'，不可能为大家所了解？"

"我不这样想。只要敞开心扉，倾听所有的想法，所有诚挚、真切的感受，你就可以接受它了。接受可以懂的东西。"

"有关加尔默罗会的种种报道属不属实？"

"他们并不是在撒谎，而只是像我入会前一样，远离了真实。不过差别的确很大。提到加尔默罗会，人们眼前立刻会出现轻轻的脚步、安静的回廊。可这不是真的。"

"所以说，真正的加尔默罗会和人们臆想中的加尔默罗会根本不同？"

"是的。或许在入会以前，加尔默罗会的行事方式简直难以为常人所想象。但是既然入了会，本来就打算放弃人间的一切，这些东西也就不那么让人难以接受了。在这里，一切都是违反自然本性的，但是大家都已有所预料。这不是问题。问题只在于要想清楚自己是不是能忍受这些行事方式。不过一般说来还都受得了。所谓本性，原本就很灵活。可以通过一切办法对之加以改造或使之适应。"

"比如说？"

"比如说通过放松。我入会后的半个小时就被吓住了——那是中午十二点半，在课间休息的时候，春天，我甚至想转身就走。初学修女的老师和二十个加尔默罗修女放声大笑。我想，在加尔默罗会怎么能这样笑，她们又何以要这样笑。真是吓人。我们入会时已经带有某种绝对的观念，认为应该是一种沉重的、神秘的氛围，可是我们却听到二十个修女放声大笑!"

"笑什么呢?"

"什么都笑。或者说什么都不为。我只在很少的情况下才笑得出来。一只刚刚孵出来的小鸡长了一身黑毛,她们就笑了,因为她们觉得应该是黄的。洗衣服的时候出了点小问题她们也会笑,总之都是一些微不足道的事情。这就是我刚才说所谓本性原本就很灵活、可以通过一切办法对之进行改造或使之适应的意思。一般说来,我们认为,好的修女应该是活泼的。"

"只有在这两个小时的课间休息里,加尔默罗修女可以互相说说话?"

"是的。持续的静默也是一种非常令人紧张的考验。但是要注意,这种静默被'填'得满满的。我们要工作。我们缝补衣物。我们一遍又一遍地读书,读祈祷书——有时也读一点克洛岱尔和佩吉,我们做圣饼、圣物盒,画圣像……但是没有什么杂书好读。要读只是宗教方面的。一种可怕的智性的空茫。"

"除了大家都已经知道的那些行为方式，您能否再谈谈别的更难以忍受的东西？"

"一切都很苛刻。困倦。一年到头，我们每天都只能睡六个小时。不论是发愿修女还是初学修女。在做早祷的时候，有些人就这么跪着打起瞌睡来，摇摇晃晃的。还有制服。一年到头穿的都是同一套衣服：夏天是磨薄了的僧侣服，冬天是新一点儿的，里面再穿一件白色的羊毛长裙。进去六个月后，过了申请期，私人的衣物全要被收走。冬天和夏天一样，我们的裙子里面什么也不穿。每天，我们只有一罐用来梳洗的冷水，一星期才能用一水壶的热水。这些都需要自己慢慢适应。我们能行。以前，梳洗时还必须穿着白羊毛裙。一切都很苛刻，除了工作。"

"工作能够缓和您刚才所说的那种持续的静默吗？"

"不完全。工作只是一种体力上的忙碌，可精神仍然是空着的。所以必须有祈祷的意识。但是，每次我们做比较复杂的工作时都很愉快。"

"您能不能再给我们谈谈那两个小时的课间休息？对你们来说，那是一天里静默唯一被打破的时刻。"

"话题无聊得惊人。私事是不能谈的，一切与过去有关的生活也是不能谈的，于是加尔默罗修女们之间谈的不过是些家务事儿。我想，守着静默对女人比对男人来说大概更残酷一些。"

"您所说的这一切让我感到很可怕。可怕，这个词是不是不太准确？"

"不，就是这个词。如果意识到这份空茫，你就会恐慌，就会晕眩。幸好，我们不是每时每刻都意识得到的。将一生押在这样一种绝对上是很大的冒险。失败的可能性太大了。所以展望前景时，我们都觉得很可怕。"

"尽管禁止交流，私人生活，或者一种社会关系的概念是不是仍然存在呢？能说是一种社会吗？"

"是的，可以说是一种社会关系。"

"怎么样的呢？"

"和上级的关系，工作的关系。虽然不说话，不过一个动作、一个姿势可能都表明了一种关系。在二十个修女里，的确有三或四个可以做到和她们的姐妹们没有一点社会关系，有的甚至没有一点这方面的企图，但是毕竟很罕见。实际上，如果某个修女宁愿在走廊上碰到这个修女而不是那个修女，社会关系就已经发生了。"

"您认不认为，因为有所信仰，就必须经历这种身体上的严格修行？"

"不。因为对所有的修女来说，这些行为方式都是非常苛刻的。（老的修女总是满怀同情地谈起她们最初所遇到的种种困难，谈起她们以前的贪欲。）再说信仰本身并不带来这些方式——我们是因为信仰才来自找苦吃的，哪怕的确是苦得惊人。另外，还有一些宣泄这种严酷的办法，宣泄狂怒的办法，这样我们就不必默默地承受了。"

"身体上的惩戒？"

"是的。每周两次，我们都要'自我惩戒'。在教堂的祭坛上。裙子一直挽到腰部，用麻编的鞭子抽打自己，所有的灯都熄掉，放下黑窗帘，一边背诵着《苦难经》。虽然这主要是一种忏悔，一种表达对上帝的爱的行动，一种对自我的放弃，但是事实上，它也是肉体上一种必要的放松，一种向自己宣泄狂怒的方式。"

"是一种性反常吗？当然，您可以不回答。"

"我回答。是的，这无疑是一种必要的性反常，只不过大多数修女都没有意识到。"

"刚才您说过，本性是很灵活的，您能否说，在性的方面，本性也是灵活可变的呢？"

"男人被遗忘了。但是，虽然不存在两性关系，是的，不过毫无疑问——这在任何一个宗教团体中都有——某些修女彼此间会存在着一种爱情的引力。"

"能说是爱情吗？"

"也许吧，隐隐约约的，不管自己有没有意识到。"

"回到惩戒上。现在，心理学和精神分析进步如此之快，会不会对此表示不能苟同？"

"是的。何况圣·让·德拉克鲁瓦和特蕾莎·达维拉早就反对过'找寻自我'中的这种过分惩戒。因此，有人建议，如果不征得高级修女的同意，不可以不经过申请就进行惩戒。你入会一个月以后，老师会教给你这条规矩，当她对你进行惩戒的时候。不过说得不是那么直截了当。接着，加尔默罗修女之间就不存在问题了。"

"但是这类必须执行的惩戒里面有没有您喜欢的呢？"

"有。有一种是把带钩的铁环套在手臂上。没有任何人会给你加力，绝对没有。它的目的不是在于忍受痛苦，而是进行意志的锻炼，坚决抵制任何怠惰。"

"现在,您已经远离,您是否认为这些意志的锻炼非常荒唐?"

"不,我不认为。你们或许会认为荒唐,因为在日常生活中根本不存在类似的苦行。但是正是建立在这个基础之上,有些人取得了惊人的成果,一种平衡、明智和博学,他们懂得精神的无限可能性,他们对上帝的爱是如此完美。一些非常杰出的人。修行意志可不是随便说说的。可能在你们看来,这些行为令人惊愕,但是在静修士中非常流行,那是一种源于东方的传统,沙漠里的神父一向如此。"

"在世俗生活中是否存在可以与之相提并论的修炼呢?哪怕不甚相同?"

"从宗教这方面来说,那些有信仰的人会回答你说,在日常的社会生活中,只要你爱上帝,也可以达到这样的一种意志修行,虽然罕见得多。不过修道院有良好的组织,它可以提供静思冥想的条件,可以帮助人们驱除杂念,将尘世的一切利益置之度外。但从人性这一方面来说，我看只有监狱里的条件可以与之相提并论。这里面当然有差别——我有亲身体会，我就曾经作为政治犯被关押过几个星期——由于不是出于自愿，监狱恐怕较之宗教苦行，更是一个磨炼个人意志的好地方。在加尔默罗会，我们是平等的，在上帝的面前我们蔑视自己，但是这种蔑视丝毫无损于我们的自尊。可在监狱里，这样的自尊是不可能存在的。或者说很罕见。但是有特例，让·热内的文章就会让人想起让·德拉克鲁瓦来。他对卑劣的体验里有一种神秘的东西，因为他忍受了这一切，却没有沉沦，他在反抗中得到了拯救，找到了尊严。"

"是不是监狱里也有宣泄狂怒的办法呢？"

"当然，那就是反抗……反抗的程度有时是无法估量的：监狱看守绝对让人看不起，哪怕他不是个混蛋。"

"这种反抗的无限可能性，就像您说的那样，是否在某种程度上正是监狱的'魅力'所在呢？"

"是的。再说又很方便。我看到的,对于有些轻罪罪犯来说,监狱真是个好地方。就像加尔默罗会之于某些修女一样。尤其是对于那些单纯的女孩子来说,因为,您知道,有的修女说她们在沉沉黑夜里待了二十年,而实际上她们是在空茫里待了二十年。"

"加入加尔默罗会是不是很难?"

"是的。不是随便什么人都能加入加尔默罗会的。要经受考验,看你是否真的有诚意。主要是必须带去相应的财产,特别是如果你想成为'祭坛上的修女'[1]。只有在极端出色的情况下,才可能不出资就加入加尔默罗会。有些加尔默罗会很富,有些则很穷,这会带来不同的问题,因为那些小修道院往往还是按照几个世纪前的方式组织生活的,但资本又有限。因此这就触及了和大教堂的关系问题,还有极为棘手的财务问题。大教

---

[1] 加尔默罗修女分成四类:1.院长;2.发愿修女;3.杂务修女;4.外联修女。——原注

堂是小修道院的支持者，可另一方面也要对它们进行盘剥。"

"我们能否认为宗教团体是民主的呢？"

"不，恰恰相反。杂务修女在某种程度上就是仆人，粗活都由她们来干。她们不做日课（一般她们只做念珠祷告），在教堂里待的时间要少得多，而且她们没有'发言权'，也就是说她们无权参加教务会议，不参与物资分配或领导权分配这样的大事。如果说在宗教上，我们或许承认她们与祭坛修女同等神秘和神圣的话，那么从社会角度来看，她们属于二类修女。我想她们应该为此而感到痛苦。"

"一个被选中做修女的人，在她得到了相应的证明——这里我指的是进入加尔默罗会——后，仍然会意识到自己具有某种特质吗？"

"这种意识不会持续很长的时间。但是比较单纯的女孩子忘得更快一些。事实上，加尔默罗会的所有教义都是反对自我崇拜的。"

"是否宗教上的服从并不妨碍某种精神上的自由呢？我指的是政治自由。"

"不。我们不能对高级修女评头论足。大选时，只能投那些经过批准的、毫无争议的政党的票。"

"您花了六个月的时间脱离加尔默罗会？"

"六个月，是的。有很多初学修女都出来了。但是相反，发了愿后的很少。我想每个出来的人都有她的理由。我们进去的时候总是带着一定的盲目性。不要忘了服从是我们准备发的三愿之一（贫穷、贞洁和服从）。所以，即使你对你的志向有所怀疑，至少在一段时间内有所怀疑，你却还是会继续相信院长对你说的话的，她说有这种想法并不奇怪。"

"那么怎么走出这种矛盾？"

"唯有坚持，才能战胜这种矛盾。我坚持了六个月。但请注意，有的人坚持了两年——我知道有个修女就是这样的，尽量地留在加尔默罗会里。因为有的人是身体上承受不了。在这种情况下，由院长决定你出会。但是无论是哪种情况，唯一的武器就是坚持，满怀激情地坚持下去。"

"一旦出来了呢？"

"有一种被掏空了的感觉，一无所有。但是在相当长的一段时间里，我们还是无法忘却这种生活方式，还有我们放弃了的理想，尽管是下定了决心放弃的。因为如果是真正地经历过这一切，那就会在你身上留下彻底的烙印——彻底的。您要知道，比如说，即使我们不能说唱诗（每天七到八个小时）是一种庆典，它也并不是一种休息，还有，即便我们想着信仰不过是思想的一种分泌物，我们也相信它的存在，而祈祷正是这种信仰的表达。我们不能否定信仰，就像我们不能否定人类其他的精神产品。"

"对上帝的爱给您留下了怎样的追念？这份爱有没有可能通过别的什么得到补偿呢？"

"这是一种内在的态度，可对我来说，已经变得如此陌生，我很难说清楚。当我失去了信仰，我为自己不再能祈祷而痛苦。不再有人可以倾听我的心声。这份失去爱以后的绝望是那么绝对,那么无助,没有任何东西堪与之相比。"

《法兰西观察家》,1958 年

快乐的绝望之路

玛格丽特·杜拉斯每拍一部电影都要引起一场对抗：赞赏者迷醉，诋毁者激怒——互相之间决不通融。《世界报》已经强调了杜拉斯电影作品的重要性，因为她的电影作品永远都是法国电影的先锋，不会与其他任何一部电影雷同。《卡车》（被选中代表法国参加戛纳电影节）和《帕克斯泰尔，维拉·帕克斯泰尔》几乎是同时出品的。子夜出版社刚刚推出了《卡车》的电影脚本，因为玛格丽特·杜拉斯的电影首先是一部文学作品。

玛格丽特·杜拉斯对生活、对人有一种宽宏大度的关注，她有属于自己的哲学，她以这样一种方式谈及从文学到电影的过渡，以至于听了她的谈话之后，我们再也不能心平气和地去看电视、看电影、听广播了。这次访谈中，她对物质上的窘迫、经费上的菲薄丝毫未加提及。她写电影脚本差不多有二十年的时间了（《广岛之恋》写于1959年），而做导演已经有十一年。她拍了十一部电影，从《音乐》到《卡车》。她的激情就是唯一的赌注，她以此为本而斗争，做了很多人用成万上亿的资金也做不到的事。这篇访谈或许可以题为《电影和政治，都是一回事》，她说："必须走出黯淡的绝望，迈向快乐的绝望。"

克莱尔·德瓦利厄

"一部电影如何能仅仅建立在说话的基础上呢？"

"《卡车》不是一部仅仅建立在说话基础之上的电影，有一个人在读，有一个人在听。公路上开着的卡车，这是一幅画面，是画面。它不可能是一出戏，《卡车》不能够被演出，它只能够被阅读，并且不能被再次表达。如果它被再次表达了，那它就会是另外一部电影。

"我不知道在《卡车》里是否存在导演,也许连剪辑都不存在,但是布局是存在的。在它的展示链中,有一段留白。一般来说,一部作品,我们要把它记下来,演出来,展示出来。但是在《卡车》里,我们却把它读了出来。这就是关于《卡车》这个方程式的不定之处。我不知道都发生了些什么,我只是凭直觉去做,我觉得演出被取消了。《卡车》只是阅读本身的展示。然后就是那辆卡车,永远不变的一个成分,永远与自身相一致,它不停地穿过银幕,就像音乐弥漫在一切可及之处。

"我谈《卡车》,就像我听写作的流程。因为在落于纸上之前,我们是能听见的。一句话在出来以前,它首先会被听到。我坚持这个空间,这是最接近内心陈述的地方。一般来说,有落于纸上的过程,还有第三者对文学的掌握过程。这就是演出。在《卡车》里,这些都不存在。我们不会自上而下,直至文字一点点绽放出来。朗读把我们自下而上地引到一个文字尚未言明的地方。在个人联系中，在生活中，有的话会突然冒出来，然后我们毫无办法，我们再也找不到它了，在电影里，在戏剧里，都找不到了。从冒出来，到它落在使用它、使它老去的文字里有一种过渡。在《卡车》里，除了我，因为要把它写下来，我知道它，没有任何人听到过。当然，这是一次很大的冒险。《卡车》的危险就在于此。"

就好像写作是一种秘密活动

"这个文本的大多数地方都是不确定的、可替换的。这一点非常重要。在任何时刻，我都能允许自己替换一切。电影只在它被拍下来的时候才形成：一边展开，一边被写下来。这就是《卡车》。每时每刻这部电影都处在危险之中，情节的展开事先没有任何框定，甚至现在还有不复存在的危险，甚至我自己在看的时候，我也会对自己说它就要停下了,它有可能会抛锚。我以前拍电影从来没有像这次一样怀疑过。但是这怀疑并非毫无价值,对于热拉尔·德帕迪厄和我来说,它更是一种自由。我们不知道我们会走到哪里,从开始到这个故事的终止,这个从来没有发生过、过早停下来的故事,一直贯穿着一种偶然性。也许这里需要一个有关这个故事中止的问题了。"

"……"

"负责这个故事中止的任务落在了司机身上。他拒绝了。司机,他也是观众。女人正是通过他来回答观众的提问。他们的消失受到了电影的欢迎——整个电影中,女人都在回答观众的问题,这是最令戛纳电影节震惊的地方。卡车的驾驶室就是电影院。他们躲在同一个地方闭门不出,观众和电影,女人和司机。"

"还是回到演出上来。"

"在戏剧演出和电影演绎里,谁在说话?我不认为是作者。应该是导演和演员。由他们对文本负责。文本被固定在文字里，文本，书，已经关闭了。在这个过程中，没有任何人知道文本可及的范围。还没有人把它翻译出来。作者完全是独自操作，不可能通过演出和演员得到转让。导演和演员只是理解文本，翻译文本。作者要么承认这一切，要么就可怕了。我遇到过这样的事。我必须重新回到书里，重新找到文本。在《卡车》里，没有这些说情者的存在。

"一个文本被演出来的时候，正是它离作者最远的时候。即便对我而言，当我执导我自己的作品时，也是这样的——除了在《印度之歌》里，是演员创造了人物，他们并没有去"扮演"这个角色。'画外'也正是写作的地方。德菲因·塞里格在《印度之歌》里的表演简直令人难以置信，就因为她不是作为安娜-玛丽·斯特莱代尔出现的，而是作为她本人的另一面，遥远，不可靠的，在荒无人烟的地方，她从来没有把这个角色当作空白去填补，恰恰相反，她把这个角色仅仅当作一种反射，是文字当中那个未经破坏的安娜-玛丽·斯特莱代尔的反射。在拍其他电影的时候,有些晚上,我觉得似乎丢失了自己的作品。我很绝望。作品那种不确定的偶然性被摧毁了,它从我的文字中出走,进入了一种最后的宣告。老实说,我一直为这种过渡所折磨,它把作品的迷惘全打破了。就是因为这个原因我拍了《卡车》。这里不存在演员的问题。我的演员都是最伟大的,由克洛蒂娜·加贝来演维拉·帕克斯泰尔,不,不是演员的问题,这就犹如写作是一种秘密活动,一旦为话语所承担,它就从地下跳了出来。"

"但是《卡车》呢?"

"一个演员置身于文本之前,将它拿在手里。他从来没有走到文本后面去过。我在读的时候,和我的作品之间有一种契合。在《卡车》里,没有配音导演,因为只有一种朗读,我一直努力想做的,就是把我听到的写作还原出来。这就是我所谓的内在的朗读。如果有人拒绝《卡车》,他们不仅拒绝了文本的朗读，也拒绝了文本本身。这是一种完全彻底的拒绝。

"作品和作品的叙述一向是由导演和演员说了算的，这个事实使我再也不愿去电影院了。很难说清楚，在我们的身后，戏剧自有它几千几万年的历史，几千几万年的政权啊。"

"同一种政权吗？"

"是政权，是的。电视里每晚播放的电视剧和电影院里的商业电影毫无差别。政客和他们的对手面面相觑与强加给演员们的游戏毫无差别。有时，一出戏也会有它结束的时候，只是太少了。不过那天芒戴斯·法朗士的讲话就结束了一场戏。那天真是令人震惊：一个不撒谎的人。其他都只是些代表，他们在演戏。一个演员演戏的时候，他是在代表别人。演员和政客都是被委派的，他们不再是他们自己，他们在出卖商品。一个好的演员，就是卖得成功的演员，是所卖商品唯一的发言人。当然他们当中也有不是街头艺人的，就像芒戴斯·法朗士,他们便从表演的阵容里分离了出去。

"电影和政治,都是一回事。两者都意味着演出。电影强调演出,而政治就是一场演出,逗人乐,抑或不——大多数情况下是逗人乐的。开始时都是相同的老调重弹,我是说都是同样的谎言,在政治表演和商业电影的表演里。

"说是一种业已建立的政权也好,一种尚未建立的政权也好,都是一样的。在政治演讲中,错误根本是不存在的。他们全都掌握着理想的解决办法,他们都是救世主,都是我所谓的政治上解决问题的能手。所有的人都从一种激进的办法出发,所有的人都从政权出发。这份肯定,在古典主义的演员里也可以找到,在戏剧台词里,在电影演员的心理主义理论里。他们才是真正掌握角色的人,角色的真实,未来的真实,都由他们来决定。面对这一切,我们是无能为力的。

"这种锚定一切的理性主义在欧洲尤其盛行,它产生于政治解决的需要,但也许我们该摒弃它了。由国家——不管是什么样的国家——来对个人负责是个圈套。我们已经知道，由此，人们害怕被自己抛弃，害怕丢失自己。他们还指望着政治上的什么计划可以帮他们解决问题。某个政党的解决办法。没有计划，他们情愿求助于随便什么政治计划，没有办法，他们情愿求助于随便什么政治领导，荒淫无耻的，连哄带诈的。只要是政客，在位也罢，在野也罢，都是一样的。

"到处都是电影院，戏剧有点像在野党，大多数情况下，站在反对派的位置。也许就是因为这个才完蛋的。政治谎言已经昭然若揭，到处都是，为什么新闻谎言、电影谎言就不能以同样的方式在众人面前堂皇宣告呢？"

"《卡车》里的女人说：'就让世界滑向它的末日吧，这是唯一的政策。'这话是什么意思？"

"这话里有一种模糊性，'就让世界滑向它的末日吧，这是唯一的政策'不是一种无政府主义的发愿。这是一种选择。是政治观点的丧失，政治要求的丧失。我情愿要一种空茫,一种真正的空茫,面对这一堆巨大的承载着20世纪所有理念的垃圾桶。我情愿不要国家,不要政权,面对这些欺骗、虚伪的谎言,所谓民主国家的允诺。五十年来的事实恰恰都只是一种违背。

"我的,以及所有人的政治绝望已经成了电影的陈词滥调。从意大利新写实派到美国的新写实派,电影一直沉浸在一种政治绝望之中。我们应该很平静,大家都很绝望,这已经成为一种人的普遍状况。但这一切应该过去了,它现在已经成为一种很大的危险。我想必须跳出这类的绝望。从孩提时代开始,我们就被告知应该竭尽全力在我们现有的,大家都是如此的存在中寻找方向,必须从这样的观念中跳出来。这样会很快乐的。"

"绝望究竟要怎样才能快乐呢?"

"契机就是我们一向被灌输的对匮乏和无序的恐慌。必须战胜这份恐慌。我可以说,当一个人不再害怕,他就可以反过去伤害所有的政权了。在这点上所有的东西都是平衡的,个人要想跳出来,也只能靠自己,只要他能够漠视送到他面前的一切:政治的,商业的。必须减少恐慌,只要有恐慌,政权就会占了上风。在恐慌与政权之间有一种直接的关系。"

观众被牵连在内

"《卡车》里的司机一直狂热地追随着法国共产党的解决办法。他扼杀了自己所有的自由意识。一个人怎么能够到达这样一种程度呢?仅仅通过接受政治的、工会的改造?这就是无产阶级要提出的问题,也是电影要提的问题。司机一直顽固地坚守着这份限制,这份强烈的异化。加入共产党的工人阶级怎么能到这样一种程度呢?拒绝五月风暴?拒绝生命?拒绝生活?要做一个不问政治的人,就要加入法国共产党。我不知道法国未来的政治局势会怎么样,我不知道电影的未来会怎么样,我烦透了。如果我对未来还有一点点的概念,我的行为还会是一种权力的行动,我的判断还是与权力有关。"

"那么《卡车》里的女人呢?"

"这个女人,没有面容,没有身份,没有阶级,甚至也许是从精神病院跑出来的,她把自己当作奥斯维辛集中营所有受难儿童的母亲,她把自己当作葡萄牙人,或阿拉伯人,或马里人,然后她把人们教给她的一切都加之于自身。在我看来,这个女人展示了未来。如果说她是疯子,好呀,那所有的人都是疯子。疯子,观众是怎么理解这个词的,我就是怎么用的。在判断之前,观众首先必须承认。如果观众不承认这个女人,不承认她的这种奔向压迫的行为,不承认我所谓的爱,那我拿他也毫无办法,我也不能让他理解她。观众被牵连进来。就像军人。我把责任强加于他,就像我把责任强加给军人。

"如果观众像《卡车》里的这个司机,在'监视'女人,并且要求她澄清她的身份,并且觉得只有这样才能放心,我认为他们也是处在与司机一样的黑暗之中,一样可怕的政治黑暗之中。"

维拉·帕克斯泰尔,这个中世纪森林里的女人

"《卡车》提出了工人阶级的责任问题,也一样提出了观众的责任问题,观众是属于哪个阶级的?一样的墨守成规,一样的障碍,几千几百年来莫不如此。正是这样的观众,政权和观念在他们的手里交替传递。如果要有所定义,那就是依附,是忍受这道美妙绝伦的方程式。"

"维拉·帕克斯泰尔,在电影里,她是谁?"

"我说过,我再次重复一遍,维拉·帕克斯泰尔是一个恶毒的女人,一直为自己的忠诚所折磨。这也许是一种令人绝望的情况。她恶毒,因为她所有的使命就在于对婚姻的忠诚。但是我是不是没有

弄错,难道欲望不止是一个人的欲望?难道欲望不是欲望分散的反面?

"我所知道的维拉·帕克斯泰尔,她的生存在表面上看起来非常安定,非常正常,大家都该把她视作一个好妻子、好母亲的,可正是这点,穿越一切界限,简直让我害怕。是维拉·帕克斯泰尔让我感到害怕,而不是《卡车》里的女人。《卡车》里的女人不受任何身份的圈定。她斩断了一切可能有的身份,她只是一个拦路搭车的人,就这么简单。有些人具有某种理论实践,马克思主义的,或别的什么。但是她只会拦路搭车。

"在电影开始以前,维拉·帕克斯泰尔是个毫无办法的人。在电影开始以前,可以说她只是一个爱情的低能儿。但电影开始了,在维拉·帕克斯泰尔的身上发生了一点事故。亦即欲望的发生。让·帕克斯泰尔付钱给一个陌生人,以至于他的妻子不再依从对他的所谓的忠诚,这一切皆出自欲望。维拉·帕克斯泰尔与人通奸,使得这对夫妇的欲望得到了满足。但是结果出乎意料。维拉·帕克斯泰尔沉沦了,她卖淫,不管人家付不付钱,她再也不会回到让·帕克斯泰尔的身边。也许她将因此而死。我是说她将因为在爱情上不能从一而终死去。我认为她想自杀,只是因为她不能一生只爱一个男人了。这就是维拉·帕克斯泰尔深层意义上的古典主义。这个中世纪森林里的女人,世界上有成千上万,然而在我们这个时代,她们都沉沦了。

"我相信,如果维拉·帕克斯泰尔遇到《卡车》里的女人,她可能会感到害怕的,但是她不会像卡车司机那样,给她划分政治或精神的类别。她们所共有的,或者说她们共同的不可救药之处就在于她们的爱情。维拉·帕克斯泰尔爱她的孩子,爱她的丈夫,这种爱,很长时间以来,我们已经听得多了。而《卡车》里的女人,她的爱没有一定的形式,是无序而危险的,这种爱,我们已经不太熟悉了。爱一个孩子或者爱所有的孩子,爱活着的孩子或者爱已经死去的孩子,在某种程度上是相通的。而爱一个骗子,一个社会底层微不足道的人,或者爱一个自认为正直的人,也是相通的。"

《世界报》,1977 年

这个黑色的大家伙

谨以此文献给可可,这只会说话的猴子,一部美妙绝伦的电影,巴尔拜·施罗德1978年出品。

这头大动物还是个孩子,黑色的,丑得如此美妙,如此令人惊叹,它的存在简直是要我们承认这样一个事实:也许自此开始,美丽可以不再是电影里唯一的添加剂了,尽管五十年来一直如此。为什么,当它呈现在我们面前,这头黑色的动物,竟然比任何一个人类的形象更富表现力?难道它不是国际影业的巨星吗?可可,这是它的名字,可有点像我们叫"黑鬼"或"小鼠"(种族主义者对阿拉伯人的蔑视)——所以我要给它另一个名字,比如说"小非洲",它一经出现,立即以这样一种无可比拟、空前绝后的方式占据了银幕,可是为什么似乎没有一种分析能够证明这个形象、这份存在的震撼力?证明与我们甚为相近的这份差别的震撼力?"丑得像猴子一样",我们总是这样形容。"小非洲"在我们看来,大概是最丑的动物了,比大象丑,比骆驼丑,比任何一个为人类社会所共同唾弃的丑女人还要丑。那么,究竟又发生了些什么呢?发生了什么以前没有发生的事?以前,当银幕为另一类代表人类强悍的动物,老虎或者豹子所占据的时候?

我相信,发生的事情是我们都知道的:"小非洲"是只大猩猩,是类人猿,它比我们所有的人都要大,但是在世界之河的另一岸,它是与我们最为相近的。它与我们就这样分开了,就像它与它的先祖一样。而我们,我们也就这样和它分开了,就像我们和位于我们面前的这一片空茫。如果需要一种意象,可能应该是河。一条祖先之河,唯此一条。

在河岸的另一边，大猩猩"小非洲"看着我们，孤身一人。我们相互对望。中间是十亿年的光阴。还有一点什么，身处同一条生物链中的"小非洲"，它的孤独已经成了我们的孤独。有些人说，就把它留在那里好了，必须尊重"小非洲"的孤独。但是，如果我们让"小非洲"留在它的孤独里，它可能早已不存在了。加蓬的黑人据说非常欣赏猩猩的美味，它们的脑袋用防腐香料保存以后，可以以金价卖给欧洲人。

是的，是这样的。世界上只有六千只大猩猩了。成千上万的猩猩遭到了屠杀。同样，在孟加拉国，十年前还有五百只老虎，而今只剩下四十只。完了。所有有关问题的陈述，所有有关问题的资料首先都是靠不住的。为什么你们就有道理？为什么我们就是错的？没有人知道怎么才能拯救我们，拯救大猩猩，拯救鲸鱼，拯救大海，拯救童年，拯救燕子，拯救爱情。没有人。可是——在我看来，这真是一种非常奇怪的态度——为什么会宣布"小非洲"应该永远成为这一类资料片的目标呢？而且只限制在它的范围之内，只限制在世界动物的生命这样的范围内，就像中非的黑人舞蹈，这几十年来，只是专门给总统访问时看的，而且仅限于欧洲总统。难道我们不应该好好计划一下，难道我们不应该教会"小非洲"怀疑人类，然后再把它领到我们当中来？

当"小非洲"出现在我们面前，这个被迫挤作一团的大孩子，这个不知道自己竟是个嘉宝的小嘉宝，真实就在于此。"小非洲"的身上有一种巨大的能量，一种与生俱来的能量，在它的无辜里，也在它的悲剧里。别看清楚，"小非洲"。不要分清楚。早上，人们问它："你好吗？"有时它会回答："沮丧。"人们问它为什么沮丧，它就说它不知道为什么今天会"沮丧"。"小非洲"的脸上会有"沮丧"的痕迹，仿佛哑语，两根手指放在两行眼泪上，这两行泪从眼里流出来，径直落向世界的中心。太好了。"小非洲"不知道忧伤着忧伤，它和我们,所共同的忧伤,不知道忧伤着忧伤,悲哀着悲哀,虽然它什么都知道。

《巴黎早报》,1978 年

恐怖的知识
（罗伯特·兰阿尔的《工作台》）

　　合上这本书，你肯定会想要宣称这是很多年来法国唯一的、真正的政治行动。你想让所有的人都与你分享，想让别人读到它，让所有的人，孩子，大学生，女人。还有工人。我们或许可以把它看作为读者写的书，因为它的作者不是在写工人阶级的状况，不是在履行一个作家的职责，更确切地说，他是在拟定。看上去这本书仿佛没有作者：也许这是一本最初的共产主义作品，或者说是最后一本。瞧，就是这个词，突然的，孤零零的。

　　拟定这本《工作台》的，是一个哲学教授。1969年，他曾经在施瓦西的雪铁龙汽车厂做过一年的普通工人。八年后他写了《工作台》，书上说的就是这个，一年里工厂的状况，罗伯特·兰阿尔在这一年里游遍了制造世界公认的可爱、美妙的两缸雪铁龙的各个部门，无意识地记下了他的游志。由于他在体力劳动方面的笨拙——甚至可以说得上是愚蠢——他跟不上流水线的节奏，这简直是一种悲剧性的弱点，因为他所面对的都是体力劳动的天才，是命定于第三世界的工人。他被一个车间推到另一个车间（普通工人是不会被彻底辞退的，因为一个小时四法郎的报酬，总可以替他找点什么事干干），从焊接车间到镀锡车间，由于无法跟上车门镀锡的节奏，又到了车位安装车间，仍然达不到应有的效率，再转到雪铁龙的仓库，再到安静的邦阿尔仓库，最后到工厂院子里做运送两缸雪铁龙车壳的勤杂工，他就是在做杂役的时候认识摩洛哥人阿里的。阿里独来独往，是个顽固而孤独的罢工者，因为他拒绝为老板每天加三刻钟的班以抵偿老板在1968年5月给予工人的预付款，最后被罚去用漂白水洗厕所。罗伯特·兰阿尔的这本书就是献给阿里的，这个伊斯兰教隐士的儿子，这个矛盾地将政治和自由的智慧结合为一体的阿拉伯诗人——阿里是个反犹太主义者。

有一个事件贯穿整本书的始终，即施瓦西雪铁龙基本委员会的建立。工人进行了每日持续的罢工，反对老板要求的三刻钟补充工时。虽然罢工有可能带来可怕的后果，但还算坚持了下来。(开始是有组织的，后来发展成个人零星的罢工。)这是一场与法国劳工联盟的斗争，雪铁龙厂的黄色工会带着它的打手和暗探对罢工进行破坏捣乱。罢工在开始时已经输了。但是到底工还是罢了。罢工者不顾一切政治局势垄断性分析意见的反对，有一种千年以来的非理性成分，就像1968年的5月风暴——由此我能想象到，也许很多流浪左派的成员，也包括《工作台》的作者就是在这点上达成了默契：这场罢工具有一种令人惋惜的政治盲目性。(在我们这个时代我们会说：偏离性。)应该等专家的意见。然而在这里，重新找回的愤怒天性如此强烈，如此迫切，任谁也阻挡不了。大家被包裹在这种愤怒里，听不见，也看不见。不管是工作还是别的什么人，不管是男人的还是女人的愤怒，是知识分子、读者还是别的什么人的愤怒，是动物还是思想家的愤怒，这愤怒是对知识本身的愤怒，是对知识表达无力的愤怒。摩西[1]如此忠于上帝，所以他只能呐喊。他丧失了说话的能力。不会妥协，不再清醒。就是这样，不杀人，则死亡。

我们以为自己知道什么是工厂。其实我们什么也不知道。我们以为自己知道什么是女人、孩子，以为自己知道做一个黑人意味着什么，以为自己知道一个马里人在雪铁龙厂做工意味着什么。我们不知道。我们落入了这样的圈套，我们把自己埋得那么深，哪怕对于我们自己，我们也一无所知。在我们周围都是怎样的关怀啊！所有的人都想教育我们如何"思考"政治事件，教我们依据时下的准

---

[1] 摩西，《圣经》中的人物，公元前8世纪时希伯来人，以色列预言家、立法者。出生于埃及，为反抗法老对人民的压迫，他带领希伯来人穿越红海，向伽南地区挺进。著名雕塑家米开朗琪罗塑有他的雕像。

则进行判断，然而突然之间，这本《工作台》跳了出来，作为个人的回答爆发了。《工作台》推进了世界上所有未知的事物，因此也就推进了世界上所有的事业。同时，它给予这所谓的**诠释事实**以沉重的一击，给予这越来越难以忍受的因素、这场霍乱以沉重的一击。不管是对一桩犯罪事件，还是对一桩政治事件，事后总是这类愚蠢的诠释作为唯一的因素出现，它具有某种决定性的权力，不管面对什么，都确信自己了解一切。知道自己并不了解：《工作台》如是赋予笔下的术语以一种前所未有的光辉。

如果我们看一看1969年的施瓦西雪铁龙工厂，或者看一看今天的漂白水工厂，或者随便柏林和图兰的什么工厂，看一看这里聚集的成千上万的移民，看一看这些苦牢，那么我们根本不会再考虑诸如是否将这些工厂国有化的问题。我们根本不会在乎。马克思主义的分析直指全世界工人的劳动条件，不管是地方性的还是国际性的，这些理论家觉得有必要向我们解释一下这个并不复杂的现象，翻译一下原本就很清楚明显的事实，要我们知道在这个世界上，十分之一的富人靠其余十分之九的人的恩惠活着。这也确实很好笑。

今后国际上人类工作是以饥馑为前提的，劳动力的投入是永不枯竭的，带血的，它准备好接受一切。挣钱就是为了吃饭。我们打开工厂的闸门，它们就运转，我们关上它，一切就停下。在这持续的滑动中，我们国家的无产阶级离开了工厂，被这种柔顺感恩的劳动力所代替，除了恐怖与饥馑，没有别的道德标准。

这种变化不停地形成、瓦解，没有尽头，这个没有真正名字的东西从今天开始登上政治大舞台，它成了工人——这个失去了清晰面容的阶层——的构成材料。工人，是的，为了生存下去，他们不得不将自己生活的一半的时间送给国际资本主义。就因为剩余价值得到了命名，我们自认为能够理解，可这不是真的。越来越不具有真实性。

工厂慢慢成为工人阶级新的不幸。受难本身固然值得注意,而人类残暴的恶意更值得追究。施瓦西雪铁龙厂的干部梯队,监工、工头、老板代表,所有从资方得到身份与财富的人,他们和警察的干部一样没有希望,和工人本身一样,可以不断地被替换掉。在巴黎地区,法国人成了葡萄牙人的警察,而葡萄牙人又成了黑人的警察。绝望之链永远不断。还有饥馑这个新的不幸,使得情况还不如原先的匮乏好。

《工作台》是一本可怕的书,一个可怕的故事。与毒品市场和不动产市场的负责人一样,这个让人无法忍受的世界的得益者们都油头粉面了一番,装扮一新出现在电视上,我们也只能看到他们乔装改扮以后的模样。然而他们究竟是什么样的呢?一想到将被剥夺权力,他们的脑袋在这段时间里,在腐烂变质的大选中,简直比乞讨世界、乞讨面包的乞丐还要可怕。这份悲惨的恐怖。

《工作台》,我们像宣布春天的到来那样宣布它的存在。它造就了我们的春天。因为恐怖的知识也有它的新鲜之处。一种神奇具体的绝望熄灭了所有的理论。让我安静一点,孩子说,我在读。再次合上这本书时,我们感觉到了孤独,并且我们想要这份孤独。这本书的力量——无与伦比的——就在于,一旦重新合上它,我们什么也不会去想,什么也不想。是这样的,书并没有远离,仍然在脑中,它是一种空白的思想,它正在来的途中,然而对于其他一切想法它具有不可置辩的决定权。

《解放报》,1978 年

被驱逐出威尼斯的人：萨特

萨特这一回写了威尼斯的 16 世纪，或者，更确切地说，是写了古典主义末期最有名的一位画家，人称小染匠的雅各布·罗布斯蒂[1]。

当然，现在谈论这篇文章似乎早了点，因为《现代》杂志也只登了片断。但是，对它置之不理已经是不可能的了。

"什么也没有，"萨特这样开头，"这段生命被吞没了。几个日期，几个事件，然后就是以前传记作者不合时宜的絮絮叨叨。"

还有萨特。

1　雅各布·罗布斯蒂，16 世纪意大利风格主义著名画家，其作品对后来的鲁本斯、德拉克洛瓦等人影响很大。因其父亲为染匠，故有绰号为"小染匠"。

萨特用铁一般的肌肉举起了历史，他使威尼斯共和国成为一个奇迹，让共和国从它的水渠中跳出来，倒过来穿越四百年的时光，成就真正的威尼斯世纪，他将城市举到臂端，穿越运河，穿越阴暗的小巷，穿越教堂、广场，一路上远远将共和国骗人的老鼠——那些所谓的罗马贵族抛在一旁，将大海的荣耀，将谎言抛在一旁，他一直走到圣洛克大会堂，他在看，他重新读了瓦萨里[1]，重读了布朗森[2]，然后再看，他发怒了，将偶像倒置过来，将墓碑举起，他使死人复活，使他们获得新生，重新挑起他们之间的论战，让后来人去评断。评断。谈论。

谈论谁呢？谈论他的兄弟，小染匠雅各布·罗布斯蒂。他的狂怒首先将他带入一种暴力，甚至是暴虐，我称之为对自己的极限使用。"在雅各布身

---

1 瓦萨里，16世纪意大利风格主义著名画家、作家、建筑家，著有论述意大利15至16世纪绘画的论著。
2 布朗森，19世纪美国画家、作家，研究文艺复兴时期意大利绘画的专家。

上永远没有娱乐，对理念游戏，对文字游戏，他永远都提不起兴趣"。对雅各布来说，"文人的人道主义只会让他觉得好笑"。

当然，在五十页的论述中，萨特肯定不止一次地谈到小染匠的绘画。先前他谈到过吗？也许吧。然而在这个片断中，他没有涉及绘画。因为它还不成其为问题，也许。我们有时间。随着时间的流逝，小染匠的画会得到全面评断、全面认可的。也许，我们没有必要这么急于谈论这个问题。萨特热衷于探究的，仅仅是创作这些画的历史条件。他讲述了威尼斯画家之于威尼斯的绝望的爱情故事：威尼斯抛弃了他，恰恰因为他是这座城市真正的画家，他"感受到了这座城市的死亡"，而城市本身也感受到了。他还向我们讲述了这个画家如何把自己强加给他所钟爱的威尼斯，用尽一切办法，高贵的，粗俗的，平庸的，讨价还价的，甚至下流的，不顾他所钟爱的城市的反对，讲述了画家是怎么达到自己的愿望的：他要将威尼斯的墙面都覆上适合它的、属于它自己的画。尽管这个画家出乎城市意料地死了,"没有人去参加他的葬礼,然后便是沉默",这个画家终将赋予自己的作品以他所期待的意义和目的。这个画家赢了。

我们不可避免地想到了米什莱。在萨特这篇论文前,这篇如此接近真理(也有人说是如此偏离真理,但谁又相信呢?)的论文前,又怎么可能没有论点?突然,萨特感到了痛苦,因为小染匠也感到了痛苦。幻觉,然而是抒情的幻觉。萨特向我们展现了艺术创作这种充满了矛盾的小说,于是,即便我们不同意这篇小说的情节安排,(在这个问题上我们可以走得很远,远得不着边际!)我们也不能——除非我们缺少敏感性,对历史抒情主义的敏感性——不为萨特的这份历史抒情的狂怒所震惊。他对于命运的这份承担,神经回返的这份力量。正是这份力量使得一切重新开始,仿佛他倾尽了毕生精力去研究历史。这篇文章,是的,它像一个赌注。

是的，历史让米什莱疲惫不堪。他放弃了中世纪的研究，因为他感到窒息，因为他只能为之哭泣——等他真的成了历史学家，等他的神经在其他时代的论述中得到了磨炼、变得坚强以后，他才重新回到中世纪。

萨特发现，在威尼斯，我们也感到窒息。但是他没有哭。他只是非常非常愤怒。

在这点上，还有一个问题。十年前的萨特也许写不出这篇文章。萨特，在这段时间，他回到了自身，他转到了萨特的背后，看见了自己，他已经看见了自己，还有在这个萨特周围的其他人，我们，他的魔鬼，他的观众。萨特感到疲倦了，就像一个父亲对自己的孩子感到了疲倦。在充满父爱的论述里存在着苦涩和不解。于是萨特逃走了，回到自身，回到萨特。然后，他终于写了小染匠。

《法兰西观察家》，1958 年

萨洛尼克[1]的猛兽
(瓦西里斯-瓦西里科斯的《Z》)

"如果一个民族丧失了说话的能力,"瓦西里科斯说,"它将失去它所建立起来的一切。你们有一百部描写你们抵抗纳粹的电影。而我们只有两部。你们还没有经历过内战……"

这就是他写《Z》的原因。

为了活着的《Z》:他活着。谁?朗布莱基斯,1965年5月22日在萨洛尼克遭暗杀的左派议员。《Z》是一本令人赞赏、内容充实的书,它达到了它应该达到的目的:照亮一段空前重要的历史——当然,似乎整个世界都在谈论这段历史,但是必须保护它,不能让时间埋藏它。《Z》是一本小说吗?

---

1 萨洛尼克,希腊港口城市,石油精炼业较为发达。

不。纪实吗？也不是。这是对政治真相宏阔而透彻的现代阐述。想到眼下希腊这样一个集权主义国家竟出了这样的一本书，此后再也无法摧毁了，你会打内心深处有一种幸福感。

"这个事件对我们来说，至今尚未结束，"瓦西里科斯说，"科里阿斯先生，审理这桩刑事案的总检察长现在成了希腊的总理，这一点就是很好的证明，而米基斯·泰奥多拉基斯，'朗布莱基斯年轻时代'的总统——在他周围聚集了20万希腊年轻人——现在成了阶下囚。对于这桩暗杀事件，我没有用人们所谓的历史眼光去看待它。朗布莱基斯是我们的'切·格瓦拉'[1]，是我们的'卢蒙巴'[2]，是我们的'马尔克姆十世'[3]，是我们的

---

1 切·格瓦拉，古巴革命领袖。
2 卢蒙巴（Lumumba），刚果政治人物，曾任刚果民主共和国总理，1960年遭逮捕，后被杀。
3 马尔克姆十世（Malcolm X），美国政治人物，黑人穆斯林领袖，1964年建立非裔美国人联盟组织，1965年遭暗杀。

'本·巴尔卡'[1]。"

"这桩事件造就了我们，它决定了我们的政治方向，甚至决定了我们的政治意识。我们一直为希腊极右势力的宣传所蒙蔽，以前就是这股势力与纳粹合作并发动了内战。当然，还存在着其他类似的暗杀事件。但对朗布莱基斯的暗杀再清楚不过地说明了这个事实。透过它，我们可以看到新希腊主义社会结构已经形成，看到右翼势力具有某种'永恒性'，看到他们对希腊人民的向往有着骨子里的蔑视，看到总是同样的一些团伙具有特权——即使表面上政治色彩在不断变换，看到我们的人民正处于一种半殖民地状态（与拉丁美洲第三世界的唯一区别就在于我们没有大庄园），我们可以看清楚，对于警察来说，底层无产阶级的存在的确是必不可少的。"

---

[1] 本·巴尔卡（Ben Barka），摩洛哥政治人物，摩洛哥人民力量国家联盟总书记，流亡后被缺席审判，判死刑，1965年在巴黎遭绑架，随后被暗杀。

凑巧经过的路人

谋杀朗布莱基斯的正是这类底层无产阶级的成员(也包括保护这些底层无产阶级的人)。他们来自萨洛尼克的同一个街区,阿诺·通巴,1922年以来,失业者就集中在这个街区,都是些文盲。从1922年开始他们就处在混乱、无知和穷困中。所有的英雄都遭到了屠杀。所有敢大声说话的人进了牢房。然而政府却对隐藏的祸患一无所知。政府只知道对他们造成的这样或那样的事件进行制裁。警察局腐败到了极点,甚至于到了道德沦丧的地步。干什么都要向警察局交钱,哪怕是一个流动摊贩车。于是只有沉默。唯一共同的就是恐怖。然后,有一天,便发生了朗布莱基斯事件。他是个奇迹:他来自掌握话语权的阶级,而他背叛了他们。

怎么看待这桩犯罪?怎么对扼杀新兴的希望进行描写?用无尽的柔情,用希腊人民对"他们的议员"的爱戴?他仅仅维持了二十二年的呼吸,就是他的话语。瓦西里科斯以描写谋杀开头,是从两方面同时进行的,一方面是刽子手,另一方面是Z本身。用两种时态。朗布莱基斯踏入和平朋友俱乐部时头上挨的棒击。接着是出口处一辆重型三轮货车的碾压。一群歇斯底里的人围住了俱乐部。都是某个组织的成员(名叫希腊抵抗德国牺牲者协会)。刽子手头目、刽子手、盲从者、雅典警察,所有的人都在那里,所有的人都在"叫喊着,但是他们根本没有什么要说的"。

但是问题在于他们周围有凑巧经过的人,还有阿特西斯。他们是不可逆料、不可避免、不知疲倦的。他们没有身份,然而所有人都在。有一个木器工人,一个裁缝,一个司机,一个大学生。还有阿特西斯——令人赞赏、令人难忘的人物,"先是泥瓦工,然后是粉刷工,接着是送饮用水的工人,是上蜡工,一个虚弱的秃头男人,他爱Z,有点像运动爱好者爱一个足球明星","为了独自完成上个月开始的马拉松征途,为了在社会党议员的眼睛上来上一拳"。他走了一整天,就为了到这里,赶到 Z 身边。他在这里。

证 人

瓦西里科斯没有采用和平朋友俱乐部的证明。他的证人是凑巧经过的路人和阿特西斯。从他们当中的每一个人出发,他都要重新描写一遍 Z 之死:有的人在开始时不明白。有的人立刻明白了点什么。有的人明白了一切,就在几秒钟之内。每个人经过,朗布莱基斯都要重新死一回。累积的死亡,程度越来越深,越来越可怕的死亡。无知者眼里的死亡,怯懦者眼里的死亡,还有智慧者阿特西斯眼里的死亡,他如同闪电一般迅速发起进攻,直向 19 世纪的黑暗而去,在这一瞬间他向职业政客的政治智慧发起了挑战。

因此,警察和某个组织的巨大阴谋——这个

"事故"——遭到了无数个"次要事故"来自四面八方的冲击,然而这些次要事故的本质都是一样的,都向着同样的一点汇集,开始的时候这一点还显得非常遥远,但是渐渐地就近了:那就是事实的真相。一切就像是朗布莱基斯之死本身有所行动,就像他的死已经变成了一股动力。同样,这也作用于我们。我们再也无法离开这本书。我们也成了Z之死的证人。

对于诉讼的预审,瓦西里科斯又回到了证据的复杂性。我们重又看到了先前那些被我们留在俱乐部门口的人。而这里的每一页都浸满了恐怖,不是——请正确理解——害怕他们在开口之前就会遭到屠杀,不,不是,而是害怕看见他们退让。这些人从萨洛尼克来的时候都是勇气百倍,除了真相,他们什么都不会说。但是他们担心自己的亲人。他们都是小人物,然而为数众多,已经有不少人了。他们找法官,找记者,想要说话。

第二个令人赞赏的叙述。我们担心他们说的

话没人听，担心谁也没有耐心听他们说。可怕的钱。那些人想给他们钱。上百万上亿的德拉克马送到阿特西斯和尼基塔斯那个木器工人面前，我们在等待，不知道他们是否会接受这一笔钱，它足够他们如自己梦想的那般，舒适地度过余生，较之看到他们被活生生地扯碎，这份等待也许更让人无法承受。

还有法官和记者，你也会为他们感到担心。这里有个法官，"和其他任何一个法官一样"，他正直诚实，熟知法典，是个英雄。还有一个愤怒的记者，面对命令、威胁、贿赂全然不理，他也是个英雄。我们是在文明发端之初。一边是天性纯朴的人民，另一边是相互勾结的统治者和占有者。在人民与他们之间站着的是法官，唯一一个具有现代意识的人。"他遭到双重的围捕，一面是骑在他头上的人，另一面是人民大众，眼睁睁地看着他，把他当作唯一的救星……法官继续向前走去，在腐烂的土层里，一切都混作一团，疲惫和顽固在其中发酵。"

同样，记者安托尼乌，"对于一件事情他非常肯定：这就是整个城市都被牵连进了谋杀"，他一直不断往前，发现，再发现……安托尼乌为木器工人的证词所震惊——也许是八百名记者当中唯一一个？——这让我们得以坚持。

如果说一开始，瓦西里科斯用那样一种抒情的笔调描写希腊的痛苦，描写Z、寡妇和他的"灵魂"的痛苦，令我感到不很舒服的话，最终我却能够接受了，因为在我看来，唯有这种写法能够与搜集到的证据的现实性相对称。只有凭借这样一种现实主义，我们才能意识到事实的真相被一根一根地从泥淖里拔出来。瓦西里科斯并不幼稚。如果他在有的时候显得幼稚，那只是他想要这样。这是人类伟大行动的史诗，我们看到了勇气、英雄主义和对真理的向往。通过《Z》，40万希腊人在雅典火车站等着朗布莱基斯的尸体，证人，刽子手，叛徒，英雄，他们都在说话。不可避免地，穿越了这些声音的《Z》,因为表达了对做一个希腊人的诅咒,在 1967 年遭到了查禁。其实从去年 4 月起它就已经被查禁了。

《新观察家》,1967 年

载着一千具尸体的火车从巴基斯坦开来

1947年的9月,拉合尔和德里之间的火车时刻开始变得不太正常了。玛诺·米亚拉,这个铁路沿线的平静的农业村庄,平日完全按照火车时刻来安排自己的事务,此时便陷入了困境。

再加上有一天清晨,"一辆火车急速冲进车站",一眼看上去,这车"和其他和平时期的火车并没有什么分别"。但是,这却是一辆完全不同的火车。"没有人坐在车顶上,也没有人拽着转向架,没有人在小梯子上摇摇晃晃维持平衡。"

是的,大白天开来了这样一辆无声的火车,此事在玛诺·米亚拉引起了轰动。村里的居民暗自思量,这是不是一辆运输政府财宝的火车?眼下这种动乱的时候可不怎么保险……

但是就在当天下午,满载着警察的卡车到了玛诺·米亚拉,并且征用了居民所有的木材和汽油。然后他们带着这些木材和汽油到了火车站。

印度的天由橘红色"转为古铜色,又由古铜色转为橘红色",夜晚的海风开始呼啸,这海风吹来了——除了燃烧木材和汽油的味道——"一种肉烧焦的怪味,这味道将玛诺·米亚拉带入一片死寂"。

村民明白了。火车运的是尸体,一千具尸体,后来他们才晓得。这辆火车来自巴基斯坦。

的确,"在印度,1947年的这个夏天不同于以往……更热,也更干燥,灰尘漫天飞舞……就在1947年的夏天,巴基斯坦新政府正式宣布成立,一千万的人:印度人、锡克教徒、穆斯林全都在出逃;到了季风转换期,他们当中已经有一百万人死于非命,整个印度北部都处于武装戒备状态,大家惶惶不可终日,有的人干脆躲了起来……"

在《开往巴基斯坦的火车》[1]一书里,昆什旺·辛,巴基斯坦驻联合国教科文组织代表向我们讲述了这个夏天。

《开往巴基斯坦的火车》以一种梦幻的笔触向我们详细讲述了印度。印度的日常生活,它的农业,它的年轻姑娘,它的纯朴,它的抢劫团伙,它的腐败,以及年轻一代——抢劫团伙和年轻姑娘——致命的无知。他为我们揭示了同一种混乱的两个方面,一方面是因历史的无知造成的社会表面的混乱,这些可怜的兄弟互相屠杀,却把罪恶的责任归结给对方(穆斯林说是印度人发动了屠杀,而在印度人看来,罪恶之首却是穆斯林);另一方面的混乱——不管作者承认与否——却是我们面对这份混乱时一种意识上的混乱!我们落后了,不在于我们对混乱的理解力,当然,而在于我们表达这份混乱的能力。从此以后再也没有比这个更可怕的

---

[1] 由伽利玛出版社出版。——原注

了。这就是我们所谓的历史的进步。但是历史的进步会有无辜的牺牲者,这就是我们。这就是为什么我们应该读一读这本《开往巴基斯坦的火车》,因为我们,世界上的另一些人,我们应该变得更聪明一些,更有条理一些。

在本文结束之前,我还想重点谈一谈大法官乌库·常的形象,他是地区副署长。乌库·常的身上,模模糊糊地概括了他祖先的腐败以及后来代替他们的英国侵略者的腐败。他每天洗澡,"一天要换好几次内衣,叫侍者给他按摩脚背,喝威士忌,他害怕死亡",尤其是焚毁了那辆幽灵一般的运尸车后,他在一个年轻的舞女,一个十六岁的孩子那里寻找安慰。

"当局问你话,快和长官去吧。"一个老鸨对阿塞纳,那个年轻的舞女说,她的身体散发着香根草的幽香,"娇喘中依稀可以闻到姜汁的味道,还有她的胸,散发着一种甜香"。

孩子和长官走了,乌库·常。

在一千具尸体的灰烬和皑皑白骨上，太阳照样会升起。印度人？穆斯林？这都无关紧要。然后又会有火车来，依旧满载着等待埋藏的尸体，这一回，我们会用上推土机（也许参考了美国人清扫纳粹集中营的程序）。

我们能将如此真实、如此具真实性的书称之为小说吗？也许不能。或许只能称为一种叙述。在集体恐怖面前，心理联系一无所用。在小女孩和大法官之间甚至存在着一种有力的联系，一种"逃命"的联系，它将心理联系压得粉碎，而事实已经隐遁得无影无踪，我们连想象都没有办法。

《法兰西观察家》，1958 年

让-玛丽·斯特罗布[1]的《奥通》[2]

让我们大家来冒个险吧,不经允许就冲进电影院。让我们自己来设立标准,我们只相信非官方、非学术的评价,这类评价是存在的,并且已经有不少人只相信它。看到电影招贴画或节目预告上有德莱耶或斯特罗布的名字就毫不犹豫地冲进电影院。这些都是评论界禁止我们看的。禁止本身却也是我们看的理由。

1964年,电影史上的杰作之一,德莱耶的《热内特吕德》被评论界扼杀、埋藏了(在巴黎上

---

[1] 让-玛丽·斯特罗布是法国人,不过他为德国拍片。因为拒绝拍摄阿尔及利亚战争遭到了流放,军队至今还在追捕他。他38岁。这就是我们眼里当今最伟大的导演的近况。——原注

[2] 电影取材于高乃依的剧本,原名为《并非所有的时间眼睛都愿意闭上的》或《也许有一天罗马也可以选择》。——原注

映了八天)。谁是罪魁祸首？就是你们，相信评论界的你们。太迟了。

注意!《奥通》，让-玛丽·斯特罗布第五部——也是最后一部——电影即将于1月13日在巴黎上映。这次你们有十五天。如果"票房"没有达到一定的数额，这期限还要缩短，《奥通》将要离开放映厅，离开你们。注意！我们很难相信电影评论界会对《奥通》做出正确评价。对于斯特罗布的工作和计划，也许他们根本不可能有所见，有所闻，有所愿。因为他们不会承认这一类电影。是的，这样一种纯文本的智慧，他们根本无法认同。面对完完全全留给他们的自由，无可附丽，他们只有逃走。

我们在和陌生人说话，我们不知道你们会对斯特罗布的电影作何反应，谈论《奥通》的唯一理由，就是不愿意再看到它遭受与《热内特吕德》相同的命运。

我，玛格丽特·杜拉斯，我知道《奥通》是从坟墓里挖出来的，1708年以来，它就这么一直沉睡着,是斯特罗布顺着时间之河逆流而上,找到了它,恢复了它生命的状态。多么神奇啊,我看见了鲁昂那个愤怒的男人[1]在写,在与权力作斗争。我知道一切绝非偶然,这部戏只在法兰西剧院上演了三十场,从 1682 到 1708 年,然后便无踪影,因为它将权力,以及权力所固有的内部矛盾公诸舞台。我以前不知道。我一直以为,高乃依、莎士比亚、拉辛(我们把布朗雄[2]的《贝蕾尼丝》放在一边)都在灰尘中沉睡着,在我们所谓文化的陈词滥调中沉睡,我以为我们再也听不见、再也看不见他们了。而我看到《奥通》的时候,我却觉得主题本身竟然如此强烈,以至于我忘记了高乃依,也忘记了斯特罗布。这是第一次,是第一次让我有这样的感觉。

对于一部作品来说,不管是说它晦涩难懂,还是称它为清晰明快的杰作,无疑都是一场可怕的

---

1 指高乃依,法国 17 世纪著名的悲剧作家。
2 布朗雄,法国当代剧作家。

灾难，因为这样会赋予文本以优先权，从而割断了读者和作品的关系。作品本身是封闭的。观众也是封闭的。斯特罗布打开了两座牢狱的大门。《奥通》从所有先见的视野中解放出来。高乃依的观众不习惯这份自由。然而斯特罗布正是要给他这样一份自由，我们会发现这便是方案选择的困难所在。他没有为了讨好我们把文本说出来。所以不存在说得好与不好的问题：文本始终处于一种内在阅读的状态。说话者的咆哮、陶醉或赞美都无法对文本进行证实。

在这里，文本是一种辩证的展开，是一呼一吸的节奏，是未经破坏的空间。这会让我们想到，现在的戏剧似乎就是为了开口言说，开了口，就一定要说出点什么。而在那些看上去未经证实的政治文本之下，圣茹斯特，马克思，始终无声地演奏高乃依的低音提琴。在这里，所有的声音都得到准许，除了法兰西剧院的、那种意义伪装下的声音，权力伪装下的声音。在这里，取景是以话语为出发点的。传统悲剧的仪式、夸张的动作统统消失了,没有一点毫无用处的东西,所有的一切都是有效的。意义的普遍性终于得以重现。为了寻找高乃依,斯特罗布跨越了时间之河。他斩断了悲剧和它浮于面上的历史宽度的联系,那是理性文化一锤定音的产物。

换句话说,他还高乃依以颠覆性的能力。多么美妙的净化与复兴!人们已经对《奥通》犯下了罪,整整三个世纪。而现在有一个全新的《奥通》。一种颠覆,从里到外。现在电影完成,我们可以看见它了。在帕拉坦峰上,罗马,69米处。这高度既是空间的高度,亦是时间的高度。现代罗马的车河环绕着舞台空间,这沉静的流动渐渐变成了单纯的熔岩之河的流动。我们听见了,它是如此强烈。然而是否有这样的可能,是否可能在阅读文本的时候,我们听不见这份流动呢?唯一的错误只在于你没有与文本同时去听。没有不具时间性的神圣的空间。如果现在不读高乃依,那就根本不要去读他。

权力在这里得到了揭露，就像车河。拉克斯说过，所有时代的统治者也都对自己说过："只做我们有把握的事情，对其他的都付诸一笑。如果公众对我们有所损害，他们就不是好东西。为我们自己活着吧，只想着我们自己。"

在这权力的毒罩之下，有一个自由人在读高乃依：他就是斯特罗布。

    未注明出处的文章系首次发表，下同。

塞里格-里斯

她们说着话。词语在嘴里生成,然后成熟,然后被吐了出来,不费吹灰之力。一个词,一旦出了她们的嘴,就仿佛立刻成了一个禁区,被剥夺了所有的含义,只剩下孤零零的这样一个词。接着它得到了生命,一下子变得令人震颤。

我重新开始描绘这个过程:她们说着话。词语首先是被她们含在嘴里,但还无法自由呼吸,还不能脱离她们。接着,她们让词语滑了出来,没有任何阻碍。这个过渡能够被感觉到,轻松,没有任何疼痛。出来的时候,词语仍然是在沉睡着。睡着的时候它才是自由的。只是不久,它醒了:痛苦不言而喻。词语舒展开来,呼吸着,呐喊着。它或然的意义还没有来到。在这之前,这个最初的词语必须惊呼,出来的首先只是一个音,一声呐喊。我们开始听到的,只是它与外界接触时产生的疼痛。出其不意的,这个初生词拒绝脱离她们。然后它立即被撞见了,在痛苦中慢慢平静下来,呈现在我们面前。于是,意义来到了,包裹住它,给它穿上了衣服,让它在话语里登陆,它嵌进了话语之中,固定下来,直至死去。

我再重新开始。她们说着话。她们说:"我爱您,爱到再也看不见,听不见。爱得要死。"或者说:"我愿意和您换个位置,第一次来到这里,在雨中。"我听着,听了一百遍。这声音如此沉静,只有和我在一起时(我相信)才能如此,可是她们对此一无所知,这声音尚未被碰触,贞洁,完美,致命。带着这样的声音,这两个女人——这是我最大的幸运——吸干了词语所有预设的价值,与某种固有的、私人化、优先的意义有关的预设价值。在"我爱您……""在我想到这里,这里……"中,它在航行,在移动,成为悬浮的大陆，随处可以靠岸，它就这样变得具有普遍意义。

《巫婆》，1976 年

德菲因·塞里格，
不为我们所知的名人

德菲因·塞里格于1932年出生在黎巴嫩。"在世界上最美的日光"，她说。她的父亲，亨利·塞里格是法国最负盛名的中东考古专家。她的母亲是日内瓦人，是让-雅克·卢梭的终身信徒。这是一个基督新教的圈子，醉心于文化的研究。

德菲因十岁时，塞里格一家迁居到了纽约。她在那里待到十四岁。就在这四年里——这四年对她的一生起了决定性的作用，德菲因·塞里格成了美国人。

"我并不特别觉得自己是法国人，"她说，"我也是个美国人。"

于是，虽然在塞文山脉的一所寄宿学校里待了好几年，她还是回到了纽约，而且嫁给了一个美国人:约翰·于格曼。他们现在有个十一岁的儿子,唐康。

她是在二十岁时开始涉足戏剧的,在这之前她学了一些很"奇怪的东西"——她一向认为这些课程毫无必要。她在外省的一些戏剧中心里演出,圣艾蒂安和斯特拉斯堡(正是这些越来越多的戏剧中心,二十年来改变了法国的戏剧面貌,使得法国戏剧不再集中于巴黎,并且呈现出多样化的趋势)。接着,在巴黎,她出演了路易·杜科《纸上的爱情》。随后的八年,她奔走于巴黎和纽约之间,表面看起来是很正常的一份职业,并且在逐步发展着。接着,突然出现了转机,1961年,在巴黎,惯于上剧院挑演员的阿兰·雷奈(他还曾经挖掘到艾玛纽埃尔·里娃,《广岛之恋》里的女主角)注意到了她:德菲因·塞里格。于是有了一年之后的《去年在马里安巴》。世界性的成功。

这次成功的结果却是很奇怪:(除了《穆里埃尔》,雷奈的一部不甚为人所知的电影)德菲因·塞里格仍然在戏剧圈里忙碌。她在戏剧界的名声已经足够让她以之为生。五年，整整五年，她一直在她的戏剧导演、令人惊叹的克洛德·雷吉的指导下工作。

在这之后，又是突然之间，她双栖于戏剧与电影。一边是班泰尔、皮朗泰罗，一边是弗朗索瓦·特吕弗、约瑟夫·洛塞、克兰，还有我。

现在，很简单，她已经是法国最为著名的演员之一。

"也许是世界最著名的演员。"一天，一个法国著名导演对我说。

是的，我也这样想：也许会是世界的。

现在，我想粗略勾勒一下她的生平，怎么才能"描绘"出来呢？

基督新教，文化氛围里的童年，黎巴嫩和巴贝玫瑰色的天空，这一切造就了她生活和艺术的智慧、优雅自然的举止、绝对的忠实——谎言不仅让她恶心，更让她伤心，等等，等等。剩下的，就只是"她"自身了。

但是这个"她",是谁?

我们总以为要想精确地去描写一个人,一定需要几百张纸,不遗余力地去描写一切有关于他事业的细节和他的努力。那么要把一个微笑、一个眼神、一个音调的转变统统描绘出来,要多少张纸呢?一千张?

我所能做的,只是想让您产生尽情想象这个女人——德菲因·塞里格的念头。

首先,她从来不接受访问。我打电话告诉她,我要在《时尚》杂志上谈谈她,她立刻就慌了。

"一个演员有什么好说的?没什么,只要去看就行了!"

"总可以试试吧,您愿意吗?"

她接受了。首先,我们是朋友。再说,我不是记者。她非常非常警惕记者,因为他们"歪曲事实"。她是欧洲唯一一个拒绝成为杂志模特的演员,因为如果这样就必须经过记者这道关。

我们从来不会在上流社会的酒会里看到她。她从没有成为过任何新闻的目标。因为，就像她不能忍受记者歪曲事实——以最让人接受，最流行的办法——一样，她同样不能忍受向记者提供种种材料的上流社会的庆贺仪式。

您瞧，即使忽视对自己的宣传，照样也能成为最伟大的演员。

她的身材对于一个法国人来说显得高了点儿。她很苗条。身体非常美。有一双很蓝、很蓝的眼睛，明黄色的皮肤。大多数时候一头金发。齿如珠贝，不过笑起来显得稍微有点不整齐。（有一次，有人对她说："就因为这一口交错不齐的小牙齿，您永远也演不了电影，所以您得换了它们。"她拒绝了：永远不。而现在她说："您瞧，不能听他们的。"）

她走路时，身体会微微晃动，可几乎像个孩子似的无声无息。在法国，如果有人问起，谁走路最美妙，大家都会告诉你是德菲因·塞里格。

她有绝对忠实的朋友，牢固的友情。她两种语言都说得非常完美。在巴黎她有一幢房子，是的，一座真正的房子，美妙绝伦的院子。朝着法国最美的广场之一——孚日广场，也就是老的皇家广场。三百平方米的面积，为她和她的孩子唐康所独有。一个平台，平台上种着玫瑰。她开汽车就像一个出租车司机。她会纵声大笑。她跳抽筋舞。在别人面前，她总是那么幽默。只要有两天的休息时间，她就会去海边，去芒什海峡。如果只有半天，那她就会去电影院，去特罗卡蒂罗广场。下午，她徜徉在街头，穿着风衣，不施脂粉，手里拿着一本书：如果有一天电影从地球上消失了，那就读着书等死。还有什么？反正她的生命中没有脆弱这样的字眼。她如同北方的水手一般强悍。有一份充满激情却不为人所知的个人生活。她离开了她的丈夫，但是他还是她最好的朋友。

　　如果你没有在电影院见过她，我又怎么能向你描述得尽她的一切呢？

听着：德菲因·塞里格进了摄影棚，嘉宝和克拉拉·波的阴影便不复存在，我们在她身边找寻着加里·格兰特。可是，电影的命运中有一种混乱，令我们无法得到安慰。这张清瘦的脸——超脱于任何潮流之外——总带着微笑，那是一种普遍性的幽默，或者说一种智慧——这是一回事——这张脸和街头的任何一张脸一样突然，一样难以预料。并且每次看到她时都是如此。这就是她所谓的"变化"。

"我不相信'某一类型的角色'。只要你想变，那就能变。得一件事一件事地进行，一部电影一部电影、一出戏一出戏地去做。但是得演，首先得演。不要过多去想自己的职业，而是应该多想想手上要做着的事情。我们所说的职业，应该是一种完全的无拘无束。"

她和别人的最后差别就在这儿了：说话的方式。

"人家都说我说话的方式非常奇怪，这是真的，我说话是很奇怪，但这是我所特有的，在生活中我就这么说话的。"

真的，在一个演员和一个在家里与小男孩谈天说地的母亲间并没有任何差别。

我找到了一种意象：她犹如一个初学法语却天生有着美妙的语言天赋的人，没有任何习惯，于其中只有一份极致的、语言本身的乐趣，她就像才吃完水果，嘴唇仍然湿漉漉的，正是在这样一种新鲜中，温和的、微酸的、青涩的、夏季的新鲜中形成了她的词汇和语句。她也用同样的、不可模仿的方式说英语。

对于我来说，只要听着她电话里的声音，就足够被她吸引，无需见她。

有的人觉得无法忍受这种声音，可是说真的，不能忍受的人越来越少了。但是还有些人完全为这种声音所迷醉。我，在我的作品公之于众以前，我仿佛都能"听见"德菲因·塞里格的朗读。

这样一种不太现实的声音，这样一种绝对出

乎意料的停顿,与所有的准则相悖,这就是德菲因·塞里格。

你已经开始想象她了吗?

想象一下并不存在的姻亲关系。让娜·莫罗会是谁的孙女呢?我会说是斯丹达尔的,通过路易·马勒沿袭了血脉。那德菲因呢?应该是普鲁斯特的,然后再通过雷奈沿袭下来的血脉。再往远一点说。让娜·莫罗应该生于何时何地呢?我会说,是乡间,在法国,勃艮第地区,在王朝复辟时期。那德菲因呢?应该是在浪漫的阿拉伯,在 T. E. 劳伦斯流浪的沙漠的边缘。莫罗是法国人,而后者,我们不很清楚她究竟来自何方。

整个一年,她都有一只脚是站在纽约的。但是我所说的纽约是一座这样的城市:有剧院、大街小巷、灰尘、罢工、黑人、疯子和电影院。

"如果我没事做了,什么事也没有,我想去电影院卖门票,因为这样我就可以看很多电影了。"

我却对她说如果那样,我情愿在车来车往的

国家公路上管理一个自动加油站。

"啊,这也不坏,(停顿)还有,在我的一生中,我还想用英语演一次莎士比亚……"

你已经开始想象她的声音了吗?看见了她的脸庞?

再听好:有一个月的时间,我和她曾在一起工作过,共同拍电影。所以那段时间我天天看见她,她快乐的样子、悲伤的样子,甚至刚起床的样子、刚睡下的样子,还有她的愤怒、她的疲惫、她的焦灼,等等,等等。但是我从来没看到过她把自己的情绪强加给别人,从来没有。

我还要再多说一点:别人所面临的一切,她都会与之分担,不论快乐还是痛苦,以我所未见的方式。

有一次,就在这部电影的录制过程中,有个技术人员遭受了不公平的指责。这原本和她毫无关系。但是她叫了,哭了。

"我知道这与我无关,但是我不能置之不理,我忍不住。"

别人所承受的不公正,便是对她自由的唯一羁绊。

《时尚》,1969 年

让娜·莫罗

"一个演员之所以存在,"她说,"就是为了大声地说话,他是一张嘴,张开后,把别人写在纸上的话说出来。一个演员之所以存在,就是为了让别人看的。"

这就是作家和演员的差别。可作家对演员这种身体力行的参与一无所知。你知道的,我们用他们的身体,用他们的脸,用你觉得一个女演员所能给的一切。男演员这下可高兴了。对他来说,只要引诱看着他的人就够了。

事情就是这样开始的。

她不很高。非常非常苗条。四十五公斤。一年的所有季节中,她的肤色都是金黄色的,无与伦比的细腻。嘴唇像一瓣橘子。眼睛是金褐色的,如同丝绸一般温和。目光中含着一种不知疲倦的智慧。荣誉之前的智慧，她一直如此。她，什么话都敢说，没有一点点虚伪。

"做一个女演员，"她说，"得时刻准备着投入一生中最伟大的爱情。一个女人所能有的一切爱情武器，一个女演员都要拿出来作为赌注押上。"

这是她自己说的：她的一生当中从来没有缺乏爱情的时刻。不管是在等待爱情，还是在体验爱情，不管是在探索的奋进中，还是在没落中，她的一生都有爱情相伴。

"如果我正在经历一场伟大的爱情，这当然会影响到我演电影时的幸福感，"她说，"我会处在一种高度的敏感戒备状态。但是你瞧，与我的爱情相比，我演的爱情往往要令人侧目很多。"

在这些时刻，如果她演的是戏剧，她也会有这种为"他"而演的感觉吗？

"从来不。我从来不只是为了'他'演。多亏了他，我能够处在这样一种高度的敏感中，但同时，我也在逃避他。多亏了他，我能演得更好。可正因为我演得好，我把他给忘了，我在自己的角色里钻得越深，我越能够忘记他。"

她补充道："演员的背叛，你瞧，便在于此。"

她的手小小的，形状非常优雅。有时"她每个手指都戴着戒指"，在第一和第二个指节间的，是小女孩时候的戒指。路易丝·德·维尔莫兰，她的朋友教了她一个好方法。

"小女孩时候的戒指，"她说，"虽然小，可是我们为什么要扔掉呢？我们可以戴上一点，差不多戴到指尖上，就像这样。"

如果有一天，她的荣耀不能够再保护这双手了，她又拿它们怎么办呢？

"如果因为战争，"她说，"或者因为别的什么事件，不可逆料的，我不再做演员了，我可能会到田里去劳动，以此糊口。"

她经常对我这样说。她喜欢体力劳动，一会儿也不休息。有时我们会一道谈起乡下的婚礼和盛宴，那种传统盛宴之后的深深的困倦和安宁，那种让一家人吃饱穿暖的幸福感……传统规矩里的家庭生活已经被我们甩在了身后，却那么值得我们去追念。

尽管被羡慕，被包围，尽管有着其他人所没有的这一切，她却有着一个女人的孤独。

在凡尔赛的使者小街上，在这个别墅区的封闭圈里，她一个人生活着，陪伴她的只有安娜，她的管家和阿尔拜，她的司机。热罗姆，她的儿子，只在假期才回来，剩下的时间里他都在瑞士的寄宿学校。

孤独的标准是什么呢？或者只存在于某些细节里。一个人坐在自己的劳斯莱斯里，奔走在回家的西面公路上，在深夜里一个人吃饭，这就是孤独吗？

面对只摆着一副餐具的餐桌是不是可怕？夏天一个人去旅行是不是很可怕？

我们一起谈到过这个问题。

"一个人去希腊?我,我宁可待在自己的房间里。"

我们笑了。不再孤独,在某种程度上"也"意味着不再一个人付电话费、付房租,不再一个人去找人修汽车。"也"意味着在经济上和一个男人有所联系。

但是想象总是很美好的。让娜说:

"孤身一人,我大概永远也做不到。"

就在她说这句话的时候,她正处在她自己所提示的这份孤独中。"两个人的孤独"常常是令人恐慌的,但我们已经习惯了,认为这才是不可替代的。让娜经历过这样的孤独。她结过婚。这场婚姻为她留下了一个孩子。让·理查德——现在还是她最好的朋友——那时很穷。他们在困境中相爱,充满激情地工作,对戏剧——他们的职业——具有相同的狂热追求。

但是他们太年轻了。荣耀如一道闪电,突然降临到让娜的身上,似乎世界上所有的女演员都是这样的……

但是我们会不会一面有很多朋友，一面仍然孤独？也许吧。让娜有很多朋友。她谓之为"她的圈子"。

"永远，"她说，"我都要感到我的这个圈子就在我身边。它必须在那里，或远或近，但是必须在那里。只有一个例外：在拍片前的几个星期。那时，我得离开我的朋友们，成为一个陌生人，成为另一个人，投身于一种与我的人生不同的存在。"

让娜周围的这个圈子非常稳固，非常强大。不管是几个星期，甚至是几个月没见了——比如说在电影拍摄期间——我们彼此间的忠实绝不会有丝毫改变。她需要我们的时候，或是我们需要她的时候，我们会在。她会在。弗罗朗丝·马尔罗、达尼埃尔和画家塞尔热·莱兹瓦尼，还有弗朗索瓦·特吕弗，等等。

时不时地，她就会把我们大家召集在一起——到她凡尔赛的家中。她自己做菜，都是自己发明的菜。她招待我们，就像一个皇后招待她的国王，带着那样一种专注，那样一种温柔。晚饭以后，塞尔热·莱兹瓦尼拿起吉他，她则在一边为我们唱歌。有时她的母亲卡特琳在场，有时她的妹妹米歇尔也在。她母亲曾是巴黎卡西诺俱乐部有名的"小蓝铃花"，米歇尔则在伦敦开饭店。但更多的时候，是她的父亲在场，阿纳多尔·德西雷·莫罗，阿里埃地区的一个农民。

然后她就去拍一部新片子，每一部片子对她来说都是一场严峻的考验，都令她紧张不安。她自己说，每次拍完片后，她都大大松口气，不论是在体力上还是在精神上。

她的电影总是令她心碎。也许她的电影便是我们前面所提到的孤独的首要原因。可怕的矛盾，尽管她现在很清楚解决这矛盾的办法，很清楚解决这矛盾的必要性，可是，自《情人们》以来，她却一直承受着这份命定的痛苦。

在《情人们》里，路易·马勒要求让娜演的是现代电影史上最不体面、最困难的一场戏。

在电影拍摄过程中,让娜和路易·马勒之间产生了某种激情。

但正是这场路易·马勒要求她演的戏,如果她演好它,就一定会背叛他。然而这是他要求她演的。

"我很羞愧,"她说,"可我身处爱情之中。我不能拒绝演他希望我演的戏,因为我爱他。可同时我也清楚,这意味着我们之间的爱情会就此完蛋。在要求我演这场戏之后,他再也不能忍受我了,不再能像别人那样看待我,也就是说像他以前那样看待我。"

这份爱情的结束在某种程度上一直绵延不绝。很多年里,让娜一直承受着这份悲剧性的成功给她带来的痛苦。

她从来不曾看过《情人们》。

她经常会产生结束这一切的想法,就像她自己说的,永远不再拍电影了。而这种念头往往产生在一部电影出品之际。

"那时,我真想扔掉一切,永远都不要,重新来过。我仍然沉浸在自己所演的影片里,但是这部电影已经结束了。我不知道自己究竟是何许人也。"

"然后呢?"

"然后又会重新开始。想要重新活过,也就是重新演戏。突然间,就好像我一直以为自己是一棵已经枯萎了的树,可现在不再是。在我的身体里,在我的脑袋里,到处都有新芽在冒出来……另一部电影向我走来。永远比前一部要难。因为如果说以前,我只觉得成为一个演员是件很困难的事,现在我终于明白了,随着时间的推移和成功的到来,路会越走越难,越走越沉重。"

"因为观众要求您的越来越多吗?"

"不,因为你不想任由自己做一切观众要求你做的事情,因为你只想做自己内心点了头的事情。于是演戏和选择变得越来越沉重,换句话说,就是抵抗住一切不够庄重的诱惑。也许做演员本身就不是一件庄重的事情。如果我说做演员是一个女人的自然倾向的话，那在某种程度上也是因为女人天生喜欢暴露自己，这却正是演员这样的职业在开始时所能给人的想象。但是这种自我暴露欲必须得到克制，作为演员必须时刻意识到。有多少成功的女演员能够抵抗住角色的诱惑呢，因为她们总是想，自己也许能有出色的表现？"

"也就是说，不能因为人家推荐给你一个角色，你就选择了这部电影？"

"是的，对一个女演员来说，失败往往在于此：她不能抵抗住自我表现的欲望，穿上各种各样的衣服，出现在各种镜头中，不管那部电影是多么糟糕。于是，电影把她拖到了失败里。在一座损毁的房子里，哪怕住着位国王，到底还是房子更强大：房子总要坍塌的，不论是倒在国王身上还是倒在别的什么人身上。"

有没有男人要求她不再演戏呢？不，从来没

有过。

"这根本是我不能想象的事。再说,不应该玩文字游戏。如果一个男人爱我,他就应该爱我的一切,我的缺点和我的品质。他也应该喜欢作为演员的我,哪怕他并不承认这一点。正是因为他看了电影里的我才会爱上我的。如果我把我的自由奉献给他,他爱的会是一个根本不再成其为我的女人。不,如果说有时我的确厌倦了我的职业,这仅仅是因为演员这个职业的性质。"

她才从英国回来。才下火车。穿着一条黑裙子,非常美,露出整个脊背。她梳着假期里喜欢梳的发型,披散着,柔软,细巧,就像个小女孩。在英国的那段时间她很幸福。她和皮尔在一起,皮尔指的是皮尔·卡丹。

这会儿,他每个周末都会到穆汕去,因为她正在那里拍一部雅克·德米执导的片子。离尼斯很近。"妈妈和妹妹都在那里。皮尔每个周末都来。"

我想起来了,有一次我们在特罗卡蒂罗广场

的咖啡馆里,我们约在那里,想要一同去看俄罗斯钢琴家里切的演奏会。她第一次和我谈到了皮尔。那时巴黎城还不知道这事儿。

"我碰巧去看一个展览。在那里我看见了他。一切来得非常快。我立即想要再见到他。我借口要看裙子,又去了。我知道他在巴黎很有名。我什么都知道。但这对我来说根本无所谓。恰恰相反,我知道的这些阻力,实际上只能更加吸引我靠近他。"

让娜是自由的。那些成见,她坦然地看着它们的到来,然后,她置它们于身后。在对一件事情下判断之前,在最终认为某一困难是不可战胜的之前,她会试两次。

她是自由的,有力的。在一种前所未见的温柔的包裹之下,她的力量令人震惊。

"我希望皮尔爱我。我知道他是可以爱一个女人的。我必须耐心,温柔,我不能吓着他,不能成为那种令人作呕的施虐狂并以此为乐。我要让他懂得，我可以理解一切，接受一切，要他明白，他也应该这样。"

这是不是意味着她已经走出了刚才我所谈及的那份孤独？"再有一个孩子，"她说，"那会多么幸福啊？有一个属于我自己的家……"

说这一切都还太早。我知道她眼下很幸福，我们都知道，她的朋友们，我们也许有点迷信，总不愿意在事情没有来到以前就大肆宣扬。

她真的是幸福的，除了那片才出现在尼斯上空的阴霾：罗杰·尼米埃的死讯。他自杀了，就在这条晚上她开着劳斯莱斯回凡尔赛的公路上。她与他相识很久了，自拍摄《通往绞架的电梯》之后。

"自从罗杰死了以后，"她说，"每次我回到巴黎，都仿佛回到一座空荡荡的房子里，橱门开着，橱子里空空如也，一座主人刚刚离开的房子。没有罗杰的巴黎不再是从前的巴黎了。"

让娜。让奈特，我们总爱这么叫她。她真正的名字还一直保留着。她真正的出生日期就是她所宣布的：1928年1月。

一半英国血统，一半法国血统。但是她认为自己法国腔更足一些。她的血脉主要是来自阿里埃那一边，在卢瓦尔河和雪尔河之间，在缓缓的奥弗涅山谷上，流淌着西乌勒河。村庄的名字叫玛西拉。在巴黎，没有人知道。

"三十座房子，"她说，"总有一天得回去。莫罗家有很多人，都是我的亲戚。"

两年前，她买下了这些房子里最漂亮的一幢，给阿纳多尔·德西雷，这个只知道一意孤行的，像孩子一般任性的可怕的父亲，由于他，她才有一个动荡的、不同寻常的童年，或许也并不快乐。

"他一喝酒就会跑，然后大家都出去找他，在深夜的蒙马特，他在那里有一家饭店。我们一直把他拖到他的房间。我拖着一只脚，妹妹拖着另一只，就这样把他拖上楼，我们又怎么笑得出来！"

开始的时候阿纳多尔·德西雷并不高兴。现在不同了。法兰西剧院聘她演出屠格涅夫的《在乡间的一个月》时,她才19岁,甚至没有结束音乐戏剧学院的课程。"为什么要做演员?"他寻思着。他的妻子是跳舞的。为什么不跳舞,像她母亲一样,或者像他和她妹妹一样,做个饭店老板,而是要做个演员呢?

"因为我喜欢舞台,"让娜说,"我疯狂地迷恋戏剧。发疯般喜欢看别人演戏。然后很快我就想换个位置了,从台下跳到台上,自己去演。因为爱戏,所以要'做'戏,越做也就越爱。"

"您认不认为在这项事业里,也存在着女权运动?"

"我绝对相信,女权运动和青少年运动。在确定自己的个性以前,一个少年总是在找寻自己,一个少女尤其如此。包法利夫人如果有机会的话可以成为很好的演员。我,我是有了机会。"

"演戏是一种逃避吗?"

"不,对我而言不是。恰恰相反。我在生活中所经历的一切,爱情、痛苦、幸福,我都会将之融人电影，它们会成为我的电影的一部分。每次拍完了一部电影再回头去看，我都能认出生活中的那个原我。"

"在所有您拍的电影里都认得出来？"

"是的，我可以这样说，因为我喜欢自己拍的所有电影——只有一部是例外：《引人注目的女人》。我是为了付税才接的这部电影。我受到了惩罚。我不得不剃光自己的头发。拍完以后，我真的觉得自己失去了尊严。我接受这部片子是为了有钱付税，而不是因为喜欢。"

"那拍完《琴声如诉》和《儒尔和吉姆》之后呢？"

"拍完《琴声如诉》后，我觉得自己也和戏中女主角一样，死了。拍完《儒尔和吉姆》也是一样。"

在拍《琴声如诉》的时候，我天天都能见到让娜。所以我知道她是如何"内化"角色的，知道那是一种怎样的责任心，一种怎样的庄重。

在拍摄前不久，这是她的危机时刻，她不得

已离开我们——她到地处吉隆德海湾的这座小城市住了下来，电影即在此拍摄：布莱耶。这是一座出产灯心草、野鸭和鲟鱼的城市，格拉夫海湾的白色葡萄园环绕着它。

"整整一个星期，我就在布莱耶走来走去，一直到这座小城深植于我，从头到脚。渐渐地，我真的成了布莱耶的居民了。"

她总是想要知道关于安娜·德巴莱斯德——她所演绎的女主角——更多的情况。她不断地问我，问她的年轻时代，问她的童年。还有别的。她还想知道，在这样或那样的情况下，安娜会怎么做，而这一切，都是脚本里所没有的。有一天，我向她编造安娜的来历："您出生在利摩日的郊区。您的父亲是个公证员。您有一个兄弟。您有一个孤寂而充满幻想的童年。有一天，您又去了索罗涅森林，每年秋天您都去那里打猎的，您在那里碰到了您的丈夫，德巴莱斯德先生。您那时二十岁，等等。"让娜呆住了。"是这样的……的确……为什么您不早点跟我说?"我向她承认,这都是我现编的,为了她,为了帮助她。

这个故事,我们一再谈起,它已经成了我们友情的铰链,成了关于我们友情的回忆的一部分。

有一天她不再拍电影了呢?

她会散步。

她会怀着巨大的幸福读很多书。最近一次看见她时,她刚刚读完一本斯各特·菲茨杰拉德的书:《夜色温柔》。有一天,在电话里,她跟我说她正和安娜管家一道做果酱。

还有一天,她因为悲伤在睡觉。

在一天当中,她需要很多娱乐,需要很多自由的时间。她几乎每天都要给热罗姆打电话。

不管是什么时间,只要她需要,她就会睡。一个小时,两个小时。或者睡上一整天。安娜会把电话搁起来,关上所有通向二楼走廊的门。

"小姐在休息。"

不仅仅是疲倦,而是烦忧,所以她需要这种

深深的忘却。

接着,接着,拍片又开始了。

"这些日子里,我每天早上六点钟就起床了。我需要完完全全一个人待着。我总是非常害怕,但是我知道没有人能够安慰我。就像结婚前一天晚上的女人。"

但是说到底,什么才能阻止她拍片呢?

"只有一种情况,"她说,"除非戏剧和电影堕落到我简直没办法从中看见自己的地步。除非突然之间,我们只演粗俗的戏剧,或只拍商业电影,那种迎合低级趣味的东西。因为如果这样,我可能会严重丧失信心的。除此之外我能够战胜一切困难。我已经战胜了很多困难,只要是来自我这一边的,哪怕是地狱,我也能应付。但是这份职业的堕落,我战胜不了。"

《时尚》,1965 年

玛尔戈·冯泰恩

    这是一套很大的公寓,在位于塞纳河边的一幢楼里,六楼。一个女佣关上了百叶窗。远远传来巴黎黄昏时分的喧嚣。她才打来电话说就要到了。她正在穿越这座巨大城市的嘈杂人群,独自一人,明晚,这座城市与她有约。

    她来了。黑白两色。黑头发,黑大衣,黑裙,黑鞋。中等身材。她抱歉说她迟到了。她的法语很好。突然出现,说了三个字以后,她的简单就显露出来了:这是一种特别气质的简单。

    我看着她。并不急于向她提问题。我们说着一些无关紧要的话题。不慌不忙。我在想她,就在她面前。她知道。于是任凭我去想。时间一分一秒地过去。我发现,渐渐地,就轮到她看我了。我们说，我们以前并不认识，我们说，很高兴认识对方。瞧，就在刚才，我们彼此微笑，不是那种礼貌的微笑，不是那种勉强挤出来的微笑，因为毫无必要的人。只是同时，我们都觉得需要朝对方微笑，我们之间正是这样一种不可捉摸却无比美妙的关系，一种惺惺相惜。

我忘了告诉她，我之所以来看她是因为想要写一篇关于她的文章。而她，她也忘了。

我对她说我们不会谈舞蹈。她笑了，她为此感到非常高兴。她说她讨厌谈论舞蹈。我们能够彼此懂得。

"我们跳舞，不谈舞。谈论舞蹈与舞蹈毫无关系，您不认为吗？"

她站起身。想叫人给我们送茶来。她穿过房间。她很苗条，简直可以称得上瘦小，她看上去是那么年轻，让你突然觉得，年龄这个东西是那么落伍荒谬，根本只是一种偏见，一种"老观念"，我们的祖父或许还要参照它，而现在早已不时兴这一套了。她也谈及年龄，丝毫没有什么不自在的。一下子她就讲清楚这个问题了。

"您要知道，我没有任何一点怀旧之情，哪怕是我自己的过去。没有一秒钟的追念。从来，从来我都没有产生过要让青春重新来过的念头。我已经忘记了自己的过去。对此毫无兴趣。不感兴趣的事情，人们总是要忘记的。"

她犹豫了一下，补充道：

"时光流逝，我从不感到惋惜。尽管我时常梦见丈夫的身体还好的那些岁月，可我并不懊恼。"

"对于这种使您如此充满活力的力量，应当称之为什么呢？一种乐观主义？一种经过回顾和纠正的悲观主义？"

"我不知道。我从来没有考虑过给它一个什么样的名字。这真的很重要吗？"

"不，一点也不。"

然而她还是竭力寻找着合适的词。"走到身外去看自己很有意思"，就像她说的一样。

"这是我的信仰。我不知道这种信仰的本质。应该是属于生活的范畴。我相信所有发生的都会朝最好的方向去。"

"哪怕是最糟糕的事?"

"是的。您瞧,我认为必须找到把最坏的事情变成好事的办法。我相信坏只是事情的表面,而所有的事情肯定都包含着某种益处。关键是要找到它。"

这不是一种乐观主义,不是一种自然的倾向,就像伏尔泰笔下的天真汉那样,觉得"在这个最好的世界里一切都是最好的"。不,这是一种非常罕见的倾向:为现在而活。

"对于生活,对于能活在这个时代,我感到非常高兴,"她说,"我们打开报纸,会发现昨天我们竟然到月亮上去了。"

正是出于对时代的这份激情,她首先赞同所有热爱生活,甚至可以说是对生活充满了激情的行为。她喜欢当今年轻的一代,谈得很多,她希望我们能对这一代年轻人产生好感,因为这一代是那么善于享受生活所赋予他们的各种各样的财富,享受"自由的生命",她希望我们能对他们好一些,能关心爱护他们。她说应该多多旅游,花钱,她说有钱能做的唯一的事情,就是去花掉它。知道自己兴趣之所在,拥有它。旅游。

"不能把自己关在一个地方,在精神上同样如此。我的理想是在世界各地居住,各种环境,各种地方。我们的教育,我们的阶层,那种故作高雅的风尚都是要把我们'关在'一个圈子里,切断外界的生活。我反对属于任何一个圈子。"

谈起任何一个主题,她都会严肃对待。她想什么就说什么,没有任何伪装。这不是一个上流社会的贵夫人。这一点绝对保证。瘦瘦的脸,下巴颏尖尖的,她什么都说,并且一直微笑着。她的微笑不是表面的一套,而是发自内心的,浸没了整张脸。我目不转睛地看着她,完全着迷了。

"您是谁?"

"我是罗伯特·阿里亚斯的妻子。"

"一个舞蹈家?"

"是的。但是这个跳舞的在以前并不知道自己是谁。现在她知道了:她是罗伯特·阿里亚斯的妻子。对我来说最美妙的事情就是这个男人的存在。"

就像我们都知道的那样,这个在她生命里姗姗来迟的男人——她在三十五岁的时候遇见他,1955年他们正式结婚——于1964年在巴拿马受了伤,此后,他不能动,也说不了话,这种情况持续了好几个月。谈起这事时,她相当平静,仿佛完全在意料之中。我没敢问罗伯特·阿里亚斯现在怎么样了。她却猜到我的心思。她微笑着,微笑着,然后笑了:

"他好多了。他重新开始打理议员的那摊子事儿。他可以拿住一支雪茄了,如果这是一支上好的哈瓦那雪茄;他还可以端住一杯香槟。说话也好很多了。"

我情不自禁地看着她的腿，那双钢铁般坚强的腿。这双腿的神奇之处在于，它把她从这桩她拒绝称为"悲剧"的事件中救了出来。出事之后，罗伯特·阿里亚斯一度为可怕的高烧所折磨，可就在那段时间，她还不得不工作。

"我很幸运，"她说，"这事儿对于别人来说可能会更加沉重，更加难以承受。我却每天不得不在一个半小时的时间里将之抛于脑后，您能理解吧？因为跳舞不是什么不假思索就可以做的事情。投入这份职业所需的专注对我承受痛苦帮助极大。一个半小时之后，我会回到他身边，感觉有力多了。"

倾尽所有的力量，他们携手关上了悲剧的大门。

"倘若我们拒绝悲剧，悲剧就不会发生。只有当您打开门时，它才会大摇大摆地走进来。"

去年夏天，他们一道去了海边。在罗伯特·阿里亚斯儿子的帮助下，她让他重新得以游泳——躺在一张气垫上。看到他们一直不敢松开他，他说："别担心，瘫痪的人浮力大，看，事情总有它好的一面。"

神奇之处在于,他能够活下来,并且,能够以这样的一种蔑视对待这场令人生畏的"事故"。

在他之前,她说,她不知道一个女人竟然可以和一个男人"合为一人",竟然会那么幸福地拱手送出自己的自由。

"在这种情况下自由又算得了什么呢?看上去我们仍然是两个人,但这只是表面现象。一个女人在不知道自己丈夫是谁前,她也不可能知道自己是谁。我的路是自己走出来的,那时我不知道自己是谁,我被关在一个盒子里,取得了所谓的成功,直至有一天,我遇见了他。"

何为成功呢?

她在想怎么说。

"就是您抽烟时,袅袅升起的那缕烟。"

这片成功的土地,数十亿的男男女女终生都不能得知,她却在那么小的年龄——十五岁——就尝到各种滋味,那早已不是她的奇遇了,而是她的故土。然而舞蹈对她而言亦不过是一种职业。其后,是共同的命运。

"在长达四十二分钟的喝彩之后,还是那么深切的孤独吗?"

"更甚,"她说,"成功是那么愚蠢,你有而别人没有,那你就连抱怨的权利也没有。说话的权利被剥夺,孤独感便越来越重,我把自己藏起来,一切都糟透了。直到那天晚上,罗伯特·阿里亚斯来敲我的门——在纽约我的住所,他提醒我说我们认识——却已经是十七年前的事了——在大学时。"

"他猜到了您的心事?"

"他什么都能猜到。"

十八岁时,她曾经对他"一见钟情",重逢之时,"一见钟情"又再一次重现。除了那颗脊柱上的子弹……我敢提这些话吗? 不。

渐渐地,我越来越清楚她第二次职业生命源于何处了,在她四十三岁时,当她遇见了诺列夫。她要重新冲入世界舞台:一种挑战命运的激情。也就是说对于奇迹的极度渴望。正因为他还很年轻——二十一岁——技巧精湛，非常棒，她选择了与诺列夫共舞。

"挑战，我喜欢。我也对自己说，他会盖过我的。我可以选择：和他一起跳，或者不和他一起跳。我选择了努力。必须要努力，才能不在他面前丢失自己，才能不因他而丢失自己。"

一切都很好。从一个首都到另一个首都，掌声如雷，他们在深深的契合中翩翩起舞。对他来说也是一样，和她一起跳舞，也必须要努力，才能与她这一副独一无二的优雅体态相得益彰。

"我们配合得非常好。对于舞蹈，我们有着相同的看法。而且我们同样都很严肃。"

对于这些，她谓之为何？

"工作，还有在对待自己的态度上。千万不要因为成功而飘飘然。"

"您有过吗？"

"很年轻的时候，是的，有好几个月。但是

我很快就发现朋友们在逃避我。我明白自己走错了路。"

诺列夫也有着她从前的孤独,在遇见那个巴拿马男人以前的孤独。她理解他。他生活放荡,这点她也接受了。对于他,她始终有一份友爱与尊敬。他遇到危机——他经常变得非常生硬——时,她也总觉得这些危机事出有因。这些危机却源自一种她前所未见的舞蹈智慧。

她在皇家芭蕾舞团的顶尖位置上已经待了十五年,现在她成为该团"永久客串"——为了给别人空出位子。她谈起这件事时显得很实际。但是一切职业外的东西都令她感到心烦意乱。

明天她将跳舞。和诺列夫在歌剧院演出四场。在巴黎的观众面前。巴黎的观众啊,与纽约和伦敦的观众正相反,他们充满了激情,却几乎年年都要换一个主意,只是因为所谓的时尚。

"在这里,我还没有遇到这个问题,"她说,"但是我明白,这有可能会发生。"

就这样，在她身上，与渴望挑战并存的就是这种对未来不抱任何幻想的态度。她看着未来的临近。从表面上看来，它该是什么样就是什么样。而实际上，她让它成为什么样，它就是什么样。

《时尚》，1968 年

蕾奥蒂娜·普里斯

她非常美,犹如刚刚浴罢出水的水神,肤色深暗,闪闪发光,那种金黄的感觉仿佛才从岛上度了大假回来。她不胖,但很丰满。肌肉呈柔软的起伏,让人想起孩子。只要她一张嘴,只要她开口说话,你会觉得围绕着她的声音的,也是这样一种肌肉,因为这么深厚的、天鹅绒般的声音需要沃土的培育。

不消一会儿,只要她吐出最初的几个词,从这"说话的声音"里,你可以听到另一种声音。房间里铿锵回响着,出其不意的,遥远的。那声音从身体里喷发出来,就像贝壳绽开。我们触到了一枚海贝的身体深处。说着话,她已经是在唱歌了。

"我一醒来,甚至在开口说话之前,我就能立刻感觉到'它'的存在，在我身体的深处。"她说。如果"它"正在其位，那就会是一种极致的快乐。

它，谁？歌声。她用威尔第的语言补充道：

"歌声是一种极致的快乐。"

"高贵的黑色魔鬼。"报纸这样评价她。香榭丽舍的大厅济济一堂，在一片陶醉中，我听到有人说："即便卡拉斯的《托斯卡》也唱不到这样的程度！"

她也听见了。她简单地向大家致了意，很自然。她知道，人们对她的声音的所有评价她都知道，知道自己拥有一种别样的财富，知道自己正处在事业的巅峰，在世界的歌剧舞台上，她无疑是第一号危险人物。

"两年以来，我一直很安全。我唱起来能感到一种前所未有的轻松。我想我的声音已经达到了成熟。"

谁是这声音的拥有者，蕾奥蒂娜·普里斯？

我想我已经明白了,两者无法分离。她和这声音。她和"它"早已成为一体。

如果问题换个方式提出来:蕾奥蒂娜·普里斯和她的天赋之间是怎样的一种关系?我们可以找到某种回答。在我看来,这种关系真是空前绝后的,是恐惧、愤怒和爱情的合成。

首先是恐惧。某种恐惧。这神奇的天赋一旦落在她身上,落在这个皮肤黝黑的密西西比小女孩身上,她就必须承受这令人害怕的命运,这一切让人害怕。天降大任,将一种罕见的艺术的信息带至这世界,并且达到顶点。因为只有用她的生命来完成。

由此有了某种愤怒。是的,我找不到别的词。

她控诉,她控诉歌唱。因为歌唱,她没有孩子,没有婚姻,没有属于自己的时间。必须把所有的一切都献给它,所有的时间,所有的精力,所有的激情,所有的生活。所有所有。

"我不会是一个完整的女人了。每成功一分,我便肯定一分。我知道我应该接受我成功,以此代替个人的生活,但这是世界上最难以接受的东西。"

稍事沉默,她补充道:

"没有上帝,这根本是不可能的。没有上帝,一切都不可能。在我生命里的所有时刻,如果没有这份信仰,我根本无法运转。"

唯一的支撑:对上帝的爱。上帝,唯一的动力,也是唯一的支撑。对音乐的爱,然后是对上帝的爱,然后是对自然本性的爱。也包括对她来说永远不可能实现的本性:在密西西比柔软的棉花地里,有一个倾心相爱的男人,远远传来孩子的笑声。

蕾奥蒂娜·普里斯的信仰来自南方,是黑人父亲和黑人母亲遗传给她的。这份信仰单纯而绝对。

每当她想要控诉歌唱,还有这可怕的生活——从一个歌剧之都转到另一个歌剧之都,米兰,拉斯卡拉,莫斯科,伦敦,等等,等等,她就会想起,是上帝要她歌唱的,而我们必须服从上帝。

一回到上帝的身边,她就立即回到她的父母身边,他们住在洛莱尔,这份神圣的使命正是通过父母传递到她身上的。谈起他们时,她就像一个十五岁的孩子,我们会发现,在她心里,有较之歌唱更为坚定、更为隐秘的东西:她爱父母胜于一切。

事情真是奇怪,仿佛她的幸福或者不幸仍然取决于他们。大家都说她一直后悔离开洛莱尔的那幢房子。

"我的父母很简单、安静、幸福。每次回去看过他们之后,我都觉得自己更有力量了。"

毫无疑问,她的父母成了她的孩子。她没能有的孩子。她永远需要他们。她画着十字祝愿他们健康强壮。

除了这份永远不变的爱呢?

"我不是没有过爱情,"她说,"我结过婚。但是我不愿谈这事。"

这事应该发生在——这桩婚姻——她在大路

剧院演《坡吉和贝斯》的时候。之后,这句悲剧性的话"我不是没有过爱情"说明了一切,这份爱不再属于她。

1955年,在卡尔纳吉音乐厅,埃尔拜·冯·卡拉扬听到了她的歌声,立刻把她聘到维也纳。1961年,在大都会歌剧院,唱完《行吟诗人》以后,观众给了她长达四十二分钟的掌声。从此,她开始了耀眼的苦难历程。实际上,现在她只有唯一一个同伴,没有面容,也没有名字,只这唯一的同伴欣赏她,拽住她:观众。

"这是很大的挑战。很重要,观众。但也正是因为它,我放弃了很多重要的东西。"

她没有说是哪些。

她一点也不骄傲。她有着伟大的人都有的一份简单。对降临到自己身上的一切,不论是最好的,还是最坏的,都坦然接受。

"我是美国人,是黑人。我代表我的种族和我的祖国。所以我应当一直做到最好,这样才能更好地代表我的种族和我的祖国。"

谈起她的种族时她非常激动：

"我为自己是黑人感到骄傲。"

她谈到这个种族日渐加剧的苦痛，但也谈到了他们的希望和进步。

"您现在可以这样说，我们不再请求，我们抗议。早就应该这样。"

一直到目前为止，黑人歌手还仅限于爵士乐范围。现在她们开始进军歌剧了。有玛丽安·安德森，有英国的格蕾丝·邦德里，还有她，蕾奥蒂娜·普里斯。

报纸上都说她和七年前在大都会歌剧院唱《行吟诗人》时一样漂亮。一点变化都没有，真是神奇，他们说。为什么？

我突然明白了。站在我面前的，是个四十岁的年轻姑娘。

她得体地穿着一件黑裙。颈上戴着一串细的珍珠项链。胸口一枚首饰别针。她二十五？最多三十?不,别人都对我说不止了。就算明天我们要为她庆贺四十岁的生日吧。有可能的。但是从感觉上来说,她的青春仍然完好无损。这是她最初给人的感觉。是歌唱,是自玩布娃娃的年龄开始就有的一份令人难以置信的保养,使她的心灵得以童贞如初。她笑起来的时候——她总是快乐得要飞,青春在她的唇上绽开,那令人心碎、美妙绝伦的青春啊。

《时尚》,1968年

玛德莱娜·勒诺是个天才

一天晚上，我在她的休息室等她，大厅里的掌声还没有停下，她来了，径直向我走来：

"摸摸我的心。"

她的心狂跳不已。双手冰凉。帷幕落下，是一个死人来谢幕的，玛尔卡布鲁说。一张死人的脸。我往后退去。她此时有些无法接近。得过上几分钟她才能活过来，才能被认出来——她刚从舞台上下来的时候，即便是她自己也不敢相认。我等着她穿好衣服，等着她的崇拜者离去。

然后我抱住她，问她：

"你怎么恢复的？"

她考虑了一小会儿。

"我把一切都忘了。"

"是这样吗？"

"是的，是这样的。"

还有一天，我问她，听到别人说她有天赋时有什么反应。

"我很想大大地骄傲一番，"她说，"可是不行，我什么感觉也没有。我不知道对于一个演员来说何为天赋。对我而言最重要的就是让玛德莱娜忘记，但是根本不行。"

"你已经做到了呀！"

"真的吗？那就行了。"

贝克特和我说：

"她是个天才，从里到外都透着智慧，包括她的身体表面，到处。"

她对我说：天才都是从痛苦开始的。从人物进入演员内心深处开始，到演员把这个人物表现出来，这是个非常可怕的过程。于是，大家都说让-路易·巴罗让她进了一个魔圈，这是在赎罪性的庆典上，黑色猎手围起来的魔圈。任何人也没有权利靠近这个活标本。让-路易总是带着无尽的温柔和她说话。

"如果让-路易在那个时候碰了我,我肯定会痛得大叫。"

酷刑持续了两个星期左右。玛德莱娜身处恐惧之中。她睡不着,吃不下,日渐消瘦。得等待。奇迹尚未产生,恐惧却一直挥之不去,这样的事情还从来没有发生过。也是突然之间,痛苦和寻找就停止了,玛德莱娜·勒诺跳出了这个魔圈。当然,这是因为她不再等任何人物进入她的内心。

"有时只是一个非常愚蠢的细节。对于树夫人,就是一顶帽子。她戴上了圣罗兰的帽子,一切就成了。应该说彩排时工作已经完成了。比如说,要演一个夫人,整个夏天我都在观察老太太,她们是怎么走路的,她们穿的鞋子,这些非常重要。"

我只有一个问题:你怎么做的?

我不再问了。一点用也没有,她也无法回答。

她不知道。哪怕是对她自己而言,她也显得那么无辜。我情愿看着她,听她说些别的事情,当然,总是关于戏剧的,关于大家对戏剧的看法。

我仔细地看着她,听她说。我看得出她很善良,这个著名的微笑的确是很美,她的目光清澈明亮。但是我也看到了——那些与她一起工作的人怎么会看不到呢?——我发现在玛德莱娜的身上有一种强烈的野性,一旦需要产生,她会毫不犹豫地乖乖听从第一感觉的命令。

玛尔卡布鲁这样说她:这是一种悲剧性的无辜。这话让她很感动。我们也许还可以说:这是一种属于荒蛮时代的悲剧,当然教养相当良好——这是另外一回事,此时的悲剧会感谢我们,所忧虑的只是怎样"为我们更好地服务",能够完美地演绎马里翁的戏,但是这悲剧还在等待,等轮到自己发言的那一天。现在这悲剧开口说话了。几年前就开口说了——就在宣布自己上演的那个晚上。现在,在青春即将流逝的夕阳中,这悲剧跳了出来,它在呐喊。

我们说：她演了贝克特、比耶杜和杜拉斯笔下的夫人。但这又意味着什么？

事实难道不是在于她已经征服了这些夫人，把她们远远带到她的洞穴里，然后吃了她们？

不管她是怎样穷尽耐心地麻醉、疯狂，直至不再知道自己，或"她们"是谁，她于其中究竟是一种快乐，还是一种痛苦？

我们那些日渐苍白的书又还剩下些什么？没有一个词是她未曾创造过的。

我不愿再和她谈她所谓的树夫人。但是她一直耐心地等着我，等我有胃口和她说点什么——差不多要彩排的时候——她问我，依旧带着这份疯狂：

"跟我说说，这个人究竟是什么样的，也许就是你的母亲，跟我说说看？"

"好的。"

她要看照片。我给她看了一张，年轻时候的。

我还告诉了她一点有关的情况,一个人物最外在的那些东西。这个女人是帕德卡莱地区农场主的女儿。当地土著学校的教师。小学里的一个小头头。于勒·弗里是她的老师。

"但是还有呢?她的裙子?"

"没有裙子。只有口袋一样的衣服。一点也不时髦。渐渐老去,她变得非常生硬,她想对她的过去一无所知,她不想知道自己培养了许许多多为自己国家独立而斗争的领导人物,她不愿回忆,她只要自己的那份绝望,完全的。"

"还有什么?"

"她很瘦。"

"还有呢?"

"在她的三个孩子中,她最喜欢长子,他非常了不起,非常温柔,可误入歧途。"

"好了,我知道了,她一直最喜欢他吗?"

"一直如此。"

"谢谢你。"

自此以后她没有和我再提及这事。她见到了伊夫·圣罗兰。他们不断见面。她很少说话。那个时期她一直为痛苦所折磨，少有喘息的机会。接着这段日子终于过去了。

接下去，有一天，我到了奥德翁剧院，去看一个时装展示会，在大厅的门口，我呆住了：我的母亲出现在奥德翁剧院的舞台上。

她那丰满的身体，年轻的、敏捷的身体，突然变得毫无生气，暮气沉沉，软弱无力。那个尘世之中的玛德莱娜，那个巴黎人玛德莱娜正坐着牛车视察热带平原上的小学。还有她从橱底拿出来的裙子，星期天在家穿的，口袋一样的裙子，我认出来了。

"你怎么做的？"

"我一点也不觉得难堪。必须这样。如果你们要求我把裙子挽到肘部，我也会做的。不能有一点点的羞耻感。"

"我要为你写一出好女人的喜剧，十个女人，一个男人也没有。"

她高兴得简直要爆炸了。

"啊!"她叫道,"女人有多混乱啊!用这混乱,我们可以写出多么美妙的戏呀!如果你是一个演员,你就得学会表现这份混乱,而不是要清除它,恰恰相反。"

她为自己做了一会儿梦。

"你不认识我。我很矛盾。你看,在上了年纪的人物里有一种沉淀和积累,年复一年的堆积。如果你还很年轻,你就不够分量,于是不能演像树夫人这样的角色。如果你太老了,你又演不动了,因为带着岁月的沉重,带着所有的身后事去演戏是非常累人的。"

她对我说,她很幸运,因为从一个十年到另一个十年,她总能找到符合自己身体发展的角色。除了三十五岁之前。三十五岁之前她一直还像个孩子——以至于作为一个法国人,她说,简直没有什么角色好让她演的。

她要演戏，演还活着的作家的戏。就像某些疯狂迷恋戏剧的年轻人，她也认为古典剧目可以稍微退后一点了。

"刚做这份职业的时候，应当用古典戏剧充实自己，但是之后应该很快转向当代戏剧。然而，当代的戏剧作家太少了。在二月份即将推出的五部戏中，没有一部是法国的，但是，我觉得法国有很多好演员，简直有一个七星剧社，我真为此感到欣喜。"

她对电影有什么想法？除了觉得电影比戏剧要容易得多，她没别的什么好说的了。

"戏剧，是一件非常非常可怕的事情。一般人不能够习惯，"她说，"总是恐惧，怎么也驱除不了。"演出前的两个小时，她把自己关在休息室里，独自一人。她在做什么？或者说在这两个小时里都发生了些什么？她在准备旅行，远离一切，能走多远就走多远，只要不走出这场戏。无论如何，这就是戏剧，纯粹的迷失。她说的那个洞在哪里？

那个晚上,贝克特发出上路信号的那个晚上又在哪里?在伊朗?在哪一片沙漠里?而这望着古老孩子的桑巴舞的目光啊,它的界限又是在哪里?

《时尚》,1966 年

美丽娜

她实际上有那么高吗?也许没有。

髋骨很窄,肩很宽,腿和手似乎长了点儿,头高高地扬起。每个动作都很到位,很优雅。

美妙绝伦的女人?更甚于此。造物主美妙绝伦的杰作。

从头到脚来看,这座雕像的黄金分割显得有点夸张,不知道是怎样的一个比例。第一次看到她的人简直要被吓着。而如果你不钟情于这份气度,你恐怕就再也见不着她了。

她很美,就像一个年轻的田径运动员。也许在这样一份完美里,男女的差别并不明显。性别歧视只在人类的范围里才会存在。但是我觉得在美丽娜身上没有这个问题。她的美超越了一切界限,像所有形式的生命，可以是一匹马，一棵树，却也是一个女人。

头发是金色的。浓密的长发下，看着你的是一双令人惊叹的、黄褐色的眼睛。嘴巴很大，但是在这张脸上显得刚好。她光着脚，几乎成天穿着男人的衬衫和裤子。头发马马虎虎地梳了一下，有几绺垂在眼睛前。她不像一般人这么坐着，喜欢把脚垫在自己身子底下。要不然她就躺着。她总有一种不知来自何方的神情。仿佛才从山上或海边跑来，反正绝对不是城市里的孩子。

生活中有她喜欢的人，也有她不喜欢的人。但是一旦超出她认识的范围，她爱整个人类，她喜欢希腊、巴黎和舞台。

列维·卡罗尔说过，笑分两种，一种只是快乐的笑，一种是有趣的笑。在美丽娜的眼睛里，快乐的笑是一种包含无尽温柔的微笑。而有趣的笑在她那里则变幻无穷了。美丽娜放声大笑时从来不顾忌时间、地点和场所，不顾忌周围都有些什么人。

无论何处，无论在谁面前，美丽娜总是在笑，她自己也无法控制。

"她是不能'出场面'的。"达辛说。在正式的场合，她总显得非常不快乐，这方面她不会演戏。

只要你认识她，你就不会愿意用优点和缺点这样的字眼去谈论她。你会尝试着径直走向她内心深处的本性所在。

美丽娜所谓的性格也许表现在她与周围环境的和谐上，然而这份和谐本身似乎就是可以忽略的。在美丽娜的本性与外在的世界之间，似乎没有任何关系。她不喜欢心理剖析。她就在那里，完整的，在你面前，但是她又似乎根本不在。伪装，妥协，折中，她根本不知为何物。

美丽娜的本性是我所能遇见的最美的本性之一。这是一种慷慨与智慧的完美结合。美丽娜的爱深而且广。她所激起的热情远远超越了个人的范围：我们会庆幸周围有她这样的人存在。我们向着太阳，向着美丽娜。她张开双臂，我们便向这智慧奔去。如果说我们在她身边,在这个没有家、没有家的需求的人身边感到幸福,那是因为有她在,她的出现就意味着家园的存在。

"对你来说意味着什么:在家?"

"我不知道。在我的生活中,我不知道在家是什么意思。在我家意味着有很多人,而不是地方的概念。如果我和一些人在一起,并且能在他们之中得到休息,能想说什么就说什么,我就在我家了。"

"不过说到底,你总会想念什么东西吧?"

"大海。但是除此之外没有任何东西会让我想念。温馨的家,我讨厌,我根本看不起这所谓温馨的家。"

"你没有任何属于你自己的东西吗?"

"没有。我最大的骄傲就是一无所有。无论如何这是一种非常可怕的骄傲,不是吗?相信在这个人人只想着占有的世界上,居然有人可以不占有!有一次我有过一辆属于自己的汽车,我用自己在希腊的工资买的。雅典所有人都可以开它,除了我自己。"

"如果你继续这样,把你挣来的钱都花光,以后你会成什么样呢?"

"我永远不会没有家。我的朋友们对我说:不要害怕,以后你会在我们家有个房间的。是这样,我知道,以后我也知道自己可以往哪里去,这对我来说就足够了。"

从来她都不知道她所处的环境装饰成什么样子。她说,在这方面她的确无能。剧院和电影院的装饰她会注意,但其他地方,她一概不理。

"如果身边有我喜欢的人,去哪儿都无所谓。只有在我生病的时候,我想一个人待着,但是门背后要有好多好多的人。"

自从遇见了于勒·达辛后,她便一直生活在他的一家国际大饭店里,那是前所未有的奢华之所。可是,除了浴室和柔软舒适的沙发还在,其余的一切,尤其是属于小女人的"漂亮玩艺儿"全都从她的一片世界里消失了。

"我无法接受孤独,"美丽娜说,"孤独非常自私。除非天才,天才可以孤独。如果你是个普通人,像普通人一样生活,孤独便是弱点。"

她微笑着补充到,即便不喜欢孤独,也并不妨碍自己在某种程度上成为一个"神秘"的人。

的确,在这份高贵的漫不经心里,在这份对占有、对做戏的蔑视里,有的是对自由的神秘向往和投入。在美丽娜的身上,自由不仅仅是把缆绳割断,而且是另一类拥有的基石。不占有也是拥有,一无所有便是对任何具体化和特殊化的否定。

一无所有意味着拥有雅典,拥有大海,拥有爱情、快乐,也意味着拥有单纯的绝望。

美丽娜就是这样的,是大海的信徒,是自由的信徒。

她的周围没有森森壁垒。她就这么赤裸裸地站在她的世界里。精神意义上的流浪者,美丽娜,她也是一出活生生的现代悲剧,这出现代悲剧并非像我们想象的那样,要向过去挑战,它呈现的是一种令人混乱的清晰。我就是你们所看到的这个样子,美丽娜说,不容任何讨价还价,我不会做任何讨你们欢心的事情,但倘若你们对我无所期待,我会做一切的。只有这样,她说,我觉得才能让你们感到高兴。

夏夜的十点半

她四十岁。

在达辛刚刚结束的片子《夏夜十点半》里,她也是四十岁。

我相信,我甚至能够肯定,她饰演玛丽亚的时候,完全是她生活中原本的样子,身体和灵魂。

她就是玛丽亚。她的丈夫(由皮特·芬希扮演)叫作皮埃尔。他们共同的那位年轻而温柔的朋友(由罗密·施奈德扮演)叫作克莱尔。

时间消融了一切爱情,皮埃尔和玛丽亚之间

亦是如此。玛丽亚以一种平静的绝望接受了这份无法避免的失败，年龄和爱情的结束，所有的结束。她没有抗争。她喝酒。对于爱情的结束，玛丽亚怀着同样的一份激情和乐趣去经历，就像爱情开始之初。为了达到这个可怕事件的高潮——结束，玛丽亚必须喝酒，她也确实这么做了。就这样，她看着自己日渐沉沦。玛丽亚看着玛丽亚不可避免的命运，她看着她溺死。自尊，冷血。

但是，她想要做点什么戏弄命运，或者更确切地说，是命运向玛丽亚垂下了钓饵，而她抓住了。

在皮埃尔和克莱尔之间存在着一种相互的吸引，但两个人对此仍然一无所知。玛丽亚，她，几个月来却已有所留意。这份尚未宣告存在的爱情，玛丽亚，她，几个月来有所留意。感情转移了能怪谁呢？不能怪任何一个人。那怎么办呢？不要阻止爱情的发生，因为爱仍然是这尘世上最美妙的一件事。即便是承受痛苦也就这样袖手旁观吗？是的，但是有办法使这种痛苦变得可以承受，那就是成为作者。我把克莱尔给你,玛丽亚可能会说——如果她开口说的话——我把第二个妻子送到你面前,这样我就能参与你们的爱情。你们的爱情会有一个作者,就是我。

玛丽亚邀请克莱尔和他们一同到西班牙去度假。夏天的燥热有利于情感的产生、爆发,有利于欲望的膨胀。一切都会成功的。

这种三个人之间的爱情名曰"三角恋"。通常不能够为人们所接受。在旁人看来,这种"三个人的家"是非常可恨的。因为爱情的模式还停留在中世纪的年代,应该是绝对而永恒的,到达信仰的程度。一旦宣告了爱,就意味着宣告爱一辈子。会不会有一天,我们可以说"目前爱的是你",或"我爱你,但仅是现在的你"?也许永远都不会有这一天。

这是晚上。有暴风雨。他们到了一个小村庄。电出了故障。旅店里挤满了由于暴风雨不能回到马德里的游客。在这个小村庄里,才发生了一桩罪恶事件，一桩晚报上的花边新闻：一个年轻的农民不久前杀了他的妻子和妻子的情人。警察正在到处找他。

旅馆里一片混乱，灵魂，感情，就在这座没有光的小镇里，藏着年轻的罪犯，罗德里歌·帕斯特拉。

也正是利用了这片混乱，皮埃尔和克莱尔才得以交换他们的初吻，在阳台上，走廊的尽头。这时，玛丽亚从另一个阳台上看见了他们，看见了她一手缔造的苦涩而可怕的胜利。而同时——完全同时——她看见在壁炉边，棕色的被单下，蜷缩着一个人：罗德里歌·帕斯特拉就像一只穷途末路的老鼠，在曙光中等着束手就擒。

玛丽亚出了旅馆，她飞跑着，她把帕斯特拉带到离村庄几公里远的田野中，她以为她救了他。

第二天，她去田野里找他，想把他领回去，但是她发现他已经死了。夜里他自杀了。他应该是死于爱情，他没有说一个字，拒绝任何解释，或者是不能够，或者是蔑视一切解释。

接下来的一天，她一直处在这件事的阴影中。趁玛丽亚喝过酒午睡的机会，克莱尔和皮埃尔成了真正意义上的情人。玛丽亚产生了幻觉。共同冒险救出帕斯特拉，穿越整个西班牙，或许能够幻化他们老去的爱情。但是帕斯特拉，这个糟糕透了的演员自杀了。再也没有什么可做的了吗？不。没有了。

克莱尔明白了玛丽亚究竟要的是什么，明白了玛丽亚可怕的矛盾心情，她把皮埃尔给了她，其实是想再度占有他。克莱尔开始爱皮埃尔了，于是她骄傲地等待着最后时刻的到来。

这个时刻，玛丽亚最终还是给了他们的，在马德里，就是当天晚上。在帕斯特拉的绝望中，玛丽亚看见了疯狂爱情的失去的天堂。与他相比，他们的困难似乎显得不值一提。一束强光照在这个事件上。正是因为偷偷摸摸，甚至充满谎言，通奸才愈加美妙。如果没有禁令，此事根本毫无乐趣可言。玛丽亚消除了禁令,让他们想干什么就干什么吧,她退出游戏。在马德里,玛丽亚处在一种可怕却美妙的孤独之中,就在这个假期的夜晚。令人揪心的失败?胜利?

因为,他们,别人,没有她会怎么样?我们不知道。

《时尚》,1966 年

西尔维亚和她的灵魂

西尔维亚是法国最伟大的女演员之一,在很多部戏剧和电影里出任主角,其中最有名的是勒内·阿里奥执导的《老太太发怒了》。

"你肯定是弄错日子了,你根本没有八十三岁。"
"你想我是不是该把出生证明书要来?"
"也许吧,我可是很严肃的。"
"我也愿意像你这么想,但是我不可能弄错,所有的人都说我不可能有八十三岁,所有的记者。他们还问我有什么养生法。下次我要说我一百岁了。"
"你的秘诀是什么?"
"我不知道,我对此一无所知。我没有做过一次整容手术。不过我一直注意不要让自己太胖了，因为我的鼻子跟着我的肚子走，肚子一大，鼻子也会肥的。这就是所有的秘密了。啊！可能还有，那就是我从来不把自己当回事儿，从来不。但是，你倒说说看，我现在应该是什么样子？我应该做什么，你愿意告诉我吗？"

"演戏？"

"不！都结束了！也就是说……我会去美国的，在那里我要演阿涅斯，我会重新开始一番事业。你还想让我做什么？我第一次登台，是在《阿塔莉》里演小若阿斯，我已经完成了这个角色，我画完了这个圈，你明白吗？"

和安托万老爹

"有很多人找你演戏吗？"

"我不想再演了，我和你说过，都已经结束了，就是这样。首先你想让我演什么？作为一个导演,你又能给我什么样的角色呢?弄到头来我也得忍受你,你也得忍受我。我的脚也迈不动了,台词也记不住了,我可不能这样去演戏。我是安托万老爹捧起来的。得下楼梯,面对观众,走到舞台脚灯那里,然后往右转。'注意脚灯,夫人!'我的演出生涯就是这样的。和安托万老爹在一起,就必须走到观众面前,走到自己的位置上,动作干脆利落,不能东倒西歪,也不能后退。在戏剧舞台上,必须往前冲,把一切都忘掉,得学会失去。我就是这样做的。"

"你喜欢哪些演员?"

"我喜欢弗莱斯奈,喜欢他演绎人物的方式。还有莫罗也不错。我喜欢洛莱·拜隆。啊!拜隆真是很好。还有芭铎,她很聪明,她已经坚持了十年了,你有没有想过?"

"吕西安·波凯特呢?"

"相当不错,但是懒了点儿,这是她的缺点……"

一大清早

"你从来没有停止过演戏吗?"

"没有(声音很低)。现在我对这个不感兴趣了。我去剧院,我喜欢去那里,但是对我来说……你知道的,我十六岁开始就干上这个了。也许我喜欢过这一行。"

"也许?"

"唔……既然我那么忠实于它……我曾经也喜欢过干别的事,但是我自己……不过,我没法肯定自己是不是能够做好……比如说做一个一天到晚和孩子待在一起的家庭主妇。"

"如果说法国的戏剧界正面临危机,你认为是什么原因造成的?"

"不是演员。"

"导演?"

"在我看来,导演有点多得泛滥了,鱼龙混杂,散作一团,你跟都跟不上。他们不团结,不能够对演员有所启示。不过，这一行里还是有皮特·布鲁克，有罗杰·布兰，有让-路易·巴罗。还有让·维拉尔。向让·维拉尔致敬。当然还有别的一些……"

"你每天都干些什么？"

"是的，我每天都干些什么，你能不能告诉我？你知道，我天生如此，死的时候也还是这个样子。我也不知道自己成天都干些什么。"

"你来自哪里？"

"巴黎，第十三区，你知道吧？往上走，在贞德广场那里。我经常一个人回到那里去。变化不太大。我父亲是跑船的，在'经过家门口的平底驳船上'。我母亲是个小学教师，是个天使。"

"你烦吗？"

"你看，有点奇怪，我挺烦我母亲的。如果我觉得烦，那几乎都是因为她。但是我最终要走的时候，不知道是否还有相见的一天，我又觉得那都是些小事情，只是我对自己说：也许，也许我们还能够重逢。在生活中,如果你遇到什么事情,总想找个避风港,是吧?本能的,那好吧,对我来说,我的避风港就是我母亲。在我的一生中,从来没有经历过真正的爱情。我只有她。她是我的孩子。我知道。如果她还在的话,应该有一百多岁了,但是没有用了,她在1924年死了,我一直无法从失去她的悲痛中恢复过来。"

"你以前想过有一天你会失去她吗?"

"不,我不知道这一点。这也就是为什么我没有要孩子。她是我一生之中最伟大的爱,也是我一生中最大的悲。你瞧,如果让我回忆我的第二青春,我唯一能想起来的就是她那张小小的脸。那天,我告诉她我得了戏剧表演一等奖,得到了一枚奖章。除此之外,我什么也想不起来。"

"你认为六十岁和八十岁有差别吗?"

"没有任何差别。我不知道都发生了些什么,反正是什么差别也没有!如果我告诉你我现在比三十岁的时候还轻快,你相信吗?我应该步入老年了,可是我的性格倒越发像个孩子了。我又变得唠叨、好奇、嘴馋,可我以前不是这样的。听着,你说说看,我该怎么办?我去看医生,给打发了回来,我什么病也没有。但是你知道,也许某一天一大清早,我一下子就没命了,我最希望的就是这个,是不是很有趣?"

鸟儿唱歌的时候

"你每天都出门吗?"

"这个……当然。我要跑步。我喜欢跑步。"

"你肯定有秘诀的,要不然不可能。"

"我没表。这算不算?"

"谁知道呢?"

"鸟儿唱歌的时候,我就打开我的百叶窗。如果天是灰的,我就重新睡下。不管什么时候,我都可以吃饭,睡觉也是一样的,不管什么时候。一生之中,我从来没有准点干过什么,也从来没有准点停下过什么。计划有什么用?你要知道,你现在让我谈我自己,可是我是不是了解我自己呢?我可不这么认为。我所知道的一切,就是我从来不把自己放在眼里。不做我自己的时候,我都能表现得很好。我甚至成功地演过布尔岱笔下的让娜·达尔拜,不过那个角色很漂亮。"

"你接待朋友吗?开晚宴吗?"

"不。我不会开晚宴,我不知道怎么接待朋友,你知道的,我干不了大事……比如说,我想做缝纫,真够呛!我先剪,然后把布再缝起来,我不知道。我邀请朋友去奥德翁剧院附近的一个希腊小酒馆,萨马科斯。要当心我跟你说的话。瞧瞧,夫人,我的这些笨拙之处并不能阻碍我重新开始,我相信你懂。"

"在哪里重新开始?"

"月亮上。"

"你有朋友吗?很多?"

"不很多。我有一些同伴。可我不知道我们的友情始于何时又终于何时。如果我感到痛苦,我不会叫醒任何人向他诉说的,所以……"

"作为一个演员,最糟糕的是什么?"

"缺少天赋。"

"别说笑话,我很严肃。拍了一系列糟糕的电影,或是演了一系列糟糕的戏是不是对演员损害很大?"

"不。你可以拍上三十部坏片子。如果在第三十一部时你找到了适合自己的角色,你就能重新站立起来,重新开始。"

正是最有魅力的时候

"你平常和谁来往,你这个年龄的人吗?"

"不,我这个年龄的人都有风湿病,动不了。"

"你多少也有点吧?"

"一点没有,想得出来!我跟你说过,我正是最有魅力的时候,我不知道都发生了些什么……我经常患消化不良，因为我吃得太多了。有很多人都去世了。安托万老爹，布尔岱，加缪。加缪写过：'加紧享受吧，应当尽快摘下快乐之果，因为在它的阴影中会同时开出痛苦和死亡之花。'这是《奥麦多骑士》里的台词，我在阿维尼翁戏剧节上演过。"

"你最近演的电影和戏剧有哪些？你最喜欢哪些？"

"戏剧方面，有《老夫人的来访》，电影方面是《原罪的天使》，1940年拍的，老了点，不过还是算进去吧，还有一部《舞会记事簿》，也挺老的，不过也把它算进去。最近拍的是《老太太发怒了》，还有它的姊妹片《拜尔贝歌尔》，我演郝德温夫人。我被生活宠坏了，我可以就此停下来，你知道的。"

"跟我谈谈你才和勒内·阿里奥拍的《老太太发怒了》。"

"我们在埃斯塔克熔岩地区拍的，租了一幢妙不可言的小房子，非常开心，我们住在幸福城，或者叫什么光芒城吧，我记不清了。我们从勒科尔布西埃出发到埃斯塔克，我们去了土伦，我们还去买东西。这是城堡的生活。我们处得很好。勒内·阿里奥真是不可思议。"

"给我一张你演贝尔特夫人的照片。如果布莱希特没有骗人的话……再给一张你年轻时候的照片。"

"拿着，年轻时候的照片，是演一出很老的戏：《玛丽·让娜或普通女人》。1913年以前的事了，还没什么人生出来。这个题目挺漂亮的吧？但是你不知道这出戏，你什么也不知道。"

"你什么时候才能严肃起来？"

"再次见到我妈妈的时候。好了，一切都结束了，我要关上我的百叶窗。行了，百叶窗关上了。"

《新观察家》，1965年

芭铎皇后

即便不想知道她,他们也做不到。从斯佩尔曼红衣主教到戴高乐将军,没有人不认识她,并且,只消一眼就能认出她来。我们几乎每天都要谈论她。无需在时事新闻里找寻机会谈论她,她本身就是时事。她是法国的时事,甚至是世界的,因为电影代表了心灵的向往。

二十四岁。却是世界电影最灿烂的光华。目前的片酬一亿法郎。碰巧她是法国人。照理说她应该是来自别的什么地方。对她而言也是碰巧这样了:她是一个法国人。

法国人,一会儿是可爱的美丽城小浪女的形象,一会儿又是都兰地区的琥珀色的眼睛,她落在所有人的心灵和身体里,连日本人也不例外。(事实上，在民主共和国家里，她又会怎样呢？）从日本到纽约，反之亦然，她代表着男性不愿承认的欲望所在。她潜在的不忠属于一个非常特别的范畴——一种走向丈夫反面的不忠，这种不忠使她成为一种"蜡做的女人"，可以随意地塑造、融化，直至死亡，甚至包括死亡在内。

我们给了她一个真正属于她的名字：芭铎皇后。

很多女人不喜欢她。她们从不正面看她。她们从反面看，因惊怕而向后退去。我很抱歉这样说我的同性，但是这也正是这篇文章的目的所在。她们把她看成红颜祸水，会像飓风一般降临在男人身上。而她的可怕之处正在于她的自然，尽管别的女人自认为对她们的男人颇有益处，在这一点上她们却永远无法与之相提并论。

但是，尽管被女人赶出了她们的家庭，芭铎皇后还是策马急奔回到了这些家庭中，就像大自然……在法国尤其——因为我们最能够感受到她的威胁，任何一个沙龙，不管是第戎的还是巴黎的，都无法舍去她不谈，一次或三番。即便仍然认为她是自然灾害，如同洪水，抑或暴风雨。

这些女人——不喜欢她的女人——就在最近这几个星期前还对她颇有微词。但自从《不幸发生时》放映以来，对她的不利之词大大减少了。最糟糕的事情发生了：芭铎皇后以前所未有的方式演绎了她的人物。换了任何人都无法做到，在她与她的人物间，有一种神奇的完美吻合。于是有人说，她就像在街头漫步。当然，这是真的。这里的芭铎正径直从玛丽广场走到圣托佩兹广场，然后登上屏幕。或者，如果你愿意，她正和你穿越同一条马路。在《月光里的首饰商》中，她为自己的存在感到厌烦。而在《不幸发生时》中，她却为自己是芭铎感到幸福——就像一只猫和它的孩子们在一起，灿烂，丰满，终于能够觉得与自己名声相符了。我很遗憾有人不喜欢《不幸发生时》。但是我为这部电影感到狂喜，为芭铎皇后的存在，为她战胜我而狂喜。在这之前,我仍然怀疑她,就像怀疑有可能并不真正存在的鼠疫,怀疑她是伪装的、做作的。我是多么高兴啊,这真的是一场真正的鼠疫!

在席卷她的潮流中——她和她的同伴过去都同属于这个圈子——只有她跳了出来。从此以后她超越了一切属于这潮流的限制和协调。弗朗索瓦兹·萨冈曾在她一篇相当不错的访谈中提到,她们这一代比先前的一代要聪明(在我看来,"狡猾"应该更合适一些,但也许我说得太多了),现在,我觉得芭铎皇后应该已经不再属于这种或那种的现代潮流了。她的脚是干的。别人都被潮流吞没了,在潮流中前进,当然带着这种潮流的长处,或大或小。她,独自一人,就像是电影或女人之车的车头,因为我们需要。她向一切长处和优点挑战,甚至更甚于此:她砸烂了这些长处和优点。因为对于别人,我们总是可以想,他们会在一定的意义上有所改变的,时间会帮助他们。但是她不容许我们对她有所期待,不容许我们相信她的能力。因为这等于要我们相信她的高峰已经到来。五年后她会变成什么样子？能变成什么样子？

你一定要去看一看《不幸发生时》，看她从地铁上下来，穿着高跟鞋，这样你才能意识到，这个故事迟早有一天会发生在她身上。想当年，她也应该是穿着这双高跟鞋——十六岁——从她家里出来，走了一百来米，直至第一个路口，应当是这里。不管我们以什么样的方式蔑视名誉，不管我们以什么样的方式否定现行的道德模式，还是经常不能防止别人用肮脏的眼睛看着你。这就是芭铎皇后的处境。人们会想，如果她是英国国王的女儿，那么玛格丽特公主不会有错的。但是芭铎皇后不是英国国王的女儿，所以没有道理她和玛格丽特公主一样有名。

一千九百五十八年了，在基督教义中散布着一种有机的谎言，我们都知道。男人和女人不敢再直面这一类的场景，因为这些场面会将他们置于贪淫或欲望之中。我听到不少男人提到芭铎时说："就算把世界上一切珍宝给我，我也不要看。"是的，继续这类的谈话不会有任何危险。而且，一边，妻子正满意地望着她的丈夫。芭铎皇后就是这份威胁的化身，矛头直指婚姻制度，（又有哪个男人不想像加本[1]那样来一下呢？）她敢于直面这一切，于是她那可怕的勇气便应该遭受指责。除此之外，她性格很坏，我们再度补充道。

埃娃·加德奈[2]和丽塔·海华斯[3]唤醒了悲剧性的、致命的（"神秘"一词令人厌烦，我不愿用在她们身上）激情，而芭铎皇后唤醒了通奸的、意外的爱情。她让人相信，每个人都有可能遇到属于自己的芭铎皇后。她并不是美得惊人，但是她很可爱。她具有女人的美，但却像个孩子一般灵活柔软。她的目光是那么简单、直接。她首先唤醒了男人的自恋情结。如果有一个像她这样的女人投入我

1　Jean Gabin，法国演员。
2　Ava Gadner，美国演员。
3　Rita Hayworth，美国演员。

的怀抱，男人会想，我会塑造她，以我自己的、疯狂的方式。她会像任何一个别的女人那样从属于我，而我在她的身上，能够满足所有征服的欲望。因为一个完美的女人总会或明或暗地告诉男人，她是可臻完善的，有着无限的可能性，通过他的悉心照料，他可以对她行使一种至高无上的权力，这种权力甚至可以达到野蛮的程度。芭铎皇后正站在这道德坍塌的边缘，在她的身后，道德外的丛林打开了大门。一片不存在任何基督徒式的烦恼的土地。

《法兰西观察家》，1958 年

卡拉斯[1]

只差一个字母,她的名字便成了世界最著名的歌剧院的变位字,甚至连发音也很像:斯卡拉[2]。

她已经在世界歌剧舞台上统治了十六年,无可匹敌,举世无双。她的每一次出现都可谓一桩轰动性的事件,她穿梭于各国首都之间,所到之处,或引发骚动,受万人景仰,被吹捧上天;或遭人嫌恶,被拒之门外。一言蔽之,她是不可摧毁的。任你喜欢也罢,不喜欢也罢,卡拉斯极富灵性的演绎推动了歌剧艺术的复兴,她的探索不但还歌剧以青

---

[1] 该文法文原稿已经丢失,收录书中的为英文翻译稿,刊登于美国版《时尚》杂志 1965 年 10 月号。卡拉斯是希腊歌剧演员,20 世纪最著名的抒情女高音之一,1923 年生于美国纽约,1977 年卒于巴黎。——原注
[2] 斯卡拉歌剧院,意大利著名歌剧院,1788 年由皮埃马里尼设计建造。

春和生命,更让歌剧事业走向其魅力的最高点。

她的存在使歌剧演唱不再是纯粹的好嗓音的卖弄。她使得歌剧中所隐藏的诗意变得生机盎然,她重新唤起了故事的魅力。所有的睡美人都在等待着她。十五年前,在卡拉斯以前,托斯卡[1]又何曾让人流过眼泪呢?

她是戈耳工[2],是美杜莎[3]。完全是19世纪的味道。她集萨拉·贝尔纳特与杜伊斯[4]的形象于一身。有人会说,她是世纪之交的一株花儿,她应该认识达南奇奥[5]和普契尼。这张瘦骨嶙峋的脸绝不属于我们这个时代。粗犷的五官。阔嘴就像某种深海鱼类。是为吞噬生命而特制的超大号的嘴。她一

---

1 托斯卡,普契尼作曲的三幕歌剧中的人物。
2 戈耳工,希腊神话中的蛇发女妖,传说如果有谁望她们一眼,旋即会变成石头。
3 美杜莎,希腊神话中人物,蛇发女妖中最小的一个,目光能穿透人的脑袋。
4 杜伊斯,美国女演员,19世纪末20世纪初人。
5 达南奇奥,意大利象征主义小说家、诗人和剧作家,著有《欲望的孩子》(1889)和《火》(1890)等作品。他代表了第一次世界大战时期浪荡公子的形象。

成不变，对爱毫无所知，甚至连卖弄风情也不会。她是她那个时代的丑女人当中最漂亮的一个。这份超凡脱俗的丑陋只属于她一个人。她永远无法进入潮流，就像玛琳·黛德丽[1]和碧姬·芭铎。秘密在于，这张脸只能远观，于是她的乐队离开了舞台。在脚灯炫目的光华后面，没有任何一个人能够赶得上这个丑女人的魅力，能够如她这般光彩夺目。她的身体？一种特殊的姿态，这姿态上，是高高仰起的头颅。那神秘而戏剧性的声音魅惑了成千上万的听众，使他们沉浸于一种别样的艺术方式，然而就是这样的艺术，在她之前是绝对不会有人喜欢的。

纵容暴戾，善变，甚至其他更严重的弱点，以便成为天性所塑的样子——这一切会造就一个"野心家"吗？我想不会的。这已经不是一场单打独斗的战役，她所做的一切都不是被迫的，她不是一个牺牲品。做了卡拉斯，就意味着"个人"的野

---

[1] 玛琳·黛德丽，美国德裔女演员、歌手，因主演《蓝色的天使》一片成名。

心亦是承担起他人的责任。我相信,她一定听到了前世便赋予她的一种秘密信息,而且她知道,她知道她具备这份力量,把她的艺术,把整个歌剧艺术带至顶点。毋庸讳言,她以母狮般的活力战斗着,在另一个活在她体内的女人的名义下,她不是这个女人,然而现在我们的确把这个女人和她混为一谈了,她——卡拉斯。

《时尚》,1965 年

让娜·索盖

我第一次看到让娜·索盖的画是在 1973 年，马萨里纳街的瓦雷里·斯密施画廊。在墙上，有一群女人，高而壮，肌肤细腻，线条流畅，色彩流溢。一些正在拖轮子，另一些则站在满是轮子的地方，可以称为"轮地"，带齿的，不带齿的，机器上的，小的，大的，各种各样的轮子。所有的女人都有一种呆愣愣的目光，眼皮很沉重，半睁半垂，眼珠一动不动。同样，所有的女人脸上都有一种懒洋洋的、沉重的表情，一张柔软的，仿佛伤口一般的血盆大口——有时一张脸上甚至有好几张嘴。所有的这些轮子里的女人都是外表粗壮，实际却很驯服，远离自己的意志。所有的，所有的我都认识。我向她们所有人微笑，内心充满了喜悦。是的，再度相见我很高兴,就像我不知不觉地走入她们的洞穴,却不知道自己一直在等待这一天,就像我终于看见了她们,却不知道自己一直想要见到她们。直至微笑之时,我才发现自己正在冲她们微笑。喜悦一下子降临了,出乎我的意料,然而却是那么强烈的一份喜悦,似乎远比我自己要消息灵通,它进入我的灵魂,直至我有所醒悟。因为我并非立刻就知道这些女人是谁的,这些已经成为齿轮的轮女,她们只是围着我,高悬在空中,外表生动绚丽,弧线柔和,肤色光滑,嘴唇的弧线,还有那齿轮的弧线都是一种神秘的绘画符号。渐渐地,这些大个子女人,这些妓女才从我自己熟知的历史中跳了出来。我的姐妹?是的,我的姐妹,这些没有来处、没有背景的芭芭瑞拉,阴唇似的沉默不语的嘴。是的,我的姐妹,这些集中营小客厅里的贵妇,现在已经被一个临近的时代开肠剖肚,她们在先生们金钱堆就的阴影中腐烂,最终成了铁人。是她们吗?是的。她们是蒙马特公墓里的死尸,就在裂痕斑斑的妓院后面，这些风月场中的姑娘是我的姐妹。这场景是那么令人震撼，此后我再也无法摆脱。巡回画展一结束，我又去看了这些轮子里的姐妹，这些目光空洞的看客，这些从可怕的女人的历史中跳出来的姐妹。我的快乐之处便在于，我们发现了她们，并且巧妙地将她们从死亡中拯救出来。表现她们，却不曾用男性专有的文化利剑。对我来说，对女人来说，甚至是拔除了这把利剑。

这一次，今年，让娜·索盖又为画坛带来另一个系列的现实，另一层面的现实。这是一个完全现代的系列，生动，流畅，这里有马路街衢、汽车地铁、办公室，有公共花园和大学，还有"大众"，到处都是那么攒动拥挤，就在我们周围，在我们的体内，属于我们的，我们的系列。这些人我都看到过，她们或他们——这里，性别已不再具任何意义——我又微笑了，这笑容较之上一次更为强烈，却不乏恐惧。我感到幸福，然而同时又是如此害怕。这次是些脑袋，你的，我的，齐下巴处切下的脑袋，是我们脑袋的盛宴，它在让娜·索盖的笔下被上升到了资本主义社会拥挤和腐败的层面。混蛋的脑袋，蠢货的脑袋，浮肿的脑袋，总是那么一副自得的表情，浮肿着，可是仍然很自得，伤痕累累，穷困潦倒可是仍然很自得，洋洋自足，圆的脑袋，梨形的脑袋，下垂的面颊，还有的呈一种无法形容的笋瓜状，有的肥脑袋上不见嘴，有的小小的，却长着一张大嘴巴，有些真正像个气球，鸡屁股似的嘴巴，上方是一只猪崽似的小眼睛在闪闪发光，仍然一副志满意得的样子，仿佛在说"从不抱怨"之类的话。沉默的大众？是的。承受，大片大片的都是被嘲弄、遭殴打、被镇压、被压迫的人，多得让我们都看不过来，还有因惧怕当地资本主义统治势力的道德而牺牲的人们。这也是一幅政治画卷，这个叫作让娜·索盖的女人的这幅画。这些脑袋，这些混蛋的脑袋，蒙马特妓院死去的女人正侧目而视。在画布的一角，她们就在那里，看着我们。可这些脑袋不知道，不知道正被前一批的收获侧目而视，不知道在他们身上，有这样一种历史的目光，空洞洞的，只是为了提醒人们——就像已经数字化了——女人所承受的千年压迫。

走出画展，我们会问自己，我们又能担当些什么呢？我们又能承担怎样的痛苦，这致命的痛苦——因此我们会害怕地微笑，这思虑萦绕心头，挥之不去，直至迷失方向，它试图超越压迫，超越一切政治解释去找寻答案。我们能认得出所有人。于是，同时，这也是一件令人赞赏的事，我们所有人都是兄弟，所有人，包括浮肿的混蛋，包括自己，包括"从不抱怨"的，包括被镇压的。因为，如果我们有朝一日都能走出这份恐惧，这份让娜·索盖呈现给我们的恐惧，我们会被她，让娜·索盖以同样的一份爱爱着，同样的一份：共产主义的爱。

我认识她的时间很短，是我要求她为自己的绘画写些什么的。我正是因为她的画才认识她的——但是，我们又还能以别的什么方式相识呢？人们那么喜欢鉴别身份，可我不信这个。她画的这张画，我认为是很伟大的一幅画。我很少看到这样一份力的展示，很少看到这样深广的探究。在这里，绘画可以说具有双重意义上的功能。她进行了描绘，然后她往前去了，没有停下。她把所遇见的一切都加以疏导，沉淀，然后带至绘画本身——她的绘画给人一种非常强烈的先在意识，而绘画贪得无厌地接受、吞噬，变得越来越强壮，肌肉、神经和爱情。因为在这里，在绘画的肌肉和神经周围，有一个女人。

"因为爱是一切的基础，这些没有爱的人，我简直从来没有看到过。"

她谈到了那些混蛋，那些蠢货，那些她目前正与之"生活"的人。我问道："全都取材于您在查朗东精神病院之所见吗？"

她说是的。

我又问道："嘴巴也是的？"

"是的。疯子的脸上往往没有嘴。在他们脸上，线条之间没有任何关联,他们的脸都爆炸了。"

"为什么在您的绘画中,嘴巴占有这么重要的位置?"

"嘴对于我来说是脸部最重要的特征。我不知道这种重要性来自何处,或者是我们要通过嘴说话,或者是要通过它吃饭,或者是要通过它呐喊,或者是所有这些原因吧。"

她在查朗东画的都是疯子的素描。但是没有一张是用来描绘疯狂的。让娜·索盖一直严格坚持对个性的透视。同样,在此次展览上,还有一些别的画,都是个人的,一个个看过来,一个个画出来的。有关《地铁里的人》和《查朗东的人》的方案,她一无所知。甚至她在表现那幅容易引起幻觉的《挨打的人》(原意)时,个体依旧存在,在落下的拳头中,或蜷作一团,或被揍得扁扁的。还有"明星"系列,都是些冰冷可怕的吸血鬼,而个体和爱仍然存在。甚至在"狗"系列中,那些靠着椅垫的狗,肥肥的,巴黎的窝巢,法国布尔乔亚阶层的老奶奶，爱仍然存在，作为狗的个体也和它们的主人一样，因为压迫——当然不是正面的——而恐惧。对让娜·索盖来说，越是在绘画中显得微不足道的东西，就越是存在于绘画之中：她不能制造这样的错误理论，认为看不见的就没有存在的理由。

在她的绘画里，究竟有一种什么样的东西呢？让我如此着迷，让我如此沉醉，每次我在欣赏的时候，总是会陷入一种不自觉的思考中——怎么说才更好些呢？一种要接纳，要融化，要溶解，要混乱的感觉，前所未有，毫无保留，毫无防备地去看，去听和看。也许，在她的画里有一种新的特质，就像在动物的姿态中所具有的一种无法抵抗的安宁，深入她的画的外部。让娜·索盖知道自己的精华所在：她从不在半路停下，却总是能走多远就走多远，她独自一人，不参照任何男性画家——他们画地为牢，描绘着他们的观望台和警察的世界，径直走向属于自己的绘画，不控诉，不愤怒，坦坦然。某类女人所具有的，在男性思考面前的一种伟大而愚蠢的追思,她没有,她知道女人有她自己的思考,只要她用自己的语言讲述出来就足够了。这是一个北方的农民,坚强,平静,原初的本性仍然完好无损,是大自然所放飞出的第一个女人,即便她仍然未走出男人的古老城堡。

《画展序言》,1974年,瓦雷里·斯密施画廊

大海深处

（玛丽-皮埃尔·梯耶博的展览）

我们是在哪里呢？大海深处？一个女人的深处？一口井里？一只水果里？我想，我们应该在大海里，同时也在器官里。我们是在最原初的地方，大家所共有的，海与生命紧密结合的地方。

在玛丽-皮埃尔·梯耶博的雕塑中，力量与优雅正来源于此。她工作的地方正是这样一个地方：生命从水和盐中跃出，却仍然紧密结合，不加区分。而生物原初的向性，它们逃避混沌的企图便是玛丽-皮埃尔·梯耶博的兴趣所在。她要找寻起源状态的运动，但是她并不把它分离出来，并不捕捉，她只是观察，让自己随之一起"运转"，与之融为一体。于是有了这样的结果：看到她的雕塑，我们仿佛早有所感，这一回只是重逢。所有的一切都昭然若揭，但是我们不曾看见。而就在这里，突然之间，我们看见了。

在一个合上的，却似乎可以打开的牡蛎中——或者，如果我们愿意，可以说是用两片石头堆砌出来的洞穴中——我们看到了植物的乳房，已经长成了，就在石头的阴影里。在一头海洋动物的壳下，海龟的，在波浪下。这里，这里，子宫的结合也成了一座森林，开放的，流动的，孩子们正打此穿过。女人的性器在这里既是一朵花儿，又是一颗海星，绽放着珊瑚的花冠。相反，乳房被包裹在壳里，重新没入身体的隐秘之处。

在男人的性器和女人的性器之间，有一种动物性的并存，展示了失乐园的情景。男性生殖器像从梯耶博所谓的"风景"中凸现出来，在大地雌性的空间中勃起。这种勃起是那么幸福，不带有一点悲剧色彩，下面的大地仍然在沉睡。

到处都是大海，盐和大海都被放置在浅口盆里，我们的孩子就在里面游泳，他们还在小鱼儿的状态，在我们的腹中。森林中的树不断地成长，想要突破大海的包围，想要最终得以作为一棵树而存在——就像我们肚中的孩子不断地长大，最终也是为了出来，为了得到一种有别于我们的身份，这就是水释放出来的唯一一致的运动。

玛丽-皮埃尔·梯耶博的所有雕塑都能够扩展成为建筑。所有的，包括最小的那些，都具有一种恢宏的特性。为什么？因为这些雕塑的主题毫无范围的限制，没有空间，亦没有时间。甚至该雕塑的原则就是淡化主题，因此，我们会发现，女人的性器可以握在手中，也可以竖立在城市的中心广场上。

《巫婆》，1972 年

阿基·库罗达的《种种黑暗》

　　阿基·库罗达的画展一共展出了他的十四幅画。从表现上看起来，这十四幅画都差不多，但相像只是表面的，只能表明三年来他工作的一个方向。其实这十四幅画并不相像。我从来没有看到过阿基·库罗达画黑夜，我只看到过他画这样的或那样的黑夜，这一种，那一种，因为普遍的黑夜不存在。阿基·库罗达将这十四幅油画命名为：《种种黑暗》。复数本身就说明了画展的内容。他如此表达了画展的意义。

　　阿基·库罗达是怎么做的呢？就像在刷墙。他的确在刷墙。他先把画布都刷成白色，他在这白色的表面之上工作。接着就得等画布干。几天，也许是几个星期，我不是很清楚。再接下去，阿基·库罗达又重新开始了。就像在刷墙。他的确在刷墙。他把整个白色的画布再刷成黑色。我是在追溯阿基·库罗达的绘画过程时，才明白在油画的表面必须聚集起的时间的厚度，因为只有这样才能达到后来的黑色的变形，才能对得起这个古老的称呼：画。所有的人，在我看来，都应该看到这一层，就像我这样。然后，在黑色上，他再刷上白色。这里，在这一层面，我已经开始害怕了，因为黑色将永远停留于白色之上。并且，对于其中的一部分油画，尤其是最近的，我们不能说黑色的画面仅仅是白色画面的覆盖。

别的东西紧接着到来了，显形了，是的，已经，出乎规则之外的，很难看见的运动和事故，突然就这么到来了，出现了，接下去就开始有规律地重复。你们也许还记得，一个在有着三万年厚度的时间黏土中挖掘的史前人，他赤脚留下的这些印记，你们或许还记得某个人经过的脚步声，滑过，落下，再抬起，最终离开了这条黏土之路，是的，他在这条路上书写下了他的印记，但是以后，永远永远都不会再出现了。在一系列带着黑色厚度的事故结束之际，出现了方向。画沿着某种方向而去。并且一直保留着。这才是令人赞赏之处。是的，执握画笔的手一定在颤抖，我想应该是右手，抖出了这幅画的总体方向，这是一种穿越，就像是一阵风。最终以此穿越覆盖油画的，也被包括在这阵风中。自世界发端以来，风从来没有如此这般地刮过，不管是在沙滩上空，还是在任何别的什么地方。从来。从来不是这样一种风，这样一种沙滩。从来不是。在这里，今天，在我们面前的，是阿基·库罗达的手，他的手就是风，来到了新鲜的、湿漉漉的黑暗上，它要将黑暗压服于自己身下，就像要将沙滩或海水压服于自己身下一样。

  涂完黑色之后仍然需要时间。做什么呢？要等着黑色晾干，或者还要更长一点的时间。又是几天，或者几个星期，我也不是很清楚。在这里，还要进行一种祭祀的仪式。这是画家自己发明的补充层面，他渴望战胜困难，以耐心面对这迟到的结果，逗它发生，要求它发生，直至完成。一切是在几分钟之内到期的。用书写的画笔，阿基·库罗达在几分钟之内最终完成了他的画。在三个星期的黑与白上，他就像一个疯子，用书写的画笔扫过画布，然后，就在最后的几分钟，他摧毁了所有黑白的布局，赋予他的画以一种意义。

是的，我忘记了，有时，在黑暗与摧毁之间还会有一个中间层面，将黑色等分成碎片，如同练习簿那样画上格子，或者将之制成雨点，与画布下端绝对垂直。但是在我看来，这个补充层面较之祭祀层面更为有力，更加没有信仰，更加沉醉，更加带有时间的厚重感，更加具有仪式的意味，却不带有任何崇拜，到最后一分钟，画布上完全呈现出了时间和生活所积淀而成的财富，仍然不带有任何崇拜的色彩。阿基·库罗达是耐心的、缓慢的，然而这不妨碍他在一瞬间变成了闪电和霹雳，变成了自己的直接威胁。这就是阿基·库罗达，是他的游戏。阿基·库罗达为自己的屠杀开辟了领地，那样小心翼翼，那样幸福快乐。我们与他同在这片领地之上。我们可以说，阿基·库罗达写下了决定性的话。自此以后他的画可以属于别的任何人，唯独不再属于他自己。接下去就不是这样了，他重新开始写那些难以辨认的话语，给我们看，以画的形式。沉默就这样在库罗达的笔下成为绘画智慧的一部分。他说那里存在着有待理解的东西，但却不言明是什么；他说那里存在着有待表达的东西，但却不说怎样表达。我发现，目前我的欲望，仍然升起于库罗达所建立的沉默之上。

库罗达在沉默中前进。他没有照亮那些照不亮的东西，那些不接受光明、不能够让光明回荡的东西，比如说在千万个命题当中，那些个不涉及思想、不涉及光明、不涉及绘画的命题。

《画展前言》，1980 年，A. 迈特画廊

卡洛斯·达莱西奥

　　说实话我并不是很清楚卡洛斯·达莱西奥究竟来自何方，人家都说他是阿根廷人，可我第一次听见他的音乐时，觉得他一定是来自世界各地，哪儿都是他的国家，没有疆界，所有的武装也都解除，只有河流自由地奔淌，音乐之河，欲望之河。我觉得我也和这个南美的越南人完全一样，可以是个阿根廷人，我是多么快乐，多么幸福啊，于是我请他为我的一部电影制作音乐，他说好的，我说没有钱，他还是说好的。我留一些空白处给他的音乐，然后我再根据他的音乐配上画面和台词，我向他解释说这部电影发生在一个对我对他来说都很陌生的国度，殖民地时代的印度，黄昏时分的背景，麻风病，加尔各答的情人，饥荒蔓延，我说我们得齐心合力地完成它。我们做了。事情就是以这种方式完成的,他和我,我们完完全全是合两人之力做好了这部名为《印度之歌》的电影。电影结束了,从我们的手中跳了出来,离开我们,现在正在世界上流传,永远带着我们体内喷发而出的痛苦光芒,而我们却永远失去它了。正因为它的缘故,我们被抢掠一空,甚至做着它的时候,我们都已经不再属于我们自己,它把我们留下了,让我们完成别的音乐,别的电影,别的歌,当然,它会永远爱着我们,这份爱永远也都是那么强烈,如果你能够理解。

——写于唱片发行时

让-皮埃尔·瑟通的《城市喧嚣》

我才读完让-皮埃尔·瑟通的手稿。伊萨维尔永远地去了,手稿本来是她先读的。维吉走后,我仿佛总听得见她离开火车站渐渐远去的脚步声。这下子书算是完成了。我直直地躺在房间中央,就像瘫了一样。凌晨三点钟。我想不知能给谁打个电话,我要向您宣布一个特大新闻,任何人都还不知道的,一本书刚刚完成。我一动不动地站着,旁边就是那本合上的书,我没有给任何人打电话,我不能。书就在那儿,穿越了时间的隧道,它就在那里,像一个人,像一个和我一道关在房间里的另一个人。它很孤独,除了自己,和任何别的东西都没有关系,因此在某种意义上,也可以和所有的东西都相连相通。我决定不给任何人打电话,包括他,让-皮埃尔·瑟通在内,我几乎不认识他,我怕不知该怎么开口和他说话,那会让他感到窘迫的。我决定独自一人承受小说令人窒息的分量,承受这份显而易见令人窒息的力量,是的,显而易见:就在这本合上的书里,也有我的身体和灵魂,我和它的作者一样,在书里放入了我明显的痛苦。

是的,我已经说得再清楚不过了。剩下的,我无法做出判断,我也不能做出判断。我不知道。像往常一样就地进行外科手术式的批评,我做不到。就像读过所有伟大的作品之后,我都会说:我不知道这书是怎么写出来的。一面这样优雅地漫不经心,一面却具有惊人的智慧,它竟可以做这样的一个双面人,正因为它不具有任何意义,它一下子把世间所有的意义都给了我们,这就是它自身的意义,也只有通过它自身的意义,别的所有意义才能显现出来,而它尚不自知。它是孤独的,是的,在这世界上孤零零的。它摧毁了所有的潮流,所有的模式,它孤零零的一个,还没有意识到自己的力量，它是那么无辜，自由，无辜但却遥远，真实，以至于不够清楚，我们很难看见，很难感觉到，是的，就像空气。因此，它会让人既痛恨又钟爱，钟爱，直到焚毁。是的。

是的，我找到词了，一个词，它是一种浩瀚。很明显。这种浩瀚就存在于它的体内，被包含在内，包裹在内。我们不能马上发觉，读着读着，突然，它就在那里了。就像走近了一座森林。或者是大海？森林？还是大海？这是什么？我们在哪里？这么多新奇的植物，是人类交还给自然的城市吗？那么无边无际？是的，是这样的，被重新吞没的城市。我们就在其中，在换了新貌的大自然里，在还给自然的某一处地方，无边无际的城市，到处都是透明的，形状不定的，没有阴影，没有巨墙，没有遮挡，没有错落相连的围篱，没有层层相叠的睡觉之所，没有曲里拐弯的地方，没有或明或暗的陡坡，总之，是躲避这一切的地方，我们可以在这里相遇、相识，我们在这里可以什么都不做，我们在这里可以相爱，可以相残，我们在这里可以爱，可以遇见一切，可以拥抱，抚摸，爱，成长，可以笑，笑，爱，可以一个人徘徊在死亡的边缘，然后我们就可以找见玛尼埃、雷约，可以幸福地大笑，可以欲求，爱，成长，永远，一切意义上的永远，它所给我们的，以及别的一切意义上的永远。这里没有一个词是道德的毒药。是的，在这里有一种浩瀚。我们知道，我们能够感觉到。突然，就在阅读的过程中，跨越门槛，这书就再没有任何隐蔽的地方，没有阻挡了，它完全暴露在外，将你包围，将你吞没，突然之间我们就不能像先前那样读下去，阅读不再是一个合适的词，我想我们是进入了那座城市的空间。我们在走，我们在进入。我们想要留住雷约死亡的回响，我们哭，我们爱，我们走，我们进入。

            子夜出版社，1980 年

弗朗西斯·培根访谈录

"我不画。开始的时候我只是涂上各种形状的点。我在等我所谓的'意外':由点就可以发展成一幅画。点本身就是意外。但是如果我们过分迷恋点的话,如果我们自认为懂得意外的含义,我们还会产生幻想,因为点总是与别的什么东西有相似之处的。

"我们不能懂得意外,如果我们对它有所理解,就会对自己的行动方式有所了解。但是这种行动方式应该是出乎意料的,我们永远都不能弄明白:'It's basically the technical imagination'——'技术想象'。我一直在找寻合适的词,不知道该怎么称呼这种行动方式。除了'技术想象',我想不出还有别的更好的词。

"您知道,主题总是一个。只有技术想象的变幻才能使同一主题'重新作用'于人的神经系统。

"想象一下,有些场面的确令人惊叹,但是从绘画的角度来看则毫无意义,因为不是来自想象。真正的想象总是建立在技术想象的基础之上的。剩下的就是想象性的想象了,毫无用处。

"正因为这个,我无法读萨德。不是因为他让我感到恶心,而是因为他让我感到厌烦。同样,有些世界闻名的作家,我就是不能读。他们写的都只是一些感性的东西,只是这些东西。但是他们没有技术感觉(But they have not the technical sensation)。

"只有通过技术员,我们才能找到真正的入口。技术想象是一种本能,规则之外的,以自然的力量使主题重新作用于人的神经系统。

"有些年轻的画家,他们挖掘脚下的大地,拿起来,然后在画廊里展出。这样做很愚蠢,这恰恰证明了他们缺少技术想象力。他们想要变换主题的愿望是值得肯定的，所以他们甚至拿起一块泥土放在底座上。但是他们应该表现的是他们攫取这块泥土的'力'。就算一块泥土被攫取到手了，但是重要的是要让它摆脱个人系统，然后用技术想象去创作它，再塑造它。"

"那么在绘画中，进步是个错误的概念吗？"

"是个错误的概念。就拿西班牙北部旧石器时代的绘画来说——我想不起岩洞的名字了。我们在那些形象中看到的是我们再未能抓住的运动，整个儿体现了'未来主义'的精髓。这是未来主义一次完美的速记。"

"个人的进步也是错误的吗？"

"相对好一些。我们总是在剥自己的皮，以越来越尖锐的方式。"

"危险在哪里呢？"

"系统化。还有就是崇尚主题的重要性。主题没有任何意义。

"天赋也有可能倒退，再生。历史上有一些例外，比如说米开朗琪罗、提香、委拉斯凯兹[1]、戈雅[2]、伦勃朗，他们从来没有倒退过。"

"怎样才能进步呢？"

"工作。Work makes work，您同意吗？"

"不，我认为总要有个起点。否则工作也将是无效的。有时候我在读书时，经常会觉得，与其以某种方式写作，还不如少写或不写的好。而与其以某种方式读书，还不如少读或不读的好。"

"在绘画上也是一样。但即使我们对技术想象一无所知，也许它只是沉睡着，有一天也终将醒来。主要的是它必须在。"

"让我们回到这些色彩各异的点上。"

"是的。我总指望着一个点可以发展成我建立所谓'表象'的基础。"

"总是这些点首先出发吗？"

"几乎都是。它们是'落在我身上的事件'，

---

1 Velasquez，西班牙十七世纪著名画家。
2 Goya，西班牙十八世纪著名画家。

但是必须通过我，通过我在构思时建立起来的神经系统。"

"'绘画的幸福'是个与'写作的幸福'同样愚蠢的概念吗？"

"是的。"

"你画画的时候会不会感觉到死亡的威胁？"

"我非常神经质。您要知道，在开始一幅画以前，安格尔能哭上几个小时。特别在开始画肖像以前。"

"戈雅是超自然的。"

"也许不是。然而他是善于创造的。他将形式与空气完美地结合起来。他的画好像是以空气为材料完成的一样。真是不可思议，富有创造力。在我看来，戈雅最伟大的画在卡斯特，就是那幅《菲律宾丛林》。"

"目前，世界上的绘画是怎样的一个状况？"

"非常糟糕。主题变得如此困难，我们只好朝抽象发展。从逻辑上来说，这仿佛是绘画应该走的方向。但是因为在抽象艺术中,我们做什么都是可以的,于是我们只达到一种装饰画的境界。因此,主题似乎重新变得重要起来,因为只有主题可以让我们调动所有的灵感,寻找乃至最终找到表现它的方式,它,主题。您瞧,我们又回到了技术上。"

"三十年前您从来没有画过画?"

"没有。在这之前,我是一个'drifter',你们是怎么翻译这个词的?"

"漂流者。"

"以前,我一直只是在观察绘画。到了某一时刻,我对自己说:也许我自己应该试试了。我花了十五年的时间,想要达到一定程度。四十五岁时我才真正开始。我的运气在于从来没有跟老师学画。"

"批评界怎么看待您的画?"

"总是反对我。'总是',而且'全都'反对我。最近一段时间有人说我是天才,或者别的什么类似的话,但是对我来说毫无意义。在我弄清楚自己究竟是谁之前我就要死了，因为要弄清楚这个问题，必须假以时日。只有时间能让人明白真正的价值何在。"

"我们在一起经常谈到'意外'。"

"我无法给出一个定义。只能'大概'地谈一谈。在信里，梵高所做的也只是'大概地谈谈绘画'。谈到在他生命的最后一刻，他所运用的笔法，而这些笔法所包孕的力量不可能得到任何解释。"

"试试看，从外部进入。"

"是这样的：如果我们拿起某种材料，扔在墙上，或画布上，我们立刻会发现我们所欲抓住的人物线条已经形成了。这是在无意识中形成的。我们捕捉到了人物的一种瞬间状况，而这一切都在主题之外。漆匠重新粉刷房子的时候，在开始工作以前，总是在墙上弄上斑斑点点，这和绘画是同样的道理，他要抓住材料的瞬间状况。美国的抽象表现主义画家就试图用这样的方法作画，只有材料本身的力量。

"这还不够。仍然停留在装饰的层面上。

"力不应当存在于你将材料扔出去的力量之中,而是应当在主题中得到凝结。扔在墙上的材料,或许算得上是一种意外。随之而来的便是技术想象。"

"杜尚?"

"他摧毁了美国的绘画,至少可以延续一百年。一切都来自他。这真是奇怪,非常奇怪,他的画竟然成了20世纪最唯美的画。但是他的笔法,还有他的智慧,都是那么信心十足。"

"意外,我们是不是可以称之为运气,偶然?"

"是的,这些词都是一个意思。"

"最理想的时刻是怎样的,又是怎么得到确定的?"

"最理想的时刻是'肌肉'良好运转的时刻。此时点似乎更具有意义和力量。"

"一切都是具体的。"

"一切。对于我自己的画,我并不比旁人更懂。

我把它们看作自己不同程度的技术想象的暗页。没有人能够明白在一幅画里，究竟包含着什么样的新东西。没有任何一个人，看了画之后能指出这幅画里的新内容。"

"您说您不懂，而您的画里闪烁着智慧之光。"

"这可能吗？"

"我是这样认为的。我认识一个小女孩，她问：如果没有人觉得温暖，那么温暖又是什么？我要问您：如果从来没有考虑过有关智慧的问题，智慧究竟是什么？如果从没有人体验过，或使用过智慧来做出批评和判断，那么智慧又是什么？等等，等等。我们是不是很接近您所谓的直觉了？"

"我同意。我希望我的肖像画，以及其他所有的画都能给您以一种震惊的感觉，就像您在生活中看到了某种'本性'所产生的那种感觉。"

"因此，您相信这种在无知中进行的工作？"

"完全，绝对相信。有时会有批评的意识，在某一时刻，似乎我的画变得清晰可见了，然后这种批评意识又不复存在了。"

"您在什么时候工作?"

"早晨,阳光中。下午,我去酒吧或游戏室。有时也去看朋友。工作时我必须一个人。家里不能有任何其他人在。我的本能不允许我工作时有他人在场——尤其是我所爱的人,那会更糟——只有完全自由时才能工作。"

《两星期文学》,1971 年

一部光辉灿烂的著作
（《卡他夫没药》，莫尼克·维蒂著）

昨天，我第一次读到了评论莫尼克·维蒂的《卡他夫没药》的文章。我一直担心的事情发生了：文章的作者所读的《卡他夫没药》一定与我所读的不同。

我读的《卡他夫没药》，也许是，甚至我敢肯定，是讲述童年的第一本现代著作。对于百分之九十有关童年的著述来说，我读的《卡他夫没药》可以说是一种终结。它代表着某一类文学的结束，为此我感谢上苍。这本书既具可读性，同时又非常重要，因为它由一条铁一般的规则支配，没有任何违背之处，或者说几乎没有，它所使用的唯一工具是纯描述性的，即一种纯客观的语言。这里是所有意义上的客观。语言本身——但是在作者笔下成了单旋圣歌,童年时,我们就是用这样一种语言来清扫、整理我们的世界。这又等于再说一遍,我的《卡他夫没药》是一部杰作,因为它本身就是用"卡他夫没药"的语言写就的。

可别害怕,哪怕你仍然一无所知,你也是应该知道何为"卡他夫没药"语言的。只需读一读莫尼克·维蒂的这本书,你就能回忆起来了。除非——但这也是有可能发生的——你的眼睛被一种虚假的文学折腾得太疲倦了,或者你根本不知道文学也是一项可以从事并且获得成就的职业。

坚固的城堡

书是关于什么的呢?孩子。十个,上百个小男孩和小女孩,我们都给他们起了名字,但是名字都可以再换,再起新的。有一千个小女孩在一起,像浪潮一般向你奔涌而来,将你吞没。的确,书里写的就是这个,一种流畅、广阔、海洋性的因素。

整个有关孩子的收获,整个有关孩子的海潮只因一波而起。因为首先,在书开始时,他们都还非常非常年轻,在年龄的深处,看不见尽头。我想,我们都像维洛尼克·勒格朗三岁时那么大。

大的波浪生成了,翻滚着,卷起成千上万个小的浪花。小浪花前赴后继,滚滚而来,就像机枪扫射一般不曾间断。接着,每个小的浪花都绽放了,减慢了速度,重叠在别的浪花之上,拥抱着别的浪花,最终与别的浪花融为一体:童年衰老了。作者的艺术是令人惊叹的,因为这衰老是突然间发生的,出乎我们意料。就像在我们自己的孩子面前,我们问自己都发生了什么,我们吃惊不已。而繁殖的年龄就这样到了,接着是拉丁时代。但是等一等,如果说童年会老,这份衰老是童年里发生的,并没有跳出童年的范围,是在这不可摧毁的城堡内部孕育的。我们第一次明白了自己不能进入。我们被请来欣赏和观看。童年就这样产生了,自己完成了,在我们眼皮底下叹息。

非常美妙的进展。时间流逝，它的源处是那么深不可测，我们被填得满满的，而我们看到的童年也如是填满了我们。

开始的时候是个剥橘子的小女孩，一口吞下了整个一片天，一口吞下了另一个死去的小女孩，一口吞下了所有的东西，所有的。接着小女孩又转向了另一个橘子，吞下了另一个橘子，闪电般地遮覆住了眼睛所及的另一片天空，她在本子上吞了一个小时的"直杠"。然后，再然后，发生了一点什么。比如说在第一个橘子和第二片被吞噬的天空之间，产生了一种战栗。在毫无用处的老好人和撕碎的蝴蝶间也有着这样的联系：造就老好人的和撕毁蝴蝶的同一个小女孩。

在童年结束之际，在书即将合上之际，城堡的围墙在嘎吱作响，摇摇欲坠，而关系却不能再改变了。于是精神中到处游弋着心灵的战栗。我们不再能把共存的游戏接着玩下去。友谊产生了。

城墙的理想守卫者一个跟一个地来了,她们都是一样的,没有名字,因为成人从本质上来说都没有分别,天主教修女穿过走廊和宿舍。童年的波澜撞击在她们黯淡无光的黑裙子上。她们虔诚的阴影下,是对死与生的探索,世俗的,本能的,可怕的。

一个神父死了。死亡会带来什么?在主教的葬礼上,在他的鞋里,在一片金黄中,在甬道的阴影下,在所有表面事物的阴影下,一个小女孩瞥见了另一个小女孩的长发。真是美丽啊。发现了一个空间:小女孩跪着,长发摇曳,随着小女孩的晃动而晃动,但又分明有着自己的节奏;她在这个小女孩的身旁吸着气,伏在小女孩的脑袋上,就像伏在一片土地上,一株植物上。关于这份美的发现,没有一个形容词。长发的翻飞在作者的笔下被描写成了给死人做弥撒时竖琴的飘荡。到处都是音乐声,四面八方,音乐使墙壁坍塌,就在此时,孩子的长发从特殊的黑暗中跳了出来,在另一个孩子的眼里。天主教的修女依旧成群结队地过去,她们是这一份与她们截然不同的至乐的证明,虽然她们视若无睹。

我们一道参与了这本书的写作

但她们是有用的。我们会在这本书里看到她们究竟有用到何种地步。童年是空茫的,在一切意义上,而她们为间接的时光画出了坐标,她们赋予童年一种违背的自由。

还有拉丁时代难以忘却的战争,如果我没有记错的话。小女孩挨着荨麻鞭,屁股上伤痕累累,叛徒被揭露出来。大家还在等别的孩子,一道偷一大块也不知道能用来干什么的铁板。其他的孩子没有来。于是,曙光也许有一点点像我们称之为曙光的时刻了。但是只有一点点像。

我就此打住。我们一道参与了这本书的写作,你们和我。但是不管我们愿意与否,只有一个人发现了我们一道写成的这本《卡他夫没药》。书一旦合上,分离旋即产生。我的《卡他夫没药》,我的这一本,是一本杰作。

《法兰西观察家》, 1964 年

韭葱汤

我们以为自己会做，这件事看上去是如此简单，以至于我们经常会有所疏忽。煮十五到二十分钟就够了，而不是两个小时——所有的法国女人煮蔬菜和汤往往都煮得太久。还有，最好在土豆开的时候再把韭葱放进去，这样就可以保持它的绿色，而且闻上去要香得多。还有得注意韭葱的配量：两根中等的韭葱配一公斤的土豆正好。饭馆里，这种汤从来都做不好：总是煮得太久（不是现煮的），太"陈"了，它是那么黯淡，那么悲伤，和其他法国外省的"蔬菜汤"差不了多少。不，我们如果要做韭葱汤，就必须认真去做，避免"把它忘在炉子上"，否则它就不成其为韭葱汤了。吃的时候，要么什么都不加，要么就加新鲜的黄油或奶油。我们还可以加一点小块的面包皮。给它起一个别的名字，发明一个，而不是多少有点滑稽地叫它土豆韭葱汤，这样一来孩子们就更愿意吃了。必须假以时日，必须等上很多年，才能重新找回这汤的味道，现在我们只好靠各种各样的借口把汤强加给孩子（汤能让你快快长大，能让你变得更可爱，等等）。在法国烹调里，没有比韭葱汤更具简单性，更具必要性的了。想来当初发明它的时候，应该是冬天的夜晚，在西方的某个地区，一个年龄尚轻、过着外省小资产阶级生活的女人很讨厌油腻的汤汁——也许比讨厌更甚，但是她自己知道吗？她的身体幸福地吞噬着韭葱汤。没有一丝含糊：这不是猪油鹅肉卷心菜浓汤，不是那种可以一煮再煮的营养汤，不，这是清淡、新鲜的汤，她的身体大口大口地吞着，清爽无比，身体吸取的都是精华，是最新鲜的绿色植物，每一寸肌肉也得到了浇灌。这味道很快在房子里散发开来，很香，很平俗，就像穷人吃饭的狼吞虎咽、女人工作的琐琐碎碎，像牲畜倒地就睡的憨样,又像初生婴儿的呕吐。我们会什么也不想做。然后就是做汤,是的,就是这汤:在这两种欲望之间,总有一条很窄的边缘地带,总是同一条——自杀。

《巫婆》,1976 年

面黄肌瘦的孩子

……她睡午觉的时候,我们偷走了芒果。对她来说,芒果,某些芒果——太绿了——真的是致命的。在平而阔的核子里,有时会潜伏着一只黑色虫子,一旦被吞下去,它就会在肚子里住下来,然后开始到处啃噬。母亲让人害怕,孩子们也都相信她,母亲。父亲死了,剩下的就是贫穷,还有这三个她准备一个人"抚养"大的孩子。她是女王,供应食物,还有爱,是不能反抗的。但是在芒果的问题上,不,她厉害不了,我们不听她的,等她睡醒午觉找到我们,看到我们身上到处都是黏黏的汁液,她就打我们。但是下一次我们依旧如此。总是这样周而复始。最年长的孩子去了欧洲,我们,两个小的,她还守在身边。我的哥哥和我,我们又瘦又小，我们是克里奥尔人，比真正的白种人要黄。小哥哥和我从不分离。我们一起挨打，肮脏的小安南[1]人，她说。她，她是法国人，她不是生在越南的。我应该是八岁。晚上，我总在卧室里看她，她穿着衬衫，在屋里走来走去，我看着她的手腕，她的脚踝，我什么也不说，那么壮，那么不一样，我觉得她与我们不一样，似乎更有分量，还有这粉红色的肌肉，仿佛也更有光彩。

我唯一的亲人，我灵巧的小哥哥，他是那么瘦，眼睛长着蒙古褶，他是那么疯狂，却又是那么安静。六岁时他就能爬上巨大的芒果树，十四岁时，他在象山附近的河流边猎黑豹。孩子，我是多么爱你啊。我是多么爱你啊，我死去的小哥哥。不，她对芒果没有这种发狂的爱好。而我们，小瘦猴，我们总是趁她睡着的时候，在午觉时分令人难以置信的静谧中，用另一个种族的食物填饱我们的

---

[1] 安南，越南的一个地区。

肚子，与她的种族不同，她，我们的母亲。就这样，我们成了安南人，你和我。她终于不再寄希望于我们还会吃面包。我们只喜欢米饭。我们说着一口外国话。我们光着脚。她，她太老了，她进入不了别人的语言。我们甚至没有教过她。她穿鞋子。而她，有一次，就因为没有戴帽子，她患了日晒病，出现了幻觉，她咆哮着说她要回到世界的北方去，那里有麦田，有生牛奶，有寒冷，她要重新回到那个农民家庭里，在靠近弗雷旺的地方，帕德卡莱，回到她所放弃的生活中。我们，你和我，我们在殖民营饭厅的半明半暗里看着她，看她哭，看她叫，看着她浅粉和红色的身体，那么丰满，这种健康的红色，她怎么可能是我们的母亲，怎么可能是我们的，我们这么瘦，这么黄，我们根本不会怕太阳的照射。我们，是犹太人吗？我还记得，她是在金边患日晒病的。我看着这个女人，觉得她真是备加奇怪，备加陌生。记忆准确无误，也许这记忆是决定性的。但使得疑问进入了血液，随着血液一起循环。她却变成身外人了。后来,我们十五岁时,有人问我们:你们真是你们父亲的孩子吗?瞧瞧,你们简直是混血儿。我们从来不回答。没有问题。我们知道母亲是忠实的,我们的混血应该是另有原因。这原因无从追究也追究不尽。我们难以表述的外表属于生长芒果的土地,属于南方黑色的河流,属于水稻平原,这一切都是细节。我们知道这点。我们维持着童年时代深深的沉默,备加深沉,此时,当然,在别人看我们的惊奇的目光中。

接着,我们再大一点的时候,人们就对我们说:好好想想看,再想想,你们的母亲有没有对你们说过,你们出生之前,你们的父亲在哪里?他是不是在布隆比埃尔治病,在法国?我们从来没有想过,我们知道母亲是忠实于父亲的,这一切根本是另外的事情,不能和他们说的。我知道这点,我就是什么也不知道。人们对我们说:难道不是因为食物,因为太阳?食物使皮肤变黄,太阳让眼睛长出了蒙古褶?不,学者从来都只注意到表面。不存在这个问题，内行人会回答。我们，我们从来不问问题。就像在六岁的时候，我们并不相互注视。我们都一样，长着外国人的身体，我们总在一起，融为一体，我们体内的是米饭，是不服从命令偷吃的芒果，是盆鱼，是种种她不许我们说的霍乱病人的胡言乱语。有一天，她对我们说：我买了苹果回来，法国的水果，你们是法国人，必须吃苹果。我们试着吃了，立刻吐了出来。她于是大吼大叫。我们说我们噎着了，说苹果就像烂棉花一样，没有汁水，说我们咽不下去。她只好放弃了。肉我们也不喜欢，我们只喜欢用盐或当地的一种酱汁腌过的淡水鱼，煮熟了吃。我们只喜欢米饭，喜欢那种船运来的广州大米的淡淡的香气，喜欢用湄公河沿岸流动摊贩的蔬菜做的清汤。要考试的时候，母亲就给我们买这种鸭汤，夜里，在舢板上，把陶罐架在炭火上。整条河都弥漫着炭香和煮沸了的菜的香味。我的母亲忧心忡忡，提醒我们说，一个星期前，在万隆，整个一条街都染上了霍乱，街上的人全死了，

检疫站挤得满满的……

我们,我们自顾自吞着汤,什么也没听见,心思根本不在这里。

《巫婆》,1976 年

源于同一份爱的恐惧

　　他们对我说:"您的孩子死了。"这是分娩后一小时。高级修女挽起了窗帘,房间一下子浸润在五月的日光里。孩子打我面前过的时候,我扫到了一眼,护士抱着他。但是我没有看见。第二天,我问:"他什么样子?"他们告诉我:"金发,带点红,眉际像您一样高,长得像您。""他还在吗?""是的,一直到明天。""他已经冷了吗?"R回答我:"我没有摸过,但是想来应该冷了。他非常苍白。"然后他犹豫了一下说道:"他很漂亮,大概也是因为死亡的缘故。"我请求看一眼孩子。R不同意。我又跟嬷嬷说,她也不同意,说没有这个必要。他们解释给我听,告诉我孩子现在在哪里,说就在工作室的左侧。我不能动。心非常累。我仰天睡着。一动没动。"他的嘴是什么样子的?""像你的嘴一样。"R 说。每隔一个小时,我就会问:"他还在吗?"他们说:"我们不知道。"书我也读不进去。我从开着的窗子望出去,诊所所在的路堤上郁郁葱葱长的全是刺槐的叶子。天气非常热。有一个晚上,正好是玛格丽特修女值班。我问她:"你们接下去要做什么?"她对我说:"我巴不得待在您身边,但是得睡觉了,大家都睡了。""您比高级嬷嬷要好。您去把我的孩子找来。让他在我身边待一会儿。"她叫道:"您不是认真的吧?""不。我就想让他在我身边待上一个小时。他是我的。""这不可能,他死了,我不能把死去的孩子给您。""我只想让他待一会儿,摸摸他,就十分钟。""不能这样,我不会去的。""为什么?""您会哭的,会病的,在这种情况下,最好不要见,我有经验。"第二天,经过再次努力,为了让我闭嘴,他们对我说:"我们已经把他烧了。"这是 1942 年 5 月 15 日到 31 日之间的事。我对 R

说:"我不想看到任何人,除了你。"我一直就这么仰天躺着,对着刺槐树。肚子空了以后,那上面的皮仿佛贴到了后背上。孩子不在了。我们不再在一起了。他死了,分离的死亡。一个小时,一天,八天;他孤单一人去了,在我们共同生活了九个月之后,而他才与我分离啊。我的肚子沉重地落了下来,像一块破布,一块碎布,一床丧葬用的褥单,一块石板,一道门,一片虚无。然而正是它送走了孩子,而就在它平滑透明的肌肉上长出了这个潮乎乎的果实啊。是光明杀死了孩子。在这空际,他孤独一人,所以他死了。人家都说:"生孩子没这么可怕,一切都会好的。"可怕吗?我想是的。确切地说可怕的是这个:他来到这世界与他的死亡竟然是同步的。什么也没了。他什么也没有留给我。这份空茫真是可怕。我还没有拥有过他,哪怕是一个小时。我只有想象了。我不能动弹,我想象。

现在,他就在那里,睡着了,刚才他还笑呢。

我们给了他一只长颈鹿,所以他就笑了。他笑了,发出笑声。有风,于是这笑声隐隐约约地传到了我这里。我稍稍掀起了车壳,又把长颈鹿给了他,想要让他再笑一笑,我把脑袋塞入车壳里,想要捕捉住他的笑声。我孩子的笑声。我将耳朵贴着贝壳,我听见了大海的声音。想到笑声在风中消散,真是让人受不了。我捕捉到了。是我,我拥有了这笑声。有时,他打呵欠,我就吮吸他的唇,吮吸着他呵欠的味道。"如果说他死了,我还拥有这笑声。"我知道他会死的。我衡量着这同一份爱所带来的恐惧。

《巫婆》,1976 年

罪恶的幸福梦想

我想起战争期间经常做的一个梦。这是一个幸福的梦。我梦见德国的灭亡。梦见德国人民的首领被赶到一块儿执行枪决,梦见滋生这些人的德国大地上覆盖着一层棺材板,这片土地从此一无用处,不再能够成为任何一个民族的故土。那么多犹太人遭到了屠杀,所以我要德国人和德国的土地也遭到惩罚。这个梦强烈、可怕却令人沉醉。我还把它当作某种具有建设性的梦。我摧毁了纳粹的伊甸园——是的,是整个伊甸园的摧毁——我令这座伊甸园变成沙漠。总之,我像上帝那样行事。我惩罚他们,不带有任何种族歧视的色彩,不区分无辜和罪恶,德国大地和他们出生的土地,还有树和人,都是一样的。在某种程度上,命运由我来谱写。

这个梦,所有的人都做过,所有的人都在做。做梦人的区别只是在于,醒了以后有的人说出来,有的人不说。我说出了我的梦,我想我一直不曾隐瞒。我还要说,我梦想着所有苏联的首领都被谋杀,无一例外。同样,侵占布拉格和喀布尔的苏联军队也最好统统死光。我放出了心中的魔鬼,对于谋杀,我报之以谋杀。我在幸福中杀人。对于这样的梦,我一点办法也没有,就像你,你也拿你的梦毫无办法。对我而言,谋杀已经成为一种安宁,它让我得到安宁,让我进入梦乡。纳粹和我之间的区别在于,他们不知道自己是罪恶的缔造者,而我知道。区别不是在于这屠杀是梦里的或真实的,而是在于,有的人知道世界属于所有的成员,并且每个成员都是一个潜在的罪犯,可有的人不知道。纳粹分子很幼稚。他们的行动很幼稚,就像他们真的有权决定和辨别生与死。就像我做梦,他们行动。德国人成了职业罪犯,因为他们没有意识到他们的罪恶是人类历史上一桩已经公开了的罪恶,一桩人类历史上已经经历过的罪恶。由于他们的梦想是如此幼稚，他们制定了自然罪恶的标准。他们梦想着一个可能已经行将就木的讨厌的人，从他个人的存在中开出雅利安的花朵来，然后一道建设一个雅利安的庄园，他们找到了一个种族。这一切非常可怕，似乎无可救药。倘若忘记在这世界上，各个民族命运的头上随时可能会有一个希特勒，这就等于已经进入了罪恶。进入权力游戏，任何一种权力，不管这种权力是出自非正义或是悲惨世界的垃圾桶，是出自报复还是出自宗教，只要进入权力之争，就是忘记了全球公民的身份，就是与整个人类为敌。是的，罪恶首先便在于这份遗忘。看不见别人，就是看不见自己身边的影子，就是看不见属于别人和自己的这份物质性。如果说我梦到屠杀纳粹，那正是因为他们看不见自己的这种不可摧毁的属性，然而对于这个地球所有的统治者来说，只有这种属性才是决定性的。国家主义已经是一种罪恶了。德国的森林是雅利安民族的，德国狗也是一样。德国的财富是雅利安的。这当然是一种极大的愚蠢，但是不止于此，所有对自然财富和艺术财富地方化的颂扬——比如说法国文化遗产——中，都隐藏着同样的愚蠢。然而有的人不知道，预感不到——哪怕很远，远在任何教育所及的地方——这份无法避免的奴役，他们已经奴化了，这才是最可怕的事情，永恒将因此不再存在。战争刚结束的时候德国人都不会演奏斯特拉文斯基的音乐了，他们什么都不会了，因为罪恶将他们与其他人远远隔开。他们花了很多年重新学习演奏和指挥犹太人的音乐。这里的绝望如此之深，以至于我们不得不相信这是人类最大的绝望了。我说的是感觉到这一切的人的绝望，那些与所有人融为一体的人，他们面对与这整体分离开去的其他人深感绝望，这些人与整体的分离就像动物所做的一样，只是基于对自己力量的认识，而不是意识到他们所屠杀的人的弱点，这另一个人本身，只是他们的战利品。这最后的，不可克服的区别，便是自然的区别。正是这种区别把事情弄得更糟,让我们放弃了人类可臻完善的空想。我们可以改善一种行为,可以给残废人接上一只木腿,我们却不能为缺少敏感的人安置一种人为的敏感,在这空茫里什么也没有,这空茫掉出来了,它什么也抓不住,这空茫与任何东西都不相连的时候,很自然地,我们会说:它远离智慧。有人和我谈起一个精神病患者,说他的父母若干年来一个字一个字、一个手势一个手势地教他,以便他能应付所有偶然出现在他面前的情况——当然根据他所处的环境。对这个年轻男子的教育成功了。一切运转得很好。他几乎能回答任何问题——甚至是在教育他的过程中所不曾料到的问题,他有一种万能的回答,都能说得过去。天气很好。您的夫人好吗?前天下雨了。的确,夏天姗姗来迟了。我不是很清楚您要说什么。一切都为发生歧义起到了很好的作用。但只有一点不行,这个年轻男子不能随着节奏跳舞。教一百次,一百次都是白费。他听不出音乐的节奏,速度的内在变换,而且就算他能听得出来,他也觉得无法用身体进行再次表达。这种匮缺是那么明显，看起来是那么可怕，于是根据这一点别人就能猜出他有病。很明显，眼下穿着幼海豹皮大衣的美国女人也患了严重的精神病，严重到了无法治愈的地步，整个世界漫天飞舞着记录下他们屠杀行径的照片，她却茫然不知。她也听不见音乐，对此一无所知，她在另一个世界里。从这雪白的豹皮的无辜港口，我们可以追溯到其余的她不知道的结果。她想必是没有任何梦的，与罪恶肌肤相亲却浑然不知。这些人就在我们当中，而我们却不知道。而一旦我们突然发现他们是这样的，那种感觉，就像某人醒来，发现身旁躺着一个纳粹秘密警察。有一次，一幢大楼前的院子里长着一棵树，树在那里可能已经有一百年了。大楼召开业主大会，有一项议程就是讨论是否保留院子里的这棵树。二十五位业主中，有一个人要求把这树给砍了。所有的人面面相觑。投票是不记名的。没有人知道这个家伙究竟是谁。我在这里想说的是，你我的自然本性都是一样的,都很好,还有这棵树,还有穿幼雪豹皮的这个美国女人,还有这个房主,还有这些谋杀皮埃尔·高德曼,这些乱砍滥伐,这些猎杀青蛙、小狗和郊区老太太的二十岁的小伙子。说这些行径追根究底是因为童年所受的挫折,是真的吗?我不相信,实际上我从来没有相信过,从来,哪怕有时我自认为相信。挫折永远都存在,每个人,和他的事业一样不可避免。孩子要的是这个世界的全部,而这个全部,即便有母亲的祈祷,也从来都不可能属于他。挫折和长牙,和断奶一样,都是不可避免的。我相信人在本体上的差别,相信恶,相信不幸的存在。是的,我相信这一切。有人天性善于诡辩。有一天,就是最近这些日子,有个来自梯耶拉什省(北方的省)阿维斯诺瓦的人对我说,巴黎一位伯爵打算把他在该地区的森林卖掉,说森林很美,很大,占地二百五十公顷到三百公顷,说两个买主——最后属于竞买成功的——都是现任法国政府的部长。一个人占有一座大可敌国的森林,为了竞买成功而斗争,而花上大量的时间,可他们是致力于改善法国人民的生活的人呀——甚至为此辛劳过度得了心脏病,我不相信。但后来又有人跟我讲述了同样的事。于是这一回轮到我来讲给你们听。早些时候的某一天,突然,在《世界报》上出现了这张"证明",真是难忘。据说由于法国政府在拉萨克高原征用土地[1],一些抱怀疑态度的农民开始出卖他们的土地,同样是议员——甚至当中就有投票赞成征用土地的人——出资购买,想要等日后升值了再卖还给国家。梯耶拉什省,拉萨克高原,这些都无异于在德国秘密警察身边醒来。实际上,所有这些也许都是世纪末的第一批人。这些打开最后的人口的人,这些死亡的先驱。这些甚至会为自己抢夺撒哈尔荒原[2]的救济粮,他们用一卡车的大米,用整整一卡车的人民的救济粮为自己从私人手上换

---

[1] 拉萨克高原,法国中央高原的一部分。20 世纪 70 年代,法国政府征用那里的土地用于军事,引发了长达十年的反抗运动。
[2] 撒哈尔荒原,位于撒哈拉沙漠的边缘地带,每年都有短暂的雨季,因此可以生长部分植物,1972 到 1973 年间曾经发生过特大旱灾。

取一百克黄金。是的，也许正是这些人第一批跨越世纪末的门槛。应该是他们。大自然和人类偶然发生的事件总是这样矛盾，这样荒谬，这样奇怪，让人禁不住要想，这些是否就是彻底摧毁生命的第一批号令。这种情况下，尽管他们犹不自知，这些人将成为死神的第一支警卫队，成为首批最后的人类。

没有死在集中营里

你们将要听到加朗丝念的这篇文章,它的题目叫作《没有死在集中营里》。

我是在一本簿子里找到它的,是一种不具时间性的日记,我在战争结束时写下的。

这不是一篇政治文章,它仅仅是一篇文章而已。没有定性。我想我之所以写下来,是不想让自己忘记。一个人能变成什么样子,能承受怎样的一切。我们能给予他的永恒的爱。这就是这里的情况。

几年前,这篇文章匿名登在妇女杂志《巫婆》上,我没有签自己的名。因为在我看来,要求一个幸存者来证明我们这个时代的最大的恐怖——德国人的集中营,实在是一件不够恰当的,甚至是过分的事。现在我敢说是我写了这篇文章了。我想我可以这样说,并且不否认它的普遍性,不否认这里所陈述的一切带来的普遍意义。

我还觉得,如果这篇文章应该被念出来,应该被大家听见的话,那么应该就是在这样的环境中,像今天晚上这样。就是这里。因为在这里,聚集了成千上万相同的证人,不管他们有没有把这一切写下来,不管他们是否重新见到了光明。

……出了集中营,只要吃一点东西,他的胃就会因承受不了食物的重量而被撑得支离破碎的,或者胃可以支撑在心脏上,在他瘦弱的躯壳下,心脏倒是变得空前得大。它跳得如此之快,脉搏简直是数也数不过来,也许它根本不是正常意义上的跳,而是在颤动,就像在害怕的时候那样咚咚不停。不,他吃了东西肯定会死的。但是他如果不吃东西,却也活不下去。(……)

与死亡的斗争很快便开始了。对待死神得温

柔一些，细腻一些，得有分寸，想办法。它会从四面八方围困住他。但是无论如何，还是有办法够到他的，这个将生命传动给他的入口并不大，然而生命还在，只有一根刺的大小，但是也还有这么一根刺的入口。死神冲了上来，第一天是39.5度，然后是40度。然后是41度。死神在喘息。41度。心脏像小提琴的弦，颤动不已。41度，一直是41度。死神发起了猛攻，叩响了大门，但是心脏听不见。这不可能，心脏要停止跳动了。不。（……）

喂点粥，医生说，用咖啡勺喂。每天，我们给他喂上六到七次。一勺粥就能让他窒息了，他抓住我们的手，找寻着空气，然后又重新落回床上。但是他将粥吞了下去。同样是六到七次，他开口要求我们。我们垫着他的腿弯和肘弯，把他整个儿地抱起来。他的重量应该在三十七到三十八公斤之间。骨头，皮肤，肝脏，肠子，脑子，肺，所有的一切都包括在内。三十八公斤分布在一米七七的身体上。我们把他放在马桶上，马桶周围垫了个小垫子。他坐下时，皮肤全部暴露在外，皮肤下的关节因此清晰可见（在寺院区有个十七岁的犹太女孩，手肘已经穿破了臂上的皮肤，也许是因为年轻，皮肤比较柔弱，她的关节完全在皮肤外面，她光着身子出来的，很干净，并不因自己的关节感到痛苦，后来，我们陆续切除了她肚子里所有的生殖器官，一样一样地切除，而她也没有觉出痛来）。只要一坐在马桶上，他会突然发出巨大的汩汩声，出乎意料地，能吓人一大跳。于是心脏也跟着回响，肛门坚持不住了，肚子里的内容便倾泻直下。一切，一切内容都要跟着下来了，甚至手指也再也支撑不住指甲，于是指甲也跟着下来。亏得心脏还能留住它的内容。心脏。还有脑袋。有点惊慌失措，但是仍然不失高贵，孤零零的，是它走出了藏尸所，浮现出来，回忆，陈述，辨认，控诉。是它在说，说。就像常人一样，这脑袋也是通过脖子与身体相连的，只不过这脖子已经瘦成了这样——我们只消一只手就能将它围上一圈，干成了这样，让人禁不住要问，就这样的一只脖子，一勺粥便可以把它堵住，生命又怎么可能打此通过呢？透过他的脖子，可以看到他的椎骨、颈动脉、神经、咽喉，甚至血液流过也一清二楚，皮肤已经成了一层香烟纸。他泻出的这东西绿森森、黏糊糊的，沸腾着，谁也没有看到过这种粪便。等他完事了，我们就让他重新躺下，他好像被掏空了一般，眼睛半闭着，很久很久。（……）

十七天，这东西看上去都是一样的，简直不是人的粪便。比起高烧、瘦弱、脱落了指甲的手指和秘密警察的棍痕，它更加不像是人身上出来的。我们给他喂的粥是金黄色的，婴儿吃的那种，然而出来的就是这种绿森森的东西，好像一盆沼泥。马桶一关上，我们就能听见冲击马桶盖的气泡声。这东西让人想起——同样也是这样透明的、黏糊糊的——一大堆浓痰。只要它一出来，整个房间便充斥着一股气味，然而并不是死尸腐烂的气味——但在他身体里确实有属于死尸的物质，而且是一种植物腐殖土的味道，一种枯叶和积得太厚的树下灌木的味道。这的确是一种阴森森的味道，滞重得犹如那个他被发现的夜晚，对此我们根本无法了解。（我靠在百叶窗上，眼皮底下是一条马路，它们不会知道房间里都发生了些什么的，我真想告诉它们，就在这间房子里，有一个人从德国集中营回来了，还活着。）

他显然在垃圾桶里找过吃的，他吃过草，喝过机器里的水，但是这一切都不能解释这东西。在这堆我们前所未见的东西前，我们在找寻原因。我们说也许在那里，在我们的眼皮底下，他在吞噬自己的肝脏、肚腹和脾脏。（……）

十七天。每天七次，我们嗅着，观察着，想要有所分辨。十七天，我们都把从他体内出来的东西藏起来，不给他看，同样地，我们也藏起了他的腿、身体，那让人难以置信的身体。（……）

一天，高烧降下来了。十七天后，死神终于累了。马桶也不再泛泡泡了，那里面的东西变成了液体，虽然依旧是绿森森的，但是终究有了人的味道，人的味道。而有一天，高烧退了，我们给他输了十二升的血清，于是某天早晨高烧退了。他躺在新的垫子上，脑袋下枕着一个，前臂和后臂各枕两个，两只手下面各枕一个，脚也是一边一个。因为这些地方已经不再能够承受他自身的重量，必须让它们沉在羽绒里不动，这一次，在这个清晨，高烧退了，从他的体内出来了。高烧重新来过，但是又退了。然后再来，没有前一次那么高，然后再退下去。然后有一天早上，"我饿。"他说。（……）

……他吃了一块羊排。吮着骨头，垂着眼皮，专心致志，生怕漏了一丝肉。然后他又拿起第二块羊排。接着是第三块，眼睛始终没有抬起过。

他坐在一扇半开的窗前，在扶手椅上，被垫子包裹着，旁边放着他的拐杖。裤子里，两条腿也像拐杖那样轻飘飘的。有太阳的时候，阳光似乎都能穿透他的手。

昨天，他拾起了落在裤子上的面包皮，他用了很大的劲，趴在地上。今天他倒是留了一些。(……)

他吃饭的时候，我们让他一个人待着。我们不需要帮助他了。他所恢复的力气足够让他握住勺和叉。但是我们替他把肉切好。我们让他一个人面对他的食物。我们把菜放在他面前，然后我们走开，他就开始吃了。我们尽量避免在他旁边的房间说话。我们踮着脚走路。远远地看着他。他能对付。对于菜，他没有什么特别的好恶。越来越没有。他只是吞着，像是统统填进一只洞里。如果菜上得不够快，他就抽抽搭搭地，说我们不理解他。

昨天下午，他在冰箱里偷了一块面包。他偷了。我们让他注意，不要一下子吃得太多。他哭了。(……)

这是战争后的第一个夏天。1946年。

在意大利的一个海滩上。

大海是那么蓝，甚至就在我们的眼皮底下，没有海浪，但是有着极其温柔的浪花，那是熟睡时候的呼吸。别人都停止了嬉戏，围着毛巾蹲在沙滩里。我也停下了。他向大海走去,我看着他。他看见我在看他。透过他的眼镜片,我看见他在眨眼睛,他冲着我笑了。我知道他知道,他知道一年以来的每一天,我都在想他,每天,每个小时,每个小时,每一天:"他就在那里,因为他没有死在集中营里。"

泰奥朵拉

我以为自己已经烧了这本小说,《泰奥朵拉》。可我在蓝色的橱子里找到了它,没有完成,也不可能完成。《新文学》杂志问我要一篇有关饭店的文章,于是我把《泰奥朵拉》的片断拿了出来。

T 回来的时候,天色已晚,饭店的大部分客人都睡下了。在楼梯上他碰到了让。看上去 T 对这次相遇并不是太高兴。让对 T 说了声晚上好,然后看着他远去,还是惊讶于他的冷淡。T 知道让是从哪里来。他应该从上面一层楼下来,贝尔纳和玛丽的管家就在饭店的五楼。他下楼回到自己的房间去。四楼住着贝尔纳、玛丽,还有布拉安家族的其他三个孩子。在他们下面,三楼,住着摩尔太太和泰奥先生，他们的房间分别在平台的两边。

让的房间也在三楼。饭店的其他房间都给带着孩子的夫妇占满了。这些人睡得比其他人要早，其他住在饭店中间楼层的人。这些人是其他人的观众，在他们周围看着，好奇心随着性格、年龄而变化，疲惫与否，互相之间的迷恋程度和健康当然也是决定他们好奇心的重要因素。T住在饭店的五楼，是饭店的最高层，楼层上还住着科佩尔小姐，据说她只是暂时住在这个房间，等到了秋天她就会换房的。

T上最后几级楼梯的时候——这已经有些时间了——觉出有点疼。也许是心脏，或者是由于夜间哮喘发作。至少他认为是上述的这两个原因使他爬楼时有些不舒服。有些夜晚，他也不这么认为，他觉得应该还有其他的原因，是楼梯造成的。楼梯很难看，反正他是这么想的，铺着栗色的地毯，有好几处都破了。破的地方只有在晚上才看得出来，饭店一片静谧，从走廊和平台射来柔和的灯光，照在这些破洞上。这破损和T回来时的疲惫很是协调，甚至混作一团。同样地，墙，灰蓝色的，也是污渍斑斑，到处都是孩子的手指头印，对T来说，这些斑点也是晚上才显得更清楚，同样因为夜里人少了，而且他在这个时候总是慢吞吞地向着睡意而去。也许是心脏。或者是战争。战争才结束。人们说明年会装电梯。战争。或者是泰奥朵拉的爱。这是欧洲，阿尔卑斯山中央的一座饭店，坐落在一个深谷里，非常安静。曾几何时，它在德国军队的手上。现在又回来了。后来这里又住进了集中营的康复病人。然后，两年前，业主再重新把它要了回来，大家都到这里来度假。走过廊里的那一排房门，T听见自己的心在一片静谧中咚咚地跳着。好些了，也许他能在这场爱情中存活下来。

她已经回来了。光着身子躺在床上。泰奥朵拉悲伤的时候就是这样的，她会脱光衣服，因为她再也承受不了身上的任何一点东西了，然后她舒展开来。光着身子，平躺着，在饭店黯淡的灯光下。

"不出去是对的，现在一切都很清楚了。"泰奥朵拉说。

站着的时候也许倒看不出来，但是泰奥朵拉躺着的时候，身体确实很美。

"我热"，泰奥朵拉温和地说。然后她又补充道，"在这饭店里烦得很"。

T坐在床沿上，看着泰奥朵拉。他开始抚摸她的腿。泰奥朵拉给了他梦想，有力却不定型的梦。两年以来，世界上一直有这样一种结束的意味，这样的一种恐慌，这样的一种安宁。

"也许我会活着。"T说。

"没关系"，泰奥朵拉说。她又补充道，"我对你早就习惯了"。

在T的抚摸下，泰奥朵拉闭上了眼睛。这抚摸渐渐变得越来越放肆了。T仍然坐在泰奥朵拉延展着的身体旁。他欣赏着这身体，触摸它，爱抚它。

"我抚摸了泰奥朵拉赤裸的身体,"T写道,"我和她说话,可是她不再回答我。她看上去很困。"

"有很多次,我还是要想起战争,"泰奥朵拉说,"我对你早就习惯了。我想和你一起待在这里,就在这间饭店里。有很多次,我想起我的生活,别的什么都不想。"

"我们必须有所改变。我们必须分开。应该走向新的爱情。"

"别这样做。"泰奥朵拉说。

泰奥朵拉在我的抚摸下闭上了眼睛。这抚摸仍然越来越放肆。我看到在我的手下,泰奥朵拉的悲伤不知不觉地变成了一种思维的半休眠。也许这悲伤变得越来越无可救药,越来越挥之不去。她整个的身体都沉浸其中。

"我很好。"泰奥朵拉说。

我也脱了衣服,轻轻地,没有吵醒泰奥朵拉。然后我在她身边躺下,将她的头揽在怀中。走廊上,有人正经过我的房门。泰奥朵拉在睡梦中说着话,用一种我听不懂的语言,句不成句,话不成话。

《新文学》,1979 年